XII 2013

Das Buch

Damals in Odessa gab es etwas an der jungen Turkmenin Tolgonai, was Bella Block berührte: Ihre Schönheit, ihre Klugheit und ihre unbarmherzige Kompromisslosigkeit, die vor Selbstjustiz nicht zurückschreckte. Damals verhalf Bella ihr zur Flucht, denn Tolgonai wurde gesucht, wegen Mordes. Sie gab der jungen Fremden den Schlüssel zu ihrem Haus an der Elbe. Aber als Bella ihr gewohntes Leben in Hamburg wieder aufnehmen will, wird sie von der Vergangenheit eingeholt: Tolgonai hat Deutschland nicht verlassen; und auch hier wird sie nun wegen Mordes gesucht. Um Bellas Hals scheint sich eine Schlinge zu legen, denn sie weiß, die Turkmenin wird bei ihr auftauchen. Die erfahrene Kommissarin muss sich entscheiden: Hilft sie »Dschingis Khans Tochter« noch ein zweites Mal?

Die Autorin

Doris Gercke, in Greifswald geboren, lebt in Hamburg. Sie schreibt Kriminalromane, darunter bisher zehn mit der Detektivin Bella Block. Einige dieser Romane wurden mit Hannelore Hoger in der Titelrolle verfilmt. Im Jahr 2000 erhielt sie für ihre Verdienste um den deutschen Kriminalroman den »Ehrenglauser«. Ihre wichtigsten Romane sind *Weinschröter, du mußt hängen* (1988), *Kinderkorn* (1991), *Kein fremder Land* (1993), *Dschingis Khans Tochter* (1996), *Der Tod ist in der Stadt* (1998), *Die Frau vom Meer* (2000).

Die Geschichte hat länger als vier Jahre gedauert, wenn ich die Zeit von meiner ersten Bekanntschaft mit Tolgonai bis zu unserer letzten Begegnung überschlage. Zeit genug, um einen unauslöschlichen Eindruck auf mich zu machen. Dabei traf ich sie nicht oft, fünf oder sechs Mal, vielleicht. Trotzdem habe ich sie nicht vergessen. Und wenn sie mir in den Sinn kommt, habe ich merkwürdig intensive Empfindungen, es ist, als sei sie ein Teil von mir, als gehöre sie zu meinem Leben.

Manchmal, wenn ich über sie nachdenke, ausgelöst durch den Anblick eines leuchtenden Rot im Kleid einer Frau oder durch den Klang einer Harley Davidson, weiß ich, dass es allen so geht, die mit ihr zu tun gehabt haben. Dann wieder denke ich, dass ich vielleicht die Einzige bin, die etwas von ihr begriffen hat. An die Toten denke ich niemals.

Tolgonai verlässt das Haus an einem Sommertag. Der Tag ist so schön, dass er fromme Menschen an die Narzissen und die Tulipan von Paul Gerhardt hätte erinnern können. Sie ist nicht fromm. Sie kennt weder Paul Gerhardt noch barocke deutsche Choräle. Sie geht auf dem Uferweg in Richtung Innenstadt. In ihrem Rucksack befindet sich alles Geld, was sie in dem Haus in Hamburg hat finden können. Auch das Geld, das sie für einige Gegenstände bekommen hat. Die beiden silbernen Leuchter sind immerhin dreitausend Mark wert gewesen, jeder Einzelne. Alles in allem mögen es zehntausend Mark sein, die sie auf dem Rücken trägt. Ein leichtes Gewicht, und in den Monaten, in denen sie bisher in Deutschland gewesen ist, hat sie gelernt, dass sie mit so einer Summe nicht zu den Reichen gehört. Es ist ihr gleich. Sie wird immer haben, was sie braucht. Dessen ist sie sich sicher.

Kranz hat sie damals vom Flughafen abgeholt und in das Haus gebracht. Die Lage des Hauses an der Elbe hat ihr gefallen. Auch in Odessa hat sie so lange es möglich war am Wasser gelebt. In dem Haus an der Elbe hätte sie länger bleiben können. Weshalb aber soll eine Frau, der die Welt gehört, länger als nötig in einem Haus mit Strohdach sitzen, aus niedrigen Fenstern auf den Fluss blicken und andere die Abenteuer erleben lassen, die für sie bestimmt sind? Sie hat die Sprache gelernt, den Winter und den Regen abgewartet, und nun geht sie davon. Sie ist dreißig Jahre alt und neugierig. Sie will Deutschland kennen lernen.

In Erinnerung an den alten Mann, der sie hin und wieder besucht hat, bleibt sie stehen und lächelt. Er wird froh sein, sie nicht mehr treffen zu müssen. Er hat sich für sie verantwortlich gefühlt und nicht gewusst, was er mit ihr anfangen soll. Alte Männer sind sehr langweilig. So langweilig wie die kleinen Häuschen, an denen sie jetzt vorbeigeht: eng aneinander gebaut, mit hübsch dekorierten Fenstern und winzigen Vorgärten. Nur der Blick aus den Fenstern auf den Fluss ist schön. Aber es sieht niemand heraus. Häuser für alte Leute, die lange schlafen und Albträume haben und viele Bücher.

In dem Haus, aus dem sie kommt, sind auch viele Bücher gewesen. Eines davon hat sie mitgenommen, ein dickes, weiß eingebundenes, mit schwarzer Schrift bedrucktes Wörterbuch: Russisch-Deutsch. Das Buch steckt in ihrem Rucksack. Eine Ecke des festen Einbands drückt sie im Rücken, und sie schüttelt leicht die Schultern. Der Rucksack ist beinahe leer, und das Buch rutscht auf eine andere Seite.

Sie sieht auf den Fluss. Ein Mann sitzt in einem gelben Boot und hält eine Angel ins Wasser. Das Bild erinnert sie an ein anderes, ähnliches, das sie schon einmal gesehen hat. Zu ihren Füßen türmen sich die schwarzgrauen Steine der Uferbefestigung.

Darin leben die Ratten, denkt sie, auch das eine Erfahrung aus einem anderen, weit entfernten Land.

Sie setzt sich nicht an das Ufer, wie sie es einen Augenblick lang vorgehabt hat, um den Mann in dem Boot zu betrachten. Sie geht weiter, entlang an den schwarzen Steinen und Büschen und Sträuchern.

Wie gut es hier riecht, denkt sie. Es riecht nach Wasser und Öl und nach – Liebe.

Der Gedanke überrascht sie. Sie hält ihn für einen Augenblick fest. Wieder überlegt sie, ob sie sich hinsetzen soll. Aber sie geht weiter. Sie will bis an eine Straße gehen, die aus der Stadt hinausführt. Es ist wunderbar, die Füße zu spüren, die Beine zu bewegen, hin und wieder die Arme auszustrecken und die weiche Sommerluft einzuatmen, die nach Jasmin und Tang und Öl riecht. Vor Glück lächelt sie einer alten Frau zu, die ihr in Hausschuhen und einem Kittel entgegenkommt. Die Frau hebt den rechten Arm vor ihr Gesicht und sieht ängstlich darunter hervor. Vielleicht ist sie verwirrt, jedenfalls hat ihr schon lange niemand mehr zugelächelt. Tolgonai wandert ungerührt weiter. Was gehen sie alte, verwirrte Frauen an.

Kurz bevor sie bei Neumühlen Övelgönne verlässt, kommt ihr auf der Elbe ein verrosteter Tanker entgegen. Sie bleibt stehen, liest die kyrillischen Buchstaben am Heck: MASCHA. Ach, du meine Liebe, sagt sie zärtlich lächelnd.

Die aufdringlichen Blicke der Freier auf der Großen Elbstraße interessieren sie nicht. Sie weiß nun, dass sie auf diese Weise niemals ihr Geld verdienen wird, das ist genug. Vor der Fischauktionshalle spricht sie einen Mann an, der dabei ist, sein Motorrad in Gang zu setzen. Sie ist sicher, dass er sie mitnehmen wird.

Am Heidenkampsweg setzt er sie ab. Sie geht langsam die Straße entlang und bleibt in der Nähe einer Tankstelle stehen. Die Fahrer der LKWs, die über die Elbbrücken fahren wollen und nicht vorhaben, noch einmal anzuhalten, bevor sie die Stadt verlassen, starren sie an und verlangsamen für einen kurzen Augenblick ihre Fahrt. Der fünfte wird so langsam, dass er die Auffahrt der Tankstelle gerade noch erwischt. Er steigt nicht aus, aber als Tolgonai langsam auf seinen Wagen zugeht, öffnet er die Beifahrertür. Sie sieht einen nackten, kräftigen Arm, der wieder zurückgezogen wird. Die Tür bleibt offen.

Er fährt an, als Tolgonai neben ihm sitzt, sieht konzentriert auf die Straße und beachtet sie nicht. Erst als sie die Stadt verlassen haben, über die Elbbrücken gefahren sind und sein Zug ruhig in Richtung Süden dahinrollt, sieht er sie an.

Du keine Deutsche?

Tolgonai schüttelt den Kopf.

Du wegfahren? Oder ficki-ficki? Und als Tolgonai nicht antwortet: Oder beides? Dann du kein Geld, aber gute Kabine.

Er zeigt mit dem Daumen der rechten Hand hinter sich. Tolgonai sieht sich um. Der Schlafplatz ist schön. Das Bettzeug sieht sauber aus. Ein kleines Radio ist am Kopfende eingebaut, auch eine schmale Lampe gibt es und ein Foto, das eine blonde Frau mit einem Baby auf dem Arm zeigt. Sie sieht das Foto an und dann den Mann hinter dem Steuerrad. Er hat seine nackten Unterarme auf die Speichen gelegt und lacht ihr freundlich zu.

Meine Frau, du verstehen? Mein Baby.

Vielleicht hat er vergessen, dass er sie etwas gefragt hat? Jedenfalls sagt der Mann nichts mehr.

Tolgonai nimmt den Rucksack ab und legt ihn zwischen sich und die Tür. Sie lehnt sich zurück und genießt die Fahrt im LKW. Es gefällt ihr, von oben auf die Welt zu sehen. Es passt zu ihrer Stimmung. Der Mann am Steuer interessiert sie nicht. Er würde sie ein Stück mitnehmen und sie würde aussteigen. Das war alles.

Am Nachmittag, sie waren vor Frankfurt an einem Autohof von der Autobahn abgebogen, hält der Fahrer an einer Tankstelle.

Essen, sagt er, und zeigt mit dem Kopf auf eine lange Bretterbude, die neben der Tankstelle liegt. Während er den LKW tankt, betritt Tolgonai die Bretterbude. Ein paar Männer sitzen darin, dem Anschein nach ebenfalls LKW-Fahrer. Sie sitzen vor großen Tellern mit Unmengen von Fleisch. Ihre Gesichter zeigen die ersten Anzeichen von Müdigkeit. Die junge Frau gefällt ihnen. Sie haben sie mit dem anderen kommen sehen. Sie werden ihrem Kollegen die Frau nicht ausspannen. Aber Glück hat er, das muss der Neid ihm lassen.

Vier Augenpaare folgen der Frau, die an den Tresen geht und gleich darauf ein Tablett mit einem Brötchen und einer Flasche Wasser an einen der Tische trägt. Der Fahrer hebt die Hand, als er den Schankraum betritt. Er grüßt, ohne auf Antwort zu warten. Die Männer kennen sich, und sie kennen sich nicht. Und sie sind müde. Von draußen scheint die Nachmittagssonne durch die Fenster. Im Raum ist es warm und still, bis auf ein Geräusch von brutzelndem Fett. Der Fahrer, der Tolgonai mitgenommen hat, bestellt ein Holzfällersteak. Die Stille ist träge, sogar das brutzelnde Fett scheint sich ihr anzupassen. Das Geräusch wird leiser und langsamer. Die Stille ist auch warm. Auf den Oberlippen der Männer haben sich kleine Schweißperlen angesammelt. Unter den Achseln haben ihre Hemden dunkle Ränder.

Der Fahrer hat sich neben Tolgonai gesetzt. Als der Teller mit dem Steak gebracht wird, deutet er auf das Fleisch und sieht sie an. Sie schüttelt den Kopf. Der Fahrer hebt die Schultern, als wolle er sagen: dann eben nicht, und beginnt, das Fleisch zu essen. Die Augen der Männer sind noch immer auf das Paar gerichtet. Es ist so still, dass man die Kaugeräusche des Fahrers hört. Einer der anderen schiebt plötzlich mit einem lauten Geräusch seinen Teller beiseite, steht auf und verlässt den Schankraum. Im gleichen Augenblick, als der Mann den Raum verlässt, macht irgendjemand hinter der Theke laute Musik an.

Tolgonai beobachtet durch ein Fenster, dass der Mann an den Zapfsäulen vorbei auf die andere Seite der Tankstelle geht und hinter einer Tür verschwindet, die als Toilette für

Männer gekennzeichnet ist. Das Fenster, durch das sie den Mann beobachtet, ist mit einer Gardine dekoriert, die in halber Höhe angebracht ist. Der Stoff der Gardine war einmal weiß. Jetzt ist er bräunlich. Eine tote Fliege klebt auf der Stange, die durch den Stoff gezogen und an dem Fensterrahmen befestigt wurde. Die Fliege erinnert sie an etwas, das sie schon einmal erlebt hat. Das ist lange her, aber sie erinnert sich noch genau. Damals hat sie in einer Volksküche gesessen, in Tschimki. Da ist eine Frau gewesen, die sie erkannt hat. Sie trug eine weiße Haube.

Wenn ich sie aus den Augen gelassen hätte, wäre mir nicht aufgefallen, dass sie die Miliz angerufen hat, dachte Tolgonai. Als sie wieder an meinen Tisch gekommen ist, hat sie ein falsches Lächeln aufgesetzt. Es war nicht üblich, dass man sich beschwerte, wenn man so billig essen durfte. Aber ich habe mich beschwert. Und diese Fliege von der Fensterbank genommen und sie in den Suppenteller gelegt. Wie dumpf die Gesichter der anderen gewesen sind, müde Esser, zerstörte Leben, Trinker. Damals war ich auf der Flucht. Jetzt bin ich frei.

Glücklich bei diesem Gedanken, lächelt sie dem Fahrer zu, der neben ihr sitzt und mit einem zu kurzen Fingernagel versucht, seine Zähne von Fleischfasern zu säubern.

Willst du was trinken? Was Richtiges?

Tolgonai schüttelt den Kopf. Jemand hat die Musik auf normale Lautstärke zurückgedreht. Die anderen Fahrer unterhalten sich und beachten das Paar nicht mehr.

Na, dann wolln wir mal, sagt der Mann neben Tolgonai. Er schiebt den Tisch von sich weg, während er aufsteht. Sie sieht seinen flachen Bauch unter dem engen Hemd und dann den breiten Rücken, als er an den Tresen geht, um zu bezahlen. Sie geht hinaus. Als er bald darauf aus der Tür tritt, sitzt sie auf den Stufen und betrachtet einen dunkelbraunen Jaguar.

Los, komm, sagt der Fahrer. Sie steht auf und folgt ihm langsam. Der Fahrer des Jaguars kommt aus dem Kassenhaus; ein Mann in mittleren Jahren, karierten Hosen und einem hellgelben Pullover. Sein Gesicht und seine Hände sind braun gebrannt. Tolgonai ist neben dem Jaguar stehen geblieben. Auf dem Armaturenbrett klebt ein dreiteiliger Bilderrahmen mit den Fotos einer Frau und zweier Kinder.

Was is, kommst du nun endlich?!

Der Mann in der karierten Hose sieht sie auffordernd an.

Der ist doch nichts für dich, sagt er, und zeigt mit dem Kopf hinüber zum LKW. Du hast doch Klasse.

Sie geht weiter, folgt dem LKW-Fahrer und

klettert in den Laster, ohne sich noch einmal umzusehen.

Klasse hast du, wiederholt der Fahrer irgendwann wieder.

Da sind sie längst wieder auf der Autobahn. Der Fahrer fährt jetzt schneller und rücksichtsloser als vorher. Er fährt, als habe er ein Ziel, für das er Zeit herausfahren muss. Er spricht wenig und wenn, dann nur, um andere Autofahrer zu beschimpfen, oder sich über sie lustig zu machen. Manchmal sind seine Überholmanöver so rücksichtslos, als wäre es ihm gleichgültig, ob jemand dabei zu Schaden käme. Tolgonai langweilt sich. Sie wird bei der nächsten Gelegenheit aussteigen.

Als der LKW gegen Abend einen Rastplatz ansteuert, ist sie froh. Dass der Platz abseits liegt und an drei Seiten von Wald umgeben ist, stört sie nicht. Sie nimmt ihren Rucksack auf. Als sich die Tür nicht öffnen lässt, sieht sie den Fahrer an. An seinem Gesicht kann sie ablesen, was er vorhat. Es ist das Übliche. Langsam greift sie in eine Tasche ihrer Jacke und holt einen Lippenstift hervor. Sie klappt die Sonnenblende herunter und sieht in den auf der Rückseite angebrachten Spiegel, während sie sich mit dem Lippenstift einen blutroten Keil auf das Kinn malt. Der Fahrer betrachtet sie schweigend.

Auf dem Parkplatz stehen zwei weitere LKWs. Von den Fahrern ist nichts zu sehen. Vermutlich schlafen sie. Tolgonai erinnert sich an die Gesichter der Männer in der Kneipe. Selbst wenn die Fahrer da vorn nicht schliefen, wäre von ihnen wahrscheinlich keine Hilfe zu erwarten. Sie wird mit dem Mann in die Koje klettern müssen. Sie legt den Rucksack zurück auf den Boden. Der Mann neben ihr hat sie beobachtet. Er ist jetzt zufrieden.

So ist es brav, sagt er, da drin ist Platz für uns beide.

Er zeigt auf die Koje und macht Anstalten, hinter dem Steuer hervorzurutschen. Das Messer in Tolgonais Hand sieht er erst, als sie es ihm zeigt.

Du lässt mich aussteigen, sagt sie ruhig. Oder dein Baby hat keinen Vater mehr.

Der Mann lacht. Es ist ein nervöses Lachen, das nicht zu seiner kräftigen Statur passen will, einfach eine Spur zu hoch, vielleicht. Er lässt Tolgonai nicht aus den Augen. Mit einer plötzlichen, sehr schnellen Bewegung wirft er sich nach vorn, wobei er einen Grunzlaut ausstößt, der eher zu den Freuden gepasst hätte, die er in der Kabine hatte genießen wollen. Sein Gesichtsausdruck ist nicht einmal überrascht, als er vom Sitz rutscht und Tolgonai zu Füßen liegen bleibt.

Es dauert eine Weile, bis sie herausgefunden hat, wie sich die Türen öffnen lassen. Sie zieht den Rucksack unter dem Kopf des Fahrers hervor, klettert aus dem Wagen, schultert den Rucksack und verschwindet in dem Wäldchen neben der Autobahn.

Niemand hat sie gesehen. Niemand folgt ihr. Der Boden um den Parkplatz herum ist mit schmutzigem Papier und Exkrementen bedeckt. Es riecht nach Urin und allem Möglichen, nur nicht nach Wald. Nach wenigen Metern beginnt undurchdringliches Brombeergebüsch, das alle, die neben dem Parkplatz ihre Notdurft verrichten wollten, daran gehindert hat, tiefer in den Wald zu gehen.

Tolgonai geht zurück, vorsichtig, um sich nicht zu beschmutzen. Auf dem Parkplatz stehen noch immer die beiden LKWs und der, mit dem sie gekommen ist. Sie hat vorgehabt, auf einem anderen Parkplatz oder an einer Landstraße eine Mitfahrgelegenheit zu suchen. Nun muss sie es riskieren, von hier mitgenommen zu werden.

Am liebsten von dem da, denkt sie, als ein Motorrad in die Einfahrt des Rastplatzes schießt. In Odessa ist sie die Schnellste aller Motorradfahrerinnen gewesen. Niemand hat sie eingeholt, weder die jungen Burschen noch die Polizei. Sie hat ihr Motorrad gestohlen und ist damit gefahren, bis sie fürchten musste, entdeckt zu werden. Dann hatte sie es stehen gelassen und nach einem anderen Ausschau gehalten. Von allen Maschinen, auf denen sie gefahren ist, hat ihr eine Goldwing am besten gefallen. Aber eigentlich hat sie immer eine Harley haben wollen. Einmal, kurz bevor sie aus Odessa geflohen war, hätte sie beinahe eine gehabt. Genau so eine wie die, die jetzt auf dem Parkplatz hält.

Im Vergleich zu seiner Maschine sieht der Mann, der dazugehört, eher klein aus; klein, aber kräftig. Er trägt lange braune Haare, die am Hinterkopf vom Band seiner Motorradbrille zurückgehalten werden. Einen Helm trägt er nicht. Sein Anzug war irgendwann schwarz, nun ist er eher dunkelbraun, aber er sieht immer noch teuer aus. Die Hosenbeine stecken in Stiefeln mit breiten Kappen und eng anliegenden Schäften. Er lässt die Maschine stehen, dreht Tolgonai den Rücken zu und stellt sich breitbeinig hin, während er am Vorderteil seiner Hose zu hantieren beginnt. Auf dem Rücken seines Lederanzugs sind rechts und links von dem Schriftzug »Hells Angels« zwei Flügel aus blauem Leder aufgenäht. Im Näherkommen sieht sie, dass er größer ist, als sie gedacht hat. Würde der Mann sie mitnehmen? Der ist ein anderes Kaliber als die LKW-Fahrer. Dann sieht sie Zündschlüssel.

Als sie die Maschine anlässt und Gas gibt, rutscht sie ihr beinahe aus den Händen. Natürlich hat der Mann das Geräusch des Motors sofort erkannt. Er fährt herum, aus seinem Lederanzug hängt vorn zwischen den Beinen ein schlaffes, großes, weißes Stück Fleisch. Er ist klug genug, nicht hinter der davonrasenden Maschine herzulaufen. Der Mann stopft sein Glied zurück in den Anzug und zieht den Reißverschluss hoch. Aus einer Tasche auf seinem linken Oberschenkel nimmt er ein Mobiltelefon. Er geht hinüber zu einer der beiden Bänke, die am Rand des Rastplatzes stehen und setzt sich hin, bevor er zu wählen beginnt. Ohne einen Namen zu nennen oder jemand auf andere Weise persönlich anzusprechen, beginnt er zu reden.

Frau, vielleicht einsachtzig groß, jung, schwarze Hose, schwarzer Lederanzug, schwarzer Rucksack, Figur. Fährt auf der A7 in Richtung Süden, ab Rastplatz Hochwald. Wir holen sie uns.

Er macht eine kurze Pause. Offenbar entgegnet sein Gesprächspartner etwas.

Halt's Maul, sagt er, und hör genau zu. Sie

gehört mir, genauso wie die Maschine, auf der sie sitzt. Sie gehört zuerst mir, habt ihr verstanden? Den Rest könnt ihr euch meinetwegen hinterher teilen. Holt mich hier ab. Beeilt euch.

Er beendet das Gespräch, ohne eine Antwort abzuwarten, steckt das Telefon zurück und legt sich auf die Bank. Er schiebt die Motorradbrille auf die Stirn. Seine Augen sind klein und sehr blau und sehr kalt. Es dauert zehn Minuten, bis die anderen kommen, eine Gruppe von sechs Männern auf schweren Maschinen. Zwei von ihnen haben Frauen hinter sich auf dem Soziussitz. Den Mann, dessen Maschine Tolgonai genommen hat, nennen sie Jinx. Einer bietet ihm sein Motorrad an. Dafür wird er beinahe von Jinx niedergeschlagen. Zwei andere gehen dazwischen, während die beiden Frauen, leicht auf den schweren Maschinen, aber wuchtig in ihren ledernen Anzügen, interessiert, aber ohne etwas zu sagen, von ihren Sitzen aus die Szene beobachten.

Die Frauen haben blonde Haare und tragen Helme, die anscheinend aus Soldatenhelmen gemacht sind und umgedrehten Kochtöpfen ähnlich sehen. Ihre Augen blicken interessiert und gelangweilt zugleich. Um den Mund haben sie einen Ausdruck von Bosheit, der sie einander ähnlich macht, obwohl sie sich nicht ähnlich sehen.

Man berät sich nur einen kurzen Augenblick, bevor Jinx hinter dem Rücken eines Schwarzhaarigen auf dessen Motorrad Platz nimmt. Die Maschine sieht der von Jinx zum Verwechseln ähnlich. Eines der beiden Mädchen ist vom Rücksitz geklettert und hat ein paar Flaschen Bier aus einer Packtasche geholt, um sie zu verteilen. Sie spricht dabei nicht, und sie nehmen ihr das Bier aus der Hand, ohne sie zu beachten. Sie ist klein und wirkt sehr breit in ihrem Anzug. Die andere, die sitzen geblieben ist, verzieht den Mund zu einer Art Lächeln. Offensichtlich ist ihr ein Zahn abgebrochen. Ihr Lächeln lässt sie älter aussehen, als sie ist. Die Selbstverständlichkeit, mit der die beiden Frauen ihre Hände um die schweren Taillen der wieder aufsitzenden Männer legen, wirkt wie dressiert. Der Fahrer, der Jinx auf dem Rücksitz hat, verlässt als Erster den Platz. Die Männer mit den Beifahrerinnen bilden den Schluss. Die Motoren heulen nicht besonders laut, eher wie von verhaltener Wut und unumstößlicher Entschlossenheit. Schon nach sehr kurzer Zeit ist die Gruppe auf der Autobahn nicht mehr zu sehen.

In der Tür stand eine Person, die mir ähnlich sah. Dieselben kurzen Haare, auch die Hose und das Jackett gehörten mir. Ich hatte die Sachen erst vor ein paar Tagen gekauft; teuer genug in einem Laden am Neuen Wall, in dem ich eine Stunde lang die einzige Kundin gewesen war. Am Ende hatte man sich dafür mit dem Preis an mir gerächt. Von dem, was die Sachen gekostet hatten, hätten die beiden Verkäufer einen Monat lang leben können. Mit Familie. Als die Frau in der Tür ihren Mund aufmachte, wurde mir klar, dass sie und ich tatsächlich eine Person waren. Sie hatte meine Stimme. Was sie sagte, schien mir nicht sehr schmeichelhaft, aber ich war schon immer der Meinung gewesen, dass es Träume gibt, die der Wahrheit sehr nahe kommen, und so brauchte ich mich nicht besonders aufzuregen, als ich erwachte und mich an die Worte erinnerte, die ich im Traum zu mir gesagt hatte.

Ich, Bella Block, gezeugt in den Tagen der verlorenen spanischen Republik, ausgetragen auf dem beschwerlichen Weg über die spanische Grenze, geboren in einem neapolitanischen Puff, gewaschen mit allen Wassern, lebe.

Hier hatte die Frau eine Pause gemacht und mich bedeutungsvoll angesehen. Jedenfalls glaubte ich, sie hätte mich angesehen, denn eigentlich ging ihr Blick an den Fenstern vorbei, unter denen ich im Bett lag, und mir zusah, wie ich im Türrahmen stand und mir mein Leben erzählte. Zwei Dinge fielen mir auf: Die Tür war zu niedrig, sodass ich mich ein wenig bücken musste, und der Rhythmus der Rede war der Versuch einer Anlehnung an das Gedicht vom armen B. B., das ich in der Nacht zuvor vor dem Schlafengehen gelesen hatte. Der Versuch war misslungen, jedenfalls wenn ich die letzten Worte richtig rekapitulierte:

Ich, Bella Block, bin aus Phantomland. Meine Mutter zog mich in den Westen hinein, als ich an ihrer Hand ging. Phantomschmerz wird bis zu meinem Absterben in mir sein.

Das war lächerlich. Ich war sicher, dass die implodierte DDR mir niemals irgendwelches Kopfzerbrechen bereitet hatte. Im Gegenteil. Wie jeder Westler hatte ich an ihrem Untergang verdient, wenn auch vielleicht nicht in dem Ausmaß wie andere. Auch hatte ich es nicht nötig gehabt, mein Selbstbewusstsein, wie viele Westler, mit dem Mist des Untergangs der DDR zu düngen. Aber ich hatte doch verschiedene Fälle bearbeitet, die durch die ungewöhnlichen historischen Umstände überhaupt erst möglich geworden waren; diese Geschichte, zum Beispiel, die ich später »Ein Fall mit Liebe« nannte, hatte mich nach Greifswald geführt und mir ein paar interessante Einblicke in den Umgang der Deutschen mit ihrer Vergangenheit beschert. In gewisser Weise war wohl auch ich schuldig-unschuldig, oder unschuldig-schuldig, wie auch immer. Aber nicht so, wie die Frau in der Tür es mir im Traum weismachen wollte.

Ich versuchte, mich an den dritten Vers zu erinnern. Aber bis auf eine Zeile, auf die ich mir noch weniger einen Reim machen konnte als auf die vorherigen, gelang es mir nicht. Die Zeile hieß

... erkläre, dass ich unschuldig bin ...

Was sollte ich damit anfangen? Je länger ich im Bett saß und über den Traum nachdachte, desto unverständlicher wurde er. Ich beschloss, meine Ansicht über den Wahrheitsgehalt von Träumen bei Gelegenheit einer gründlichen Prüfung zu unterziehen, und stand auf. Kaffee würde mir gut tun, vielleicht sogar ein Blick in die Zeitung. Und »unschuldig«, was immer das heißen sollte, war ich schon lange nicht mehr.

Während das Wasser durch den Kaffeefilter lief und sich im Haus ein Duft verteilte, der eine wunderbar einsame Frühstückszeremonie versprach, ging ich vor die Haustür, um die Zeitung hereinzuholen. Es war warm für die Jahreszeit (September). Ein feiner, dichter Nieselregen hatte die Ränder der Zeitung aufgeweicht. Ich blieb einen Augenblick vor der Haustür stehen, genoss den Regen auf meiner Haut und ging erst hinein, als hinter der Hecke, die das Grundstück zur Straße hin abtrennt, das Keuchen eines Läufers zu hören war. Den äußerst angestrengten Lauten nach konnte es gut sein, dass der Läufer sich am Ende der Straße befand. Durchaus möglich, dass der unverhoffte Anblick einer nackten, nicht gerade schlanken Frau auf der anderen Seite der Gartentür jemanden in seinem Zustand zu Tode erschrecken würde. Drinnen fröstelte ich und zog den Bademantel über, der mir seit Jahren zu eng war. Mit Befriedigung stellte ich fest, dass er jedenfalls nicht enger geworden war.

Den Tag mit Zeitungslektüre zu beginnen, bringt Gefahren mit sich, gegen die man gewappnet sein muss wie gegen schlechte Träume. Wenn man aber ausreichend gewappnet ist, kann das Zeitungslesen auch eine vergnügliche Beschäftigung sein. In Hessen gab es einen Ministerpräsidenten, der ein Gesicht hatte, das meine Mutter Olga als »Backpfeifengesicht« bezeichnet hätte. Das Backpfeifengesicht klammerte sich mit einer Ausdauer an seinen Sessel, die darauf schließen ließ, dass seine Partei es sich nicht leisten konnte, ihn gehen zu lassen, wenn nicht weitere unangenehme Finanzgeschäfte an die Öffentlichkeit kommen sollten. Einen Augenblick dachte ich an Olga, wie immer, wenn es um Politik ging. Vermisste ich sie eigentlich?

Olga war seit vier Jahren tot. Während sie starb, war ich in Odessa gewesen. Inzwischen hatte ich das Grab besucht, das ihre Genossen für sie gekauft hatten. Ich hatte ihnen das Geld erstattet. Auf den Friedhof ging ich nicht mehr. Ich vermisste Olga nicht. Manchmal war da ein Gefühl, das einem Phantomschmerz glich – das Wort aus meinem Traum war zurückgekommen. Der verdammte Traum steckte in mir. Er hatte eine Wirkung, die ich nicht kannte und nicht fassen konnte. Aber er würde mir den Tag verderben, wenn ich ihm Gelegenheit dazu gäbe. Also beendete ich mein Frühstück, das heißt, ich stellte die Kaffeetasse in die Küche zurück, legte die Zeitung beiseite und zog die Laufsachen an.

Während ich lief, fiel der Regen gleichmäßig und zart auf mich und auf den Elbstrand. Es war ein gütiger Regen. Er hatte wohl wieder Hundebesitzer daran gehindert auszugehen. Auch Läufer traf ich nur zwei: ein kleines, altes, dünnes Männlein, das durch den Regen hüpfte wie ein Gummiball, und eine junge Frau, deren Beine so lang waren, dass ich einen Augenblick lang stehen blieb, um ihnen nachzusehen. Die Frau hatte lange, blonde, nasse Haare. Ich hatte ihr Gesicht nur sehr flüchtig gesehen. Ich sah ihren Rücken, und die Beine, und ein wenig auch die Bewegungen. Sie erinnerten mich an Tolgonai. Die Frau verschwand im Regen, und ich lief weiter, nun in Gedanken an Odessa.

Als ich nach Hause kam, war ich durchnässt bis auf die Haut. Ich zog die Sachen im Hausflur aus und rannte die Treppe hinauf unter die Dusche. Es war herrlich, das warme Wasser auf der Haut zu spüren.

Später ging ich hinunter, setzte mich hinter den Schreibtisch und begann, darüber nachzudenken, wie mein Haus ausgesehen haben mochte in der Zeit, als Tolgonai darin gelebt hatte. Ich hatte ihr zur Flucht aus Odessa verholfen. In der Zeit, als ich in Sibirien gewesen war, hatte sie in meinem Haus gelebt. War sie allein gewesen? Es hatte ein paar Spuren gegeben, als ich zurückkam, einige Hinweise auf die Anwesenheit einer anderen Person. Ich hatte einen Kamm gefunden, einen von den Kämmen, mit denen Frauen ihre Haare hochstecken, gebogen und biegsam, aus hellbraunem Horn, verziert mit einer schmalen Reihe von Strasssteinen. In der Küche hatte in einer Schublade ein Messer gelegen, von dem ich sicher war, dass es mir nicht gehörte. Es sah einem Mordwerkzeug ähnlich. Ich habe, wenn es darauf ankommt, die Beretta. Ich würde niemals ein Messer benutzen. Der Kamm lag noch immer im Bad in einem Korb mit Kleinkram. Das Messer hatte ich aus dem Haus gebracht. Ich habe bisher keine Schwierigkeiten mit der Polizei gehabt; aber ich bin sicher, dass es ein paar ehemalige Kollegen gibt, die nur zu gern jede Gelegenheit nutzen würden, um mir Schwierigkeiten zu bereiten. Dass sie es bisher nicht getan haben, war wahrscheinlich meiner Gesetzestreue, nicht ihren Absichten, zu danken. Weshalb hätte ich eine Mordwaffe im Haus behalten sollen?

Was Tolgonai betraf, so ging vermutlich auch das Durcheinander in den Bücherregalen, in denen die russische Literatur stand, auf ihr Konto. Aber von den Büchern fehlte nichts, außer einem dicken, weißen Wörterbuch mit schwarzer Aufschrift, das ich bei meinem ersten Besuch in Moskau für zwei oder drei Rubel erstanden hatte. Ich dachte mir, dass Tolgonai, die kaum Deutsch sprach, als sie damals in Hamburg angekommen war, das Wörterbuch gut hatte gebrauchen können. Der Verlust ließ sich verschmerzen. Trotzdem begann ich zu überlegen, ob ich ein zweites Mal jemandem mein Haus überlassen würde. Aber die Frage war falsch gestellt. Damals war ich aus Hamburg weggegangen in der Absicht, nicht wiederzukommen. Was hatte mir da dieses Haus noch bedeutet? Meinetwegen hätte man es abreißen können. Damals. Und nun war ich froh, dass ich es wieder hatte.

Das Haus ist klein und ziemlich eng. Der untere Bereich besteht aus einem winzigen Hausflur, einer Küche und einem engen Raum, der gleichzeitig als Wohnzimmer, Bibliothek, Arbeitszimmer und Empfangsraum für meine Klienten dient. Vom Hausflur führt eine schmale Holztreppe in den Giebel. Dort unter den schrägen Wänden sind die Dusche und mein Schlafzimmer. Vom Arbeitszimmer und aus dem Fenster des Schlafzimmers kann ich auf die Elbe sehen. Wenn ich gegen Abend am Strand entlang wandere, lasse ich im Haus das Licht brennen. Manchmal, wenn ich besonders gut gelaunt bin, habe ich dann bei der Rückkehr den Eindruck, als lächele mich das Haus an. Der Anblick seines dicken Strohdaches verschafft mir ein Gefühl von Geborgenheit, das ich nirgendwo sonst gefunden habe.

Mir fiel ein, dass es dämmrig gewesen war, als Lara G. mich besucht hatte. Das war ein paar Tage nach ihrem Freispruch gewesen. Ob das Haus auf sie einen ähnlichen Eindruck gemacht hatte? Ich glaubte es nicht. Sie war nicht mehr interessiert gewesen an Geborgenheit. Sie hatte mir ihre Geschichte erzählt, die ich nicht hatte hören wollen, und hatte sich anschließend umgebracht. Sie war ins Wasser gegangen. Was für ein Wort: ins Wasser gehen.

Ich saß da, und erinnerte mich daran, dass ich beschlossen hatte, sie nicht daran zu hindern. Die Erinnerung an meine unsentimentale Haltung, die mir auch jetzt noch als die einzig richtige erschien, ließ mich die rührseligen Gedanken an lächelnde Häuser und beschützende Dächer schnell wieder aufgeben. Vor mir selbst entschuldigte ich mich damit, dass ja allgemein bekannt ist, wie oft gerade Menschen, die sich für besonders unsentimental halten, bei bestimmten Gelegenheiten mit einer überflüssigen Emotion fertig werden müssen. Glücklicherweise war mir das bis jetzt noch jedes Mal gelungen.

Ich stand auf, um in die Küche zu gehen und mir etwas zu trinken zu holen. In der Tür holte mich die Klingel des Telefons an den Schreibtisch zurück.

Ja?

Bella, sind Sie's?

Es war Brunner, und was er sagte, erschien mir lächerlich und dennoch durchaus möglich.

Ich weiß nicht, weshalb, aber es könnte sein, dass Sie in Kürze Besuch bekommen, von Kollegen, meine ich. Seien Sie nett und höflich und räumen Sie weg, was die Herren nichts angeht.

Glauben Sie, ich werde die Kollegen ins Haus bitten?

Ich weiß, es klingt lächerlich, aber ich rate Ihnen unbedingt dazu.

Haben die einen Durchsuchungsbefehl?

Vermutlich nicht.

Und was wollen die überhaupt?

Ich würde es Ihnen sagen, wenn ich es wüsste. Aber ich weiß es nicht. Ich hab's auch nur zufällig erfahren. Es gab eine Besprechung im Präsidium.

Oh, werden Sie wieder eingeladen?

Weshalb nicht?

Ich schwieg und dachte darüber nach, dass wahrscheinlich wirklich niemand bei der Kripo von Brunners illegalem Manöver im Fall Lara G. erfahren hatte. Sonst hätte man ihn schon längst hinausgeworfen, und das mit Recht.

Bella? Sind Sie noch dran? Hören Sie zu:

Ich weiß nicht, was die Kollegen von Ihnen wollen. Ich sag Ihnen nur, dass sie kommen werden. Im Übrigen haben Sie versprochen, mit mir auszugehen. Denken Sie schon mal über einen geeigneten Termin nach. Ich melde mich.

Brunner hatte aufgelegt, eh ich etwas sagen konnte. Ich legte den Hörer zurück, ging in die Küche und sah sie kommen. Es waren zwei, ein Mann und eine Frau, die sich große Mühe gaben, einem von den vielen Fernseh-Kripo-Teams zu ähneln, die seit einigen Jahren die Zuschauer dazu animieren müssen, sich die Werbeblöcke im Abendprogramm anzusehen. Die beiden sahen ziemlich perfekt aus, vielleicht ein wenig zu kurz und zu breit für die Rollen. Dafür aber schienen die Gesichter echt zu sein. Ich hielt die Frau für fünfunddreißig, den Mann für fünfundvierzig. Die Ausbuchtungen in ihren Jacken waren unübersehbar. Vermutlich Sig Sauer. Gingen die neuerdings immer bewaffnet durch die Gegend? Hielten sie mich für gefährlich?

Ich kam nicht dazu, den Gedanken zu Ende zu denken. Es klingelte an der Haustür, und ich eilte, um ihnen mit fröhlichem Gesicht zu öffnen. Sie waren so höflich, sich gleich an der Tür vorzustellen. Ich versicherte ihnen, ich sei über ihren Besuch begeistert, und ließ sie ein.

Sie blieben etwa zehn Minuten. Als sie gegangen waren, wusste ich ihre Namen, Köhler und Kaul, kannte in etwa ihre Schuhgröße, achtunddreißig und dreiundvierzig, und hatte einen Blick auf ihre gehalfterten Spielzeuge werfen können, den sie mir absichtlich oder zufällig gewährt hatten. In der Art der Bewaffnung hatte ich mich getäuscht. Sie trugen Smith & Wessons. Ich wusste nicht, was sie suchten. Sie hatten sich nach meinem Befinden erkundigt, mir von einer Pensionärsveranstaltung im Präsidium erzählt, mich dazu eingeladen und dabei die ganze Zeit ihre Augen nicht still gehalten. Als ich mich bei ihnen für ihre Fürsorge bedankte, wehrten sie bescheiden ab. Es sei doch selbstverständlich, dass man sich um ehemalige Kollegen kümmere. Besonders, wenn es sich um eine so bekannte und beliebte und weit gereiste Kollegin handele. Ich war sicher, dass die beiden mich bis vor kurzem nicht gekannt hatten. Ich konnte mich nicht daran erinnern, bei meinen Kollegen besonders beliebt gewesen zu sein. Ich bekam die Fürsorge der Kollegen gerade zum ersten Mal seit zwölf Jahren zu spüren. Also ersparte ich mir eine Antwort.

Ich brachte sie zur Tür, nachdem sie sich satt gesehen hatten.

Wieder in der Küche und endlich damit beschäftigt, einen Wodka mit Orangensaft zu mischen, dachte ich darüber nach, weshalb sie mich als »weit gereist« bezeichnet hatten. Das hatte ein wenig neidisch geklungen, was aber nur natürlich war. Ich glaubte nicht, dass man mich beobachten ließ, seit ich aus dem Polizeidienst ausgeschieden war. Ich war sicher, dass mein Freund Kranz mir davon erzählt hätte.

Was sollte dieses »weit gereist«? dachte ich wieder. Und dann, dass es sinnvollere Beschäftigungen gäbe, als über den im Allgemeinen recht reduzierten Wortschatz von Kripokommissaren nachzudenken. Ich stand noch einmal auf, um ein paar Bücher aus den Regalen zu nehmen, die ich auf das Tischchen neben dem Sessel am Fenster zu legen gedachte. Als ich gerade Freuds »Unbehagen in der Kultur« in der Hand hielt, klingelte das Telefon zum zweiten Mal. Wollten die beiden endlich die Frage stellen, die ihnen während ihres Besuchs bei mir nicht eingefallen war? Neugierig nahm ich den Hörer auf. Aber so viel ich auch fragte, es meldete sich niemand. Allerdings wurde am anderen Ende auch nicht aufgelegt. Ich bildete mir ein, einen dünnen, hastigen Atem zu hören, aber das Geräusch war so leise, dass es auch eine Täuschung sein konnte. Schließlich legte ich auf.

Dann gab es keine weiteren Störungen mehr. Ich hatte Zeit genug, mich mit den Erkenntnissen des weisen Mannes aus Wien zu befassen. Besonders seine Feststellung, dass im Plan der Schöpfung nicht enthalten sei, dass der Mensch glücklich sein müsse, beschäftigte mich längere Zeit. Mir gefiel die leise Ironie, mit der Freud vom »Plan der Schöpfung« schrieb. Es beruhigte mich, dass auch ein erklärter Atheist wie Freud nicht umhin gekonnt hatte, diese Worte zu benutzen. Ich begann, darüber nachzudenken, wie festgefahren, wie gefesselt in vorgeschriebenen Bahnen mein Leben zu verlaufen drohte. Ich hätte gern gewusst, wie ich mich befreien und noch einmal anders beginnen sollte. Ich wusste, es würde nicht ausreichen zu reisen. Oder doch? Auf die Welt sehen – konnte das auch heißen: von sich selbst absehen? Ich war nicht sicher. Wie war das in Sibirien gewesen? Da hatte ich eine Zeit lang »von mir absehen« können, aber dann? Am Ende war ich geflohen. Ich hatte es nicht mehr aushalten können. Meine Befindlichkeiten hatten mich eingeholt. Meine Angst um mein Leben war stärker gewesen als die Neugier auf die Welt.

Und trotzdem. Sollte ich einen neuen Versuch wagen? Es müsste ja nicht gleich wieder

Sibirien sein. Ich rief mich zur Ordnung. Was mir fehlte, war ein kleiner Spaziergang durchs Dorf, ein Schnaps im »Perstall« und morgen oder übermorgen ein hübscher kleiner Fall. Vielleicht eine Erpressung, bei der es um viel Geld ginge und in die die Polizei auf gar keinen Fall eingeschaltet werden dürfte. Einen Augenblick dachte ich darüber nach, ob das Duo Köhler und Kaul vielleicht in einem Fall unterwegs gewesen war, der schon meiner war, ohne dass ich davon wusste. Aber eigentlich habe ich ein gutes Gespür für Dinge, die auf mich zukommen. Und ich spürte nichts. Ich verwarf den Gedanken als unwahrscheinlich. Sie hätten mich nach irgendeinem Detail gefragt. Aber die beiden hatten offensichtlich keine Lust gehabt, mit mir zu reden.

Ich rief Kranz an, meinen Psychologenfreund bei der Hamburger Polizei. Er war sofort am Telefon. Die Freude in seiner Stimme war ehrlich. Seit der Geschichte mit Lara G., in die er mich verwickelt hatte, waren wir uns nicht mehr begegnet. Und das hatte nicht nur an mir gelegen. Nach einer kleinen Auszeit, wie man das heute nannte, während der er sogar darüber nachgedacht hatte, seinen Beruf an den Nagel zu hängen und sein Leben seiner Sammlung von Zinnsoldaten zu widmen, war er in der Achtung seiner Vorgesetzten noch höher gestiegen. Wahrscheinlich war er dem Innensenator inzwischen so unentbehrlich geworden, dass der sich daran gewöhnt hatte, Kranz' Ideen als seine eigenen auszugeben. Sollte ich mich darüber lustig machen, weil es eine Zeit gegeben hatte, in der Kranz Politiker mit Sandsäcken verglichen und behauptet hatte, er könne mit ihnen nichts anfangen? Sie seien einfach nur dumm und zu nichts anderem zu gebrauchen, als mit Reden gefüllt zu werden? Ich verzichtete auf spitze Bemerkungen. Ich brauchte ein paar Auskünfte von Kranz, mehr nicht.

Bella, Ihre Stimme zu hören ist wunderbar. Wissen Sie, dass ich gerade gestern Nacht an Sie gedacht habe?

Ich weiß, gleich werden Sie mir sagen, dass Sie jede Nacht an mich denken. Und wissen Sie was? Ich würde mich darüber freuen.

Das war nun übertrieben, wenn auch nicht sehr, aber auf jeden Fall war er angenehm berührt, und das war eine gute Ausgangslage für unser Gespräch.

Köhler und Kaul, sagte er nach einer Weile. Das kann eigentlich nicht sein.

Die werden ja nicht unter falschem Namen bei mir aufgetaucht sein. Was ist mit ihnen? Zu welcher Dienststelle gehören sie?

Es wäre mir lieber, wenn ich noch ein paar

Erkundigungen einholen könnte, bevor ich Ihnen Näheres sage.

Was soll das heißen. Müssen Sie erst nachfragen, ob Sie mit mir reden dürfen? Ich dachte, Sie gehörten nicht zu den Geheimniskrämern. Ich dachte, Sie hätten ...

Bella! Sie sind ungeduldig, aber deshalb sollten Sie nicht ungerecht sein. Sie wissen, dass ich Ihnen jede Auskunft gebe, die Sie brauchen. Ich möchte aber gern Auskünfte geben, mit denen Sie etwas anfangen können. Sagen wir, morgen Abend, halb zehn, im Flughafen, in dem Restaurant ganz oben in der Abflughalle?

Bringen Sie ihn hin oder holen Sie ihn ab?, fragte ich.

Ich hoffe, er ist dann auf dem Weg nach Mallorca.

So ganz ohne Sie?

Auch Senatoren brauchen mal Urlaub, antwortete Kranz. Er hat seine Frau dabei. Es ist ja nur für eine Woche. Also, abgemacht?

Abgemacht, sagte ich und legte auf. Den Rest des Abends verbrachte ich damit, Papiere und Aufzeichnungen zu vernichten, die sich an verschiedenen Stellen in meinem Arbeitszimmer angesammelt hatten. Ich mache mir selten Notizen, wenn ich an einer Sache arbeite, aber manchmal kommt es eben doch vor. Ich hatte keine Ahnung, wie ernst es Köhler und Kaul oder irgendeiner ihrer Kollegen mit dem Datenschutz nehmen würden. Vermutlich fanden sie Möglichkeiten, ihn zu umgehen. Ich vernichtete die Unterlagen nicht in erster Linie wegen meiner Klienten, und auch nicht, weil ich Köhler und Kaul den Einblick nicht gönnte. Ich beseitigte die Notizen und Fotos und Rechnungen und was sich sonst noch angesammelt hatte, weil ich keine Lust hatte, sie wissen zu lassen, womit ich mich beschäftige. Ich wusste nicht, ob ihr offensichtliches Interesse mir oder einem gewesenen oder zukünftigen Klienten gegolten hatte. Wenn sie aber mich meinten, dann sollten sie weiter in dem Dunkel, einzig von winzigen mit aus Neid gespeisten Glühbirnen erhellt, tappen wie bisher.

Ich ging früh schlafen, nachdem ich noch ein paar Minuten einem Fernseh-Unterhalter zugesehen hatte, von dem ich wusste, dass die Leute ihn für »gnadenlos« und »intelligent« hielten. Mir schien, als sähe ich jemandem zu, der zum Darsteller eines »gnadenlosen« und »intelligenten« Fernseh-Unterhalters verkommen war. Der Mann war ohnehin ein schlechter Schauspieler. Manchmal, in kleinen Pausen vor seinen Sätzen, von denen er wusste, dass sie »gnadenlos« und »intelligent«

sein mussten, verzog er das Gesicht, als wollte er zu weinen beginnen. Das waren die einzigen Augenblicke, in denen er ehrlich wirkte. Es waren aber zu wenige, um vor dem Fernseher sitzen zu bleiben.

In den Wochen, in denen das alles geschah, hatte ich mehr und längere Träume als üblich. Oft wachte ich in der Nacht auf, versuchte, mich an den Traum, der mich geweckt hatte, zu erinnern und schlief darüber wieder ein. Ich hatte ruhige Nächte und gleichmäßige Tage, die auch nicht von einem einzigen Menschen unterbrochen wurden, der meine Hilfe suchte. Bis diese Frau nachmittags an dem Tag erschienen war, an dem ich mich abends mit Kranz im Flughafen treffen wollte.

Ich hatte den Besuch der beiden Polizisten beinahe schon vergessen. Bei der Aufräumaktion war ich auf einen bebilderten Ausstellungskatalog des Alexander-Blok-Museums in Moskau gestoßen, den ich vor neun oder zehn Jahren mitgebracht hatte, als ich selbst dort gewesen war. Ich betrachtete gerade mein Lieblingsfoto von Blok. Der Nachmittag vor den geöffneten Fenstern war friedlich und still, selbst die Rufe der Drosseln schienen unaufgeregt, wenn die Vögel flach über den Boden dahin flogen, aufgeschreckt durch einzelne Spaziergänger. Deshalb nahm ich das Geräusch der Haustürglocke fast wie eine Störung wahr, aber eine Störung, die meine Lethargie unterbrach und die mir willkommen war.

Als ich öffnete, stand vor mir eine Frau von vielleicht dreißig oder fünfunddreißig Jahren, die mich aus verschiedenen Gründen gleich für sich einnahm. Später, als sie wieder gegangen war und ich Zeit hatte, darüber nachzudenken, ob ich ihr die Geschichte glauben sollte, die sie erzählt hatte, erinnerte ich mich daran. An den freundlichen, bestimmten Blick, mit dem sie mich an der Tür angesehen hatte, an die schwarze Samthose und dem auberginefarbenen Blazer, die flachen, bequemen Schuhe und den verrückten, roten Beutel über der Schulter. Sie hatte mir sofort gefallen. Eine geschmackvoll angezogene Frau, die ihre Worte zu setzen weiß, ist nicht so alltäglich, wie man vielleicht denken sollte, und auf jeden Fall ein angenehmer Umgang.

Ich bat sie herein, und sie folgte mir mit unaufdringlicher Selbstverständlichkeit. Ihre Augen wanderten eher zurückhaltend als zu neugierig durch mein Haus, und als sie Platz genommen hatte – ich hatte ihr den Stuhl vor dem Schreibtisch angeboten und mich dahinter gesetzt –, sah sie mich fest und klar an.

Wäre es Ihnen recht, wenn ich Ihnen ein paar zusammenhängende Informationen gäbe? Es würde Ihnen die Entscheidung darüber leichter machen, ob Sie mir helfen können oder nicht.

Der Umgang mit Frauen, die wissen, was sie wollen, ist mir immer angenehm gewesen. Einen kurzen Augenblick lang dachte ich daran, dass man dabei manchmal in Gefahr geriet, entmündigt zu werden. Der Gedanke war flüchtig. Er verschwand, als die Frau zu sprechen begann.

Ich bin Renata Makano. Der Vorname ist mein eigener, der Nachname ist erheiratet. Ich bin seit vier Jahren verheiratet, aber ich habe nicht mit meinem Mann zusammengelebt. Als ich ihn kennen lernte, war er Aushilfskellner bei einem Partyservice. Meine Eltern gaben ein Fest, und ich war hingegangen, obwohl unser Verhältnis nicht besonders gut war. Sie sind immer sehr konservativ gewesen. Meine Berufswahl und mein Lebensstil gefielen ihnen nicht. Ich beschäftige mich mit Mode und Design. Im Augenblick lehre ich an der Fachhochschule für Gestaltung. Aber ich werde mich so bald wie möglich mit einer eigenen Firma selbstständig machen. Zu dem Abend bei meinen Eltern war ich in einer vielleicht etwas provozierenden Aufmachung erschienen. Ich will es gern zugeben. Ich wollte meinen Vater um Geld bitten. Wahrscheinlich habe ich gedacht, ich würde ihn eher überzeugen, wenn ich ihm eine Probe meines Könnens persönlich vorführte. Das war natürlich ein falscher Gedanke gewesen. Eine Schocktherapie für Konservative, die sie zugänglich macht, ist noch nicht erfunden worden.

Im Gegenteil, dachte ich. Versetz solche Menschen in Unruhe, und sie wittern den Satan. Ich malte mir eine kleine Szene aus: ein alter Herr mit hochrot angelaufenem Kopf in seinem Arbeitszimmer, hinter dem Schreibtisch stehend und nach Atem ringend, an der Wand ein paar Stillleben nicht ganz so bekannter holländischer Meister (zum allerhöchsten Geldadel zählte ich die Frau vor mir nicht, obwohl auch das hätte sein können) und in der Tür die schrill gewandete, in den Augen des Alten missratene Tochter, die sich nicht gescheut hatte, eine unverschämte Forderung zu stellen. Irgendetwas an der Geschichte begann mich zu langweilen. Vermutlich das Milieu.

Mein Vater war nur mühsam beherrscht, als er mich aufforderte, sein Arbeitszimmer zu verlassen. Ich ging in eines der Zelte, die man im Park aufgestellt hatte, und suchte etwas zu trinken. Der Kellner, der mir das Glas reichte, war Makano.

Die Frau machte eine Pause. Ich konnte mir den Rest der Geschichte vorstellen.

Ich sagte: Er war schwarz, sah gut aus und war bei sich zu Hause Arzt oder Lehrer gewesen. Er sprach fließend Englisch und war sehr sensibel. Sonst hätten Sie ihn nicht geheiratet, nehme ich an.

Er brauchte eine Aufenthaltsgenehmigung.

Das ändert die Sache natürlich entscheidend. Es ist dem eigenen Wohlbefinden durchaus dienlich, wenn es seine egoistischen Motive mit altruistischen dekorieren kann.

Es entstand eine längere Pause, während der wir beide überlegten, ob es Sinn hatte, die Unterhaltung fortzusetzen.

Renata war in ihren Überlegungen schneller als ich.

Wenn ich Sie bitte, für mich Nachforschungen anzustellen, könnten Sie doch davon ausgehen, dass Sie mich dabei nicht unbedingt wiedersehen müssten. Wir könnten telefonisch in Verbindung bleiben. Ich würde Ihnen eine Anzahlung geben. Sie würden am Ende eine Rechnung schicken.

Ich werde mich entscheiden, wenn Sie mir den Rest der Geschichte erzählt haben, sagte ich.

Wir haben einen Monat später geheiratet. Zusammen gewohnt haben wir nie. Ich habe

Makano einen Job als Modell in unseren Aktzeichenklassen vermittelt. Ich glaube, er hat auch weiter bei diesem Partyservice gearbeitet. Hin und wieder haben wir uns getroffen, ein paar Mal auch zusammen geschlafen. Es hat uns beiden bald kein besonderes Vergnügen mehr gemacht. Wahrscheinlich haben wir es deshalb gelassen. Diese Dinge haben bei mir stattgefunden. Im Grunde wusste ich nicht einmal, wo und wie Makano wohnte. Es hat mich nicht interessiert.

Sie machte eine kleine Pause, um dann nachdenklich und wie zu sich selbst zu sagen: Merkwürdig, aber es stimmt. Es hat mich tatsächlich nicht interessiert.

Ihre Stimme klang erstaunt.

Irgendwann haben wir uns aus den Augen verloren. Ich war sehr viel auf Reisen, wegen meiner Pläne. Ich habe auch sehr viel gearbeitet, außerhalb der Hochschule, meine ich. Ich hatte ein eigenes Atelier gemietet, eine große Werkstatt. Sie können sich nicht vorstellen, mit welchen Argusaugen in der Schule jede neue Idee beobachtet wird. Die großen Firmen haben regelrechte Spione unter den Schülern. Die erste Präsentation eines neuen Unternehmens muss ungewöhnlich sein, einen absolut eigenen Stil erkennen lassen. Wenn das Zeug zur gleichen Zeit schon in den Kaufhäusern hängt, braucht man gar nicht erst anzufangen.

Ich dachte nicht daran, sie zu bedauern. Die Art von Oberflächenpolitur, der sich Renata Makano verschrieben hatte, ist mir immer suspekt gewesen; obwohl mir natürlich klar war, dass sie für viele zum Leben gehört, wie die Luft zum Atmen. Jedenfalls zum Leben in den reichen Industriestaaten, dort aber auf jeder gesellschaftlichen Stufe und dem jeweiligen Einkommen angepasst. Letzten Endes ist es gleich, ob jemand die Kleider von Versace trägt und dazu ein paar Picassos oder, besonders apart, Guttosos an den Wänden hängen hat oder ob jemand seine Pullover bei Jean Pascale kauft und das Bild an der Wand ein Donald-Duck-Poster ist. Die Makano würde für den »gehobenen Mittelstand« produzieren, da war ich mir sicher. Ich schwieg und wartete auf die Fortsetzung der Geschichte.

Vor drei Wochen, heute sind es genau drei Wochen, stand dann Makano überraschend vor meiner Tür. Ich wies ihn nicht ab, natürlich nicht. Immerhin waren wir noch verheiratet. Das Atelier liegt am Ende in einer stillen Straße in Flottbek. Die Beleuchtung dort draußen ist nicht besonders gut. Wenn man seinen Eingang nicht gerade direkt unter einer Laterne hat, ist es ziemlich dunkel. Jedenfalls konnte ich in der

Tür nicht erkennen, dass der Mann krank war. Er kam herein, unaufgefordert. Ich bat ihn nicht, sich zu setzen, weil er sich von selbst setzte. Als ich ihn kennen lernte, hatte er sich anders verhalten. Er war eher grau als schwarz und hatte offenbar Fieber. Jedenfalls schlugen seine Zähne an das Glas, als er das Wasser trank, um das er gebeten hatte. Er trank zwei Gläser Wasser, stellte das leere Glas auf die Kante des Tisches zurück, sodass es auf den Boden fiel, und schwieg. Ich nahm das Glas auf und brachte es zurück in die Küche. Als ich wieder vor ihm stand, hatte er den Kopf an die Lehne des Sofas gelegt und war eingeschlafen. Sein Atem ging unregelmäßig, mit einem unangenehmen, pfeifenden Geräusch. Auf seiner Oberlippe standen Schweißperlen.

Renata Makano schwieg einen Augenblick, offenbar noch immer irritiert von dem Bild des kranken Mannes auf ihrem weißen Philippe-Starck-Ledersofa, denn dass ihr Mann auf so einem oder einem ähnlichen Ding der gehobenen Preisklasse gesessen hatte, war mir inzwischen ziemlich klargeworden.

Dann fuhr sie fort: Natürlich musste ich überlegen, was ich mit ihm anfangen sollte.

Natürlich, sagte ich, der Mann konnte da ja nicht sitzen bleiben.

Sie schien die Ironie nicht zu begreifen, die

ich in meine Stimme gelegt zu haben glaubte. Wahrscheinlich bin ich nicht besonders gut in solchen Dingen.

Ich war mitten in der Vorbereitung für meine erste Kollektion. Kleider und Geräte für den Haushalt, schöne Dingen eben. Die Kombination ist das Neue.

Sie machte eine kleine Pause und hing in Gedanken ihrer Kollektion nach. Ich sah ihr dabei zu.

Dann sprach sie weiter: Es gibt einen Schlafplatz im Atelier, aber ich konnte doch unmöglich – er schlief zehn Minuten. Ich hatte ein doppeltes Aspirin aufgelöst, das er trank, als er wach wurde. Nach einer Weile, ich wollte ihn wirklich nicht drängen, haben wir uns ganz ruhig unterhalten. Ich wollte wissen, wo er wohnt. Ich hatte den Eindruck, dass es ihm nicht angenehm war, mir seine Adresse zu geben, aber er hat es dann doch getan. Ich hab das ganze Aspirin eingesteckt und die einzige warme Decke genommen, die ich entbehren konnte. Dann sind wir zusammen zu seiner Unterkunft gefahren.

Wieder machte sie eine Pause, bevor sie sagte: Unterkunft, ja, das ist wohl das richtige Wort. Wenn Sie bereit sind, mir zu helfen, dann werde ich Ihnen den Ort jetzt nicht schildern. Sie werden selbst sehen, wie man diese Leute ... ich brachte ihn in sein Zimmer und ins Bett, gab ihm noch zwei aufgelöste Aspirin, deckte ihn mit der Felldecke zu und verließ das Haus. Da muss es gegen zwei Uhr nachts gewesen sein. Ich fuhr nach Hause. An Arbeit war nicht mehr zu denken. Also versuchte ich zu schlafen. Am nächsten Morgen hatte ich eine Besprechung. Jemand, der sich für meine gesamte Kollektion interessierte. Die Zeit wurde knapp. Ich habe sehr viel gearbeitet, keine Zeit mehr, an den nächtlichen Besuch zu denken. Aber ich nahm mir vor, so bald wie möglich Makano noch einmal aufzusuchen. Ich wollte die Scheidung. Diese Heirat war eine Schnapsidee gewesen. Also: bin ich vor ein paar Tagen noch einmal zu ihm gefahren. Er war verschwunden und ist bis gestern nicht wieder aufgetaucht.

Sie schwieg und begann, in ihrer Handtasche zu wühlen. Ich sagte ebenfalls nichts und sah ihr zu. Ich konnte mir vorstellen, was sie suchte. Schließlich fand sie das Foto und hielt es mir hin. Ich nahm es und legte es auf den Schreibtisch, ohne einen Blick darauf zu werfen.

Werden Sie ihn finden?, fragte sie.

Soll ich?, fragte ich zurück. Vielleicht ist es Ihnen lieber, Ihr Mann bleibt verschwunden?

Wenn Sie nicht wissen, wo er ist, müssen Sie sich auch nicht verantwortlich fühlen.

Sie sah mich schweigend an. Ihr Blick war nachdenklich, so, als würde sie meine Worte bedenken.

Nein, sagte sie entschlossen. Das hat keinen Sinn. Ich will die Angelegenheit hinter mich bringen, so oder so. Ich will die Scheidung.

Haben Sie mit Ihrem Mann darüber gesprochen, als Sie ihn in seine Unterkunft brachten?

Ich glaube. Aber es kann sein, dass er nicht begriffen hat, was ich meinte. Er hatte wirklich hohes Fieber.

Was glauben Sie, weshalb er überhaupt zu Ihnen gekommen ist? Er kann doch unmöglich gekommen sein, um sich ein paar Aspirin zu holen. Was wollte er wirklich?

Er war krank, sagte sie heftig. Wahrscheinlich wusste er nicht mehr genau, was er tat. Vielleicht hat er geglaubt, er könne bei mir unterkommen. Ich weiß nicht, woher soll ich wissen, was so ein Mensch denkt?

Sie war ein bisschen rot geworden und ein wenig zu laut. Ich war sicher, sie wusste, was er von ihr gewollt hatte. Aber sie wollte es mir nicht sagen. Ich warf einen Blick auf die Fotografie. Sie zeigte die Dame Renata an der Seite eines Schwarzen vor einer Tür, über der in altmodischen Lettern das Wort Standesamt zu lesen war. Der Mann hatte ein einprägsames Gesicht, das an Sammy Davis jr. erinnerte, aber er war größer und trug einen Anzug, den Sammy Davis jr. nicht einmal zur Gartenarbeit getragen hätte. Den Mann auf dem Foto würde ich jedenfalls unter Hunderten wiedererkennen. Ich schob das Foto zurück.

Lassen Sie mir Ihre Adresse hier, sagte ich. Ich will mir die Sache überlegen. Ich rufe Sie morgen an.

Sie könnten sich nicht jetzt gleich entscheiden?

Weshalb hatte sie es so eilig, wo sie doch lange Zeit vergessen zu haben schien, dass der Mann überhaupt existierte?

Es würde mir leichter fallen, mich zu entscheiden, wenn Sie mir sagten, was Makano von Ihnen gewollt hat.

Ich habe Ihnen alles gesagt.

Mit einer hastigen Handbewegung nahm sie das Foto an sich und ließ es in ihrer Handtasche verschwinden. Sie stand auf. Wenn Sie zwischen zehn und zwölf Uhr anrufen könnten. Die Nummer steht auf der Karte. Auf Wiedersehen. Oder nein: Auf Wiederhören.

Sie wartete meine Entgegnung nicht ab. Sie wartete auch nicht darauf, dass ich sie an die Tür bringen würde. Ich bin allerdings auch nicht sicher, dass ich es tun wollte.

Es war halb neun, als ich zur Bahn ging, um zum Flughafen zu fahren, ein warmer, windstiller Herbstabend. Die Welt war ein bisschen wie in Watte gepackt, die alle Geräusche zu dämpfen schien. Sogar die Eicheln unter meinen Füßen knackten nur leise. Auf dem Bahnsteig standen nur wenige Menschen. Der Zug war nicht besonders voll. Auf den Bänken hinter mir saßen zwei Schwarze, die sich leise in einer Sprache unterhielten, die ich nicht verstand. An der Haltestelle Othmarschen stiegen zwei ältere Männer ein. Sie trugen die dunkelblauen Mützen mit goldenen Wappen über dem Schirm und helle, wattierte Jacken. Ich hielt sie für pensionierte Lotsen oder Kapitäne von Kümos, die auf dem Weg zu ihrem abendlichen Stammtisch waren. Sie sahen so aus, wie Touristen sich echte Hamburger vorstellen mochten. Die beiden gefielen mir, jedenfalls, bis sie den Mund aufmachten. Sie gingen an den Schwarzen vorbei. Ich hörte, wie sie sagten: Ne, nich' bei de Swatten, und dachte, dass sie vielleicht einen freundlichen Scherz machen wollten. Sie sprachen sehr laut miteinander, offenbar wollten sie, dass man ihnen zuhörte. Sie fanden, die Schwarzen nähmen langsam überhand.

Und wer sich dagegen wehrt, wird unterdrückt, sagte der eine.

Ja, aber lange kann man das nicht mehr unterdrücken. Je mehr man unterdrückt, desto schneller wachen die Leute auf.

Hest dat mitkregen? Der soll nu 'n Mörder sein. Dabei wer de Swatte noch nich mal tot, as se em legen loten hebt. Der hat noch gelebt, drei Dog lang. Aber den Jung haben sie nun zum Mörder gemacht. Dabei is das nu bloß einer weniger.

Dat rächt sich, sag ich dir.

Ich sah auf die übrigen Fahrgäste. Niemand protestierte, obwohl die alten Männer im ganzen Abteil zu verstehen waren. Vermutlich gefiel den Leuten das Schwadronieren der beiden.

Ich sagte laut: Hier stinkt's nach Nazis, als ich an den Männern vorüberging, um das Abteil zu verlassen. Sie lächelten mir freundlich zu.

Am Hauptbahnhof nahm ich den Bus zum Flughafen. Vor mir saß eine italienische Familie, Vater, Mutter und vier größere Kinder. Sie sprachen freundlich und gelassen miteinander, so als freuten sie sich auf ihre Reise. Ich beobachtete sie und bildete mir ein, sie würden niemals hässlich über Schwarze reden. Ich glaubte zwar nicht daran, aber ich hatte das dringende Bedürfnis, etwas Freundliches von meinen Mitmenschen zu denken.

Es war kurz nach halb zehn, als ich das Restaurant des Flughafens betrat, in dem ich mich mit Kranz verabredet hatte. Er war noch nicht da. Ich bestellte einen doppelten Wodka mit Orangensaft. Während ich wartete, blickte ich durch das Panoramafenster auf das nun schon beinahe dunkle Rollfeld. Ich sah einen Trupp von sechs Uniformierten, die einen Mann zwischen sich voranschoben. Einen kurzen Augenblick lang hatte ich den Eindruck, man habe dem Mann den Mund zugeklebt. Dann war die Gruppe verschwunden.

Irgendwann danach betraten zwei Polizisten das Restaurant. Sie gingen auf einen Tisch in der Ecke zu, an dem ein Mann saß und aß. Der Mann war mir aufgefallen, weil er braun gebrannt war und lässig gekleidet und den Eindruck machte, als gäbe er sich mit großem Vergnügen seinem Essen hin. Die Polizisten sprachen kurz mit ihm, bevor er aufstand und ihnen folgte. Das Essen, eine Auswahl von feinen Salaten und verschiedenen Fischsorten, blieb zurück.

Der hat das vor zwei Wochen schon mal versucht, sagte der Kellner. Aber man merkt sich ja seine Pappenheimer. Nur vom Feinsten, und ohne einen Pfennig. Das möchte ich auch mal.

Ich war froh, als ich Kranz die Treppe heraufkommen sah, obwohl er eine Rose in der Hand hielt und ich in seinem Gesicht den Widerschein der Senatoren-Verabschiedung zu sehen meinte. Kann sein, dass auch er froh war, mich zu sehen. Jedenfalls lächelte er, als er mich entdeckte.

Tolgonai hat die Autobahn irgendwo zwischen Nürnberg und Regensburg verlassen. Sie hat beschlossen, das Motorrad zu behalten. Deshalb tankt sie nicht an der Autobahn, denn sie geht davon aus, dass der Besitzer der Maschine weiß, wann sie tanken muss. Er müsste dann nur die entsprechend entfernt liegenden Tankstellen befragen. Sie findet eine Tankstelle und ein Gasthaus in einem winzigen Ort, der ihr wegen seiner Fachwerkhäuser und Blumenkästen freundlich zu sein scheint. Als sie die Gaststube betritt, wird sie allerdings ziemlich unfreundlich gemustert. Der Wirt sitzt mit zwei älteren und einem jüngeren Mann an einem Tisch, der durch ein bronzenes Schild als »Stammtisch« gekennzeichnet ist. Die Männer unterbrechen ihr Kartenspiel, wenden sich zu ihr um und lassen sie nicht aus den Augen, während sie an die Theke geht.

Dort steht eine grauhaarige Frau, die ihr mürrisch entgegensieht.

Ich möchte ein Zimmer. Und etwas zu essen möchte ich, sagt Tolgonai.

Sie hat ihre Lederjacke aufgeknöpft. Die Haare sind von der Fahrt ohne Helm zerzaust. Als sie die ablehnenden Blicke der Frau wahrnimmt, fasst sie mit beiden Händen die Mähne zusammen und lächelt freundlich.

Und ein Bad könnte ich auch gebrauchen. Der Helm ist leider verloren gegangen.

Obwohl die Wirtin nicht so aussieht, als könnte sie durch ein einfaches Lächeln freundlich gestimmt werden, geht sie auf Tolgonai ein.

Wir haben nur Bratwurst. Und die Dusche ist über den Gang, sagt sie. Es ist nicht sicher, ob ihre Worte einladend oder abweisend gemeint sein sollen.

Ich nehme das Zimmer, sagt Tolgonai. Ich möchte gern in einer halben Stunde essen.

Die Wirtin nickt wortlos. Die Männer nehmen ihr Kartenspiel wieder auf, als hätten sie es nie unterbrochen. Die Frau kommt mit einem Schlüsselbund hinter der Theke hervor und bedeutet Tolgonai, ihr zu folgen. Sie geht einen Gang entlang, der vielleicht früher in den Kuhstall am Ende des Hauses geführt haben mag. Die Tür zum Kuhstall existiert nicht mehr, aber ein leichter Geruch nach Vieh sitzt noch immer in den Mauern. Kurz vor dem Ende des Ganges führt eine Treppe nach oben. Sie ist aus Holz und mit Ochsenblutfarbe gestrichen. Der Gang im Obergeschoss liegt im Dunkeln, bis die Wirtin den Knopf eines Lichtschalters betätigt. Das Geräusch, das dabei entsteht, ist das einer Zeituhr. Das Licht wird sich von selbst wieder ausschalten. Der Läufer auf dem oberen Gang ist aus bedrucktem Linoleum. Vor einer Tür mit der Nummer eins, die seltsamerweise am Ende des Ganges liegt, bleibt die Wirtin stehen und löst einen Schlüssel aus dem Schlüsselbund. Sie öffnet die Tür und betritt das Zimmer. Obwohl der Tag sonnig und warm gewesen ist, ist es hier kalt. Die Wirtin bleibt in der Mitte des Zimmers stehen und dreht sich zu Tolgonai um.

Der Schlüssel passt auch zum Bad, sagt sie. Das Bad ist da drüben.

Sie zeigt durch die geöffnete Tür auf die gegenüberliegende Seite des Ganges.

Seife und Handtücher sind dort, sagt sie und deutet auf eine Kommode, die im Zimmer steht. Eine weiße Keramikschüssel mit einer schwarz- und lilafarbenen Verzierung, die dazugehörende Wasserkanne, zwei kleine Handtücher, ein Waschlappen, obenauf ein Stück Seife.

Danke, sagt Tolgonai. Ich werde zuerst duschen.

Die Wirtin steckt den Schlüssel von innen ins Schloss, als sie das Zimmer verlässt. Sie trägt Pantoffeln, und ihre Füße stecken in weißen Socken, die am Rand mit Tennisschlägern verziert sind. In der Tür dreht sie sich noch einmal um.

Eine Nacht oder länger?

Eine Nacht, antwortet Tolgonai.

Als die Wirtin die Tür hinter sich geschlossen hat, geht Tolgonai schnell zum Fenster, zieht die Gardine beiseite und öffnet die Frügel weit. Milde, warme Abendluft strömt herein. Die schnellen Schreie von Mauerseglern sind zu hören, die in der Dämmerung umeinander fliegen. Das Fenster geht auf eine schmale Gasse hinaus. In der Mitte der Gasse ist eine einzelne Laterne. Unter der Laterne, vielleicht zwanzig Meter vom Gasthaus entfernt, steht ein merkwürdig aussehendes Geschöpf. Es ist nicht genau zu erkennen, ob es sich um einen Mann oder um eine Frau handelt. Weite Kleidungsstücke, die für die Jahreszeit ganz sicher zu warm sind, ein in den Nacken geschobener Filzhut, unverwandter Blick auf das geöffnete Fenster. Tolgonai ist einen Augenblick lang sonderbar berührt von der Gestalt da unten. Dann wendet sie sich vom Fenster ab, schaltet das Licht im Zimmer aus und beginnt, sich auszuziehen. Sie fühlt sich müde und schmutzig und hungrig.

Die Dusche ist eine winzige Kabine mit einer klapprigen Schiebetür aus gelb getöntem Kunststoff. Sie ist offensichtlich nachträglich in einen Raum gestellt worden , der vielleicht einmal eine Küche oder eine Waschküche gewesen sein könnte. Der Fußboden ist aus grauem Beton, und die Wände sind weiß gekalkt. Unter Fenstern, die auf einen Innenhof hinausgehen, steht ein langer, alter Tisch. Er hat eine vom Scheuern hell gewordene Platte. Die Tür des Raums lässt sich von innen nicht abschließen. Aber das Wasser in der Duschkabine ist warm, die Seife gibt einen weichen Schaum und die Prozedur des Waschens nimmt nur wenig Zeit in Anspruch. Als Tolgonai über den Gang zurück in ihr Zimmer huscht, fühlt sie sich sauber und hungrig.

Unten sitzt der Wirt jetzt allein am Tisch. Er hat vor sich eine Zeitung auf die Tischplatte gelegt, die Arme aufgestützt und die Augen direkt über dem Papier. Ihm gegenüber unter den Fenstern hat die Wirtin Messer und Gabel auf einen Tisch gelegt.

Was zu trinken?

Ja, Wasser, bitte, sagt Tolgonai, während sie sich an ihren durch Messer und Gabel gekennzeichneten Platz setzt. Sie sieht sich in der Gaststube um, während die Wirtin für eine Weile verschwunden ist. An den Wänden hängen alte, gerahmte Fotos, die einen Bauernhof zeigen. Auf einem der Fotos ist eine Gruppe von Landarbeiterinnen zu sehen, die in dicken Röcken und mit Holzpantoffeln auf einem Acker stehen und lachen. Über dem Kopf des Wirts hängen zwei Fotos von Männern in Uniform, die an der rechten, unteren Ecke mit einem schwarzen Band dekoriert sind. Das Band ist ausgeblichen. Als die Wirtin die Tür öffnet, verbreitet sich der Geruch von gebratener Wurst im Gastraum.

Würzburg hat wohl bald mehr Juden als Deutsche, sagt der Wirt, ohne den Kopf von der Zeitung zu heben. Lauter Russen, was die sich trauen.

Die Frau antwortet nicht. Sie stellt den Teller mit Wurst und Sauerkraut vor Tolgonai hin, geht hinter die Theke, kommt mit einem Glas Wasser zurück und verschwindet wieder in der Küche. Als sie die Tür hinter sich geschlossen hat, sieht der Mann hoch.

Kommst von weit her, hast so ein Motorrad und übernachtest hier, sagt er. Da stimmt doch was nicht, oder?

Der Mann hat ein weißes Gesicht, aus dem die Nase spitz hervorspringt. Seine Augen, unter dunklen, buschigen Augenbrauen, sind schwarz,

Tolgonai lächelt ihn an und sagt nichts.

Kannst ruhig den Mund aufmachen. Oder sprichst du nicht mit jedem?

Das Essen ist gut, sagt Tolgonai, und Ihre Frau ist sehr nett.

Das ist sie nicht, sagt der Mann, gegen dich ist sie eine mickrige Schlampe. Die und nett! Das muss ich ja wohl besser wissen.

Er beugt sich wieder über seine Zeitung. Tolgonai isst und hört durch die geschlossenen Fenster auf die Schreie der Mauersegler. Sie scheinen das einzig Lebendige an diesem Ort zu sein. Die Gestalt unter der Laterne fällt ihr ein. Sie geht zum Fenster und zieht die Gardine zur Seite, um hinaussehen zu können. Der Stoff fühlt sich in ihrer Hand klebrig an. Er riecht nach abgestandenem Rauch. Sie blickt auf die Gasse hinaus, aber der Platz unter der Laterne ist leer. Als sie sich vom Fenster abwendet, sieht sie, dass der Wirt sie beobachtet hat. Er hat den Kopf nicht aus den Händen genommen, sodass sein Blick von unten kommt und verschlagener aussieht, als er vielleicht wirklich ist.

Brauchst Gesellschaft, was? Da bist du hier falsch. Besser, du haust wieder ab. Irgendwohin, wo wirklich was los ist. Wo's noch Junge gibt. Irgendwo wird es welche geben, nehme ich an.

Sind Sie fertig, fragt die Wirtin. Sie ist neben Tolgonai aufgetaucht, ohne dass die sie bemerkt hat. Tolgonai nickt.

Kann ich mein Motorrad irgendwo einstellen heute Nacht?

Garagen haben wir nicht, sagt die Wirtin. Hier passiert nichts.

Ihr Mann sieht kurz hoch, wendet das Gesicht aber wieder der Zeitung zu, ohne etwas zu sagen. Die Frau nimmt den Teller und das Besteck und trägt beides in die Küche.

Hier passiert nichts, sagt der Mann, als sie den Raum verlassen hat.

Er nimmt den Kopf nicht hoch, als er weiterspricht. Das ist ja das Problem, sagt er. Hier passiert nichts. Sieh sie dir doch an. Da vergeht einem alles. Ob sie mal anders gewesen ist? Ich versuche, mich zu erinnern. Es gelingt mir nicht. Glaub bloß nicht, ich hätt' sie nicht alle. Ich hab' dich gesehen, als du hier reinkamst. Meinetwegen kann 'ne Königin so ihren Pferdestall betreten. Aber nicht so 'ne Hergelaufene wie du.

Der Mann nimmt den Kopf nicht hoch. Er redet zur Tischplatte, nur manchmal linst er schnell zu Tolgonai hinüber, als wollte er die Wirkung seiner Worte prüfen. Dann verzieht sich sein Mund, die Lippen öffnen sich, als versuchten sie, irgendwo saugend einen Halt zu finden. Tolgonai rührt sich nicht. Es ist, als betrüge der Abstand zwischen ihr und dem Mann an der gegenüberliegenden Seite des Raumes hundert oder mehr Meter. Der Mann kämpft gegen den Abstand, als ginge es um sein Leben. Sehr langsam beginnen seine Hände, auf der Tischplatte die Zeitung zusammenzuschieben. Er beginnt von neuem zu reden.

Ich könnte dir vorlesen. Du wirst mir zuhören. Sie hört mir nicht zu. Dafür riecht sie nach Zwiebeln. Ihre Titten hängen bis auf den Bauch. Steh mal auf, du. Lass dich mal ansehen. So was kommt hier ja nicht alle Tage rein. Ich kannte mal einen Kollegen, der hatte Löcher in die Türen gebohrt, damit er was zu sehen bekam. Dreizehn Gästezimmer mit Löchern in den Türen. Hinterher ging er zu seiner Alten. Kam raus, als die Kneipe verkauft wurde. Du siehst gut aus. Woher kommst du?

Und lauter: Woher kommst du?

Lass sie in Ruhe, sagt die Wirtin.

Sie steht hinter der Theke. Sie haben sie nicht kommen hören.

So kannst du mit unseren Gästen nicht umgehen. Er meint es nicht so, sagt sie zu Tolgonai gewandt. Manchmal trinkt er abends zu viel. Er verträgt nichts. Früher hat er viel vertragen. Am meisten von allen. Irgendwann hat's ihn erwischt. Er ist einfach zusammengeklappt. Zu viel Schnaps. Der Körper macht nicht mehr mit, sagt der Arzt. Nehmen Sie's ihm nicht übel. Ich hab' noch 'n Nachtisch. Bisschen Apfelmus gefällig?

Apfelmus, ja, sagt Tolgonai.

Die Wirtin verlässt ihren Platz hinter der Theke. Tolgonai sieht zu dem Mann hinüber, der mit beiden Händen die Zeitung auf dem Tisch glatt streicht. An der Wand über ihm hängen die Bilder der toten Soldaten wie angenagelte Vorwürfe.

Was suchst du? Komm ruhig her und sieh sie dir an. Meine Brüder. Die hätten dir gefallen. Keine war vor ihnen sicher. Die hätten ein Dorf zusammengevögelt, sag ich dir. Wenn die Weiber sie gelassen hätten. Manche ja, die wussten, was gut ist. Bei Adolf gab's dafür Prämien. Der ließ seine Hengste im Krieg abknallen. Sieh sie dir an. Na komm, oder hast du Angst vor Toten?

Tolgonai steht auf. Sie durchquert den Raum und geht zur Tür.

Ich geh schlafen, sagt sie.

Mit einer heftigen, ungeschickten Bewegung stößt der Mann am Tisch einen Aschenbecher zu Boden, ein rotes Kunststoffteil, das über den Boden rollt und vor Tolgonai liegen bleibt. Sie nimmt den Aschenbecher auf und trägt ihn zurück an den Tisch des Wirts. Im gleichen Augenblick, in dem sie sieht, dass der Mann im Rollstuhl sitzt, umklammert er sie mit beiden Armen und zieht sie zu sich heran. Seine Arme sind lang und kräftig. Er stößt seinen Kopf in Tolgonais Schoß. Es gelingt ihr nur mit Mühe, sich aus der Umklammerung zu befreien.

Hat er's mal wieder geschafft, sagt die Wirtin vom Tresen her. Ich hätt's Ihnen sagen sollen. Aber manche mögen das ja auch. Jetzt wollen Sie bestimmt kein Apfelmus mehr.

Geben Sie's ihm, sagt Tolgonai.

Ihre Stimme ist rau. Auf ihren Armen, an ihrem Bauch fühlt sie noch immer die Griffe, den Stoß des Verzweifelten. Sie empfindet heftigen Ekel, so, als sei sie wehrlos gewesen und beschmutzt worden. Sie wagt es nicht, den Mann anzusehen, und verachtet sich dafür. Als sie die Tür des Gastraumes hinter sich geschlossen hat, bleibt sie einen Augenblick stehen, um sich zu orientieren. Sie findet den Lichtschalter, geht durch den nach Kuhstall riechenden Flur nach oben und schließt die Zimmertür hinter sich ab. Im Dunkeln tritt sie ans Fenster. Die Mauersegler sind verschwunden. Unter der Laterne in der Gasse steht der Zerlumpte. Als sie sich vorbeugt, kann sie nah an der Hauswand das Motorrad stehen sehen.

Beim Ausziehen spürt sie wieder die Druckstellen auf ihren Armen. Sie kneift sich, um sich einbilden zu können, dass sie es selbst war, die sich den Schmerz zugefügt hat. Das scheint ihr erträglicher zu sein als die Spuren der Berührung dieses Fremden.

Die Matratze des Bettes ist weich und klumpig. Trotzdem schläft sie gleich ein. Im Traum fährt sie mit einem Motorrad, das sehr schnell und sehr leise ist, über den Kamm einer Hügelkette und über das Wasser eines Sees. Erst am Ende des Sees beginnt das Motorrad, langsam einzusinken. Da ist das Wasser kein Wasser mehr, sondern schwarz-brauner Schlamm. Merkwürdig ist nur, dass das Motorgeräusch lauter wird, je tiefer sie einsinkt. Als sie davon wach wird, bleibt sie mit geschlossenen Augen liegen. Das Motorgeräusch existiert tatsächlich. Es ist, als sei die Luft damit angefüllt.

Sie haben Tolgonai durch Zufall gefunden. Eine der Frauen hat ein Kind, das bei den Großeltern in dem Dorf lebt, in dem Tolgonai Rast gemacht hat. Die Gruppe ist den Tag über vergeblich die Autobahnraststätten und

Tankstellen abgefahren. Gegen Abend haben alle das dringende Bedürfnis nach einer Rast gehabt. Die Frau, deren Kind in der Nähe lebt, hat vorgeschlagen, in diesem Dorf Rast zu machen, und Jinx hat zugestimmt. Sie haben die Maschinen nicht ausgemacht, während die Frau in ein Haus gegangen ist, einen Blick auf das Kind geworfen und der schweigenden Großmutter etwas Geld in die Hand gedrückt hat. Dann haben sie die Kneipe aufgesucht, die der Frau bekannt war. Vor der Tür stand die Maschine von Jinx.

Sie haben sich kurz beraten und es dann auf die friedliche Tour gemacht. In der Gaststube brannte noch Licht. Jinx ist mit zwei anderen hineingegangen und hat nach der Frau gefragt, die mit dem Motorrad gekommen ist. Die Wirtin hat gezögert.

Ich will keine Schweinerei hier im Haus, hat sie gesagt. Dann hat der Wirt sich eingemischt.

In Wirklichkeit ist sie ganz wild auf Schweinereien. Habt ihr nicht einen dabei, der's ihr besorgen kann? Für Freibier, hä? Gib ihnen den Schlüssel, Frau.

Das sind die Worte des Wirts gewesen. Da wissen Jinx und seine zwei Begleiter, dass sie im richtigen Haus sind. Er geht mit ihnen nach oben, nachdem sie den anderen vor der Tür Bescheid gegeben haben.

Als Tolgonai die Augen öffnet, sieht sie die zwei Männer in der Tür. Dann erst sieht sie den Mann, dessen Motorrad sie genommen hat. Ihr Anzug liegt auf dem Boden. Der Mann neben ihrem Bett hält ihr Messer in der Hand. Sie weiß, was er tun wird. Und sie weiß, dass sie keine Chance hat zu entkommen. Man muss wissen, wann es sinnvoll ist, sich zu wehren. Und wann es sinnvoll ist, keinen Widerstand zu leisten. Solche Dinge sind eine Frage der Taktik, nicht des Prinzips. Sie muss ihren Prinzipien nicht untreu werden, wenn sie dem Mann gehorcht, der neben ihrem Bett steht. Noch kennt sie ihn nicht. Aber vielleicht ist es nützlich, ihm entgegenzukommen. Langsam schiebt sie mit den Füßen die Bettdecke weg.

Die beiden bleiben an der Tür stehen.

Jinx gibt eine Vorstellung. Am Ende ist er so geil wie am Anfang, aber einfach nicht mehr in der Lage, weiterzumachen. Er hat alles bekommen, was er sich gewünscht hat. Jetzt fühlt er sich als Sieger. Als er sich vom Bett abwendet, mit weichen Knien und zitternden Händen, gelingt es ihm gerade noch, die beiden anderen daran zu hindern, sich über den Rest herzumachen. Er hat Tolgonai zu seiner Braut gemacht. Wenn er erklären könnte, was er meint, dann würde er sagen, er habe sie dadurch geadelt, dass er sie beschlafen habe. Er muss sich mit Gesten und ein paar hingeworfenen Worten begnügen. Aber friedlich gestimmt und vorsichtig zugleich – immerhin weiß er nicht genau, was das Zusehen in seinen Kumpanen bewirkt hat – ist er einverstanden, dass sie nach unten gehen und sich betrinken. Zwei andere Männer werden vor der Tür postiert und einer unter dem Fenster aufgestellt.

Tolgonai bleibt auf dem Bett liegen, besudelt, aber unberührt. Sie wird jetzt nicht darüber nachdenken, was sie tun soll. Jinx hat ihr gesagt, dass sie mitfahren wird. Als seine Braut wird niemand sie anrühren.

Unten in der Kneipe würfeln die Männer um die Wirtin. Jinx setzt sich neben den Mann im Rollstuhl.

Woher kommt ihr?, fragt der Wirt. Es ist nicht das, was ihn wirklich interessiert, aber er hat das Gefühl, er sollte lieber nicht mit der Tür ins Haus fallen.

Norden, Hamburg.

Jinx ist müde. Der Mann ist ihm lästig. Er antwortet automatisch und ohne den Willen, wirklich Auskunft geben zu wollen.

Die Alte kann's gar nicht abwarten. Macht ihr das öfter?

Was?

Würfeln.

Jinx antwortet nicht. Er betrachtet die vier Männer am Nebentisch. Wer als Erster hundert Augen erreicht hat, darf anfangen. Dann werden die Augen gezählt. Die Reihenfolge der anderen ergibt sich aus der Höhe der Punkte, die sie gewürfelt haben. Jinx winkt die beiden Frauen heran und flüstert mit ihnen. Der Wirt strengt sich vergeblich an, etwas zu verstehen. Die Frauen verlassen den Raum. Die Wirtin sieht ihnen nach. Sie misstraut den beiden, aber sie geht ihnen nicht nach.

Bring ihnen Bier, sagt der Wirt laut.

Seine Stimme ist heiser. Die Wirtin stellt sechs große, gefüllte Gläser auf ein Tablett und kommt hinter der Theke hervor. Sie geht an den Tisch, an dem die Männer das Würfelspiel beendet haben. Jinx betrachtet die Frau, während sie an ihm vorübergeht. Zu alt. Ekelhaft. Keine Taille.

Ja, sieh sie dir ruhig an, krächzt der Wirt neben ihm. Wundert's dich, dass ich nicht mehr in Gang komme? Früher, da war sie Spitze. Bestimmt so gut wie die da oben. Die war doch gut, oder?

Halt's Maul, sagt Jinx.

Willst du zuerst, Jinx, fragt der Mann vom

Tisch herüber, der die Hundert gewürfelt hat. Er ist sicher, dass Jinx nicht will, aber die Regeln gebieten, ihn zu fragen.

Jinx winkt ab, er antwortet nicht einmal.

Noch 'ne Runde Bier, sagt der, der die Hundert gewürfelt hat, zur Wirtin.

Und dann geh dich waschen.

Die beiden Frauen kommen herein. Sie haben ein paar Schlüssel in der Hand, die sie vor Jinx auf den Tisch legen, bevor sie an den Platz unter dem Fenster gehen, an dem vor einer Weile Tolgonai gesessen hat.

Das wär nicht nötig gewesen, krächzt der Wirt. Die läuft euch nicht weg. Ich wette, sie ist schon gewaschen. Die hat bloß auf euch gewartet.

Halt doch die Klappe, sagt die Frau hinter dem Tresen.

Mit ruhigen Bewegungen, so als ginge es um nichts weiter, als eine Gruppe freundlicher Wanderer zu versorgen, zapft sie das Bier.

Den Frauen auch, sagt Jinx.

Wenn die mein Bier saufen, will ich was dafür haben, sagt der Wirt. Schick sie her zu mir, los, schick sie her zu mir. Jinx wendet den Kopf und sieht den Wirt an.

Was willst du uns denn zeigen, du Krüppel, was denn?

Die Männer am Tisch lachen. Die Situation

gefällt ihnen. Die beiden Frauen unter dem Fenster verziehen keine Miene. Es ist klar, dass sich etwas zusammenbraut. Sie warten darauf, welche Rolle Jinx ihnen zuweisen wird.

Er ist 'ne taube Nuss, sagt die Wirtin.

Sie sagt es zu den beiden Frauen, aber die tun so, als hörten sie nichts.

Wer soll denn bei dir keine taube Nuss sein, kreischt der Wirt. Seht sie euch doch an. Wenn ich laufen könnte, würde ich mir jeden Tag eine andere besorgen, bloß, um zu vergessen, was ich hier zu Hause habe.

Laufen kannst du nicht, aber vögeln kannst du, was?

Worauf du dich verlassen kannst, Mann, sagt der Wirt.

Er atmet heftig, und Jinx neben ihm beobachtet seine Erregung aufmerksam.

Eine oder beide, sagt er. Seine Stimme ist sehr ruhig. Es lacht niemand mehr. Das Spiel hat begonnen. Der, der die Hundert gewürfelt hat, steht auf und geht langsam hinter den Tresen.

Der Wirt folgt ihm mit den Augen. Eine und dann noch eine, sagt er heiser.

Jinx sieht die Frauen an und deutet mit dem Kopf auf den Mann im Rollstuhl.

Im Sitzen, das werdet ihr wohl hinkriegen.

Wird's bald. Kleiner Dank für die Gratisübernachtung. So nette Wirtsleute hat man ja nicht alle Tage.

Ihr bleibt hier, sagt er zu den beiden hinter dem Tresen, die in die Küche verschwinden wollten. Dieses Ehepaar will endlich mal wieder was gemeinsam machen.

Die Frauen nähern sich dem Rollstuhl. Ihre Gesichter sind ausdruckslos. Sie sehen sich ähnlich, weil ihre Gesichter ähnliche Gefühle ausdrücken: Gleichgültigkeit, Gehorsam, Gleichgültigkeit. Jemand lacht nervös, als der Sieger im Würfelspiel der Wirtin hinter der Theke befiehlt, ihren Rock hochzuheben. Jinx betrachtet gespannt den Wirt, der beginnt, an seiner Hose zu zerren.

Vor den Fenstern der Gaststube wird es hell, als die Gruppe genug hat. Der Wirt hängt sabbernd in seinem Rollstuhl. Er hat zu viel Bier getrunken. Niemand kümmert sich um ihn. Die Wirtin liegt auf der Bank unter dem Fenster. Vielleicht schläft sie, vielleicht auch nicht; manchmal zucken ihre Schultern, als unterdrücke sie ein Schluchzen. Vielleicht wehrt sie auch nur unwillkürlich eine der Fliegen ab, die über die bloßen Teile ihres Körpers kriechen. Die beiden Motorradfrauen reden leise miteinander, so, als ginge sie nicht an, was um sie herum und mit ihnen geschehen ist.

Ich hab ihr dreihundert Mark gegeben. Gemeckert hat sie trotzdem. Dreihundert Mark – das verbraucht der Kleine doch nie.

Die nehmen dich ganz schön aus, wa? Und wenn du ihn mitnimmst?

Biste verrückt? Hierher? Außerdem plärrt er ständig. Was glaubst du, was Mark sagen würde?

Sie zeigt mit dem Kopf auf einen der Motorradfahrer, der stoppelige Haare hat und einen grünen Anzug trägt. Er liegt hingefläzt in einem Stuhl, Arme und Beine von sich gestreckt. Nun sieht er zu den Frauen hin, ist aber zu müde, um mehr als ein Wort zu sagen.

Schnauze.

Oben sind Zimmer, sagt Jinx. Er steht auf und geht zur Tür. Er nimmt seinen Schwanz heraus und uriniert breitbeinig auf den Fußboden.

Zwei Stunden, nicht länger, sagt er, während er in der Tür steht und über die Schulter in den Gastraum sieht. Er geht durch den Flur, die Treppe hinauf und auf die beiden Männer zu, die neben der Tür zu Tolgonais Zimmer an der Wand lehnen.

Haut euch hin, sagt er, während er die Tür öffnet, du auch.

Der Mann am Fenster verlässt das Zimmer. Jinx schließt die Tür und lauscht einen Augenblick den Schritten der Männer, die sich entfernen. Dann sieht er auf das Bett. Er lässt es nicht aus den Augen, während er die Stiefel und das Lederzeug auszieht. Die Frau da drüben rührt sich nicht. Das Bett ist breit genug für beide.

Er kriecht hinein.

Tolgonai hört ihn schon schnarchen, als noch nicht einmal dreißig Sekunden vergangen sind. Sie bewegt sich nicht.

Gegen neun erscheint Jinx mit Tolgonai in der Gaststube. Die anderen sind schon dort. Aus der Küche kommt der Geruch von Kaffee und Spiegeleiern. Der Platz am Tisch, an dem der Rollstuhl gestanden hat, ist leer. Jinx schiebt zwei Stühle an die Stelle, setzt sich und wartet, bis Tolgonai neben ihm sitzt. Die anderen unterbrechen ihre Unterhaltung. Die beiden blonden Frauen werfen einen kurzen Blick auf Jinx und Tolgonai, dann polieren sie weiter ihre Fingernägel.

Sie kommt mit, sagt Jinx. Sie heißt – er wirft einen kurzen Blick auf Tolgonai und zögert, bevor er weiterspricht. Sie heißt Baby, verstanden? Sie gehört mir.

Klar, Boss, sagt irgendjemand.

Die Wirtin bringt ein großes Tablett herein, auf dem eine Platte mit Spiegeleiern und eine Schüssel mit Bratkartoffeln stehen. Sie sieht übernächtigt aus, aber nicht unfroh. Bevor sie das Tablett auf dem Stammtisch absetzt, wirft sie einen kurzen Blick auf Tolgonai.

Das ging ja schnell, sagt sie, dreht sich um und geht zurück in die Küche.

Zwei Mal noch kommt sie mit Spiegeleiern und Bratkartoffeln, die sie auf den anderen Tischen ablädt.

Kaffee steht hinter der Theke, sagt sie, während sie hinausgeht und die Küchentür hinter sich schließt. Gleich darauf hört man sie in der Küche hantieren. Vielleicht wäscht sie das Geschirr der vergangenen Nacht. Das Klappern und Klirren klingt ungewöhnlich laut, fast so, als wolle sie damit ihr Hausrecht beweisen.

Wohin fahrt ihr?, fragt Tolgonai. Sie spricht leise, beinahe ohne die Lippen zu bewegen. Jinx, der darauf gewartet hat, dass sie etwas sagt, hört sie sofort.

Wir fahren zurück. Heute Abend sind wir hinter der dänischen Grenze. Deinetwegen haben wir einen Tag verloren.

Ich will fahren, sagt Tolgonai.

Sie will fahren, sagt Jinx leise. Und dann lauter: Hört mal, Jungs, sie will fahren.

Die Männer und auch die beiden Frauen sehen von ihren Tellern hoch.

Klar, warum nicht, sagt der Grüne. Schenk ihr doch gleich deine Maschine. Hinten bei Kurti ist noch Platz.

Kurt, ein langer, blonder Mann zwischen dreißig und fünfzig, an dessen Gesicht die letzte Nacht und all die anderen Nächte nicht spurlos vorübergegangen sind, versucht ein vorsichtiges Lächeln. War das ein Witz oder wird da ernsthaft beraten?

Wenn ihr meint, sagt er halblaut.

Kurt ist dafür bekannt, dass er niemals jemanden mitfahren lässt. Er behauptet, er habe eine Frau. Sie ist aber noch nie in der Gruppe aufgetaucht. Manchmal, sehr selten, sieht man ihn mit jüngeren Männern am Rand der Plätze stehen, auf denen die Gruppe gerade Rast macht. Dann öffnet er gern seinen Anzug und lässt ein Stück braune, unbehaarte Brust und den Rand eines schwarzen Unterhemds sehen. Sein Körper ist schlank und drahtig. Wenn er den Lederanzug auszieht, sieht er hübsch und harmlos aus.

In der Nacht, als die anderen mit dem Wirt und der Wirtin ihre Spiele gespielt haben, hat er neben der Tür auf der Bank gelegen und versucht zu schlafen. Erst als das Gekreisch der Wirtin und das Gesabbel und Gesabber des Wirts kein Ende nehmen wollten, hat er sich aufgesetzt, Bier getrunken und die anderen beobachtet. Sein Interesse an den Vorgängen ist nicht besonders groß gewesen. In der Gruppe hat man sich daran gewöhnt, dass Kurt bei bestimmten Sachen nicht mitmacht. Er gilt einfach als verklemmt. Aber sie wissen, dass er zuschlagen kann. Nach Jinx hat er die teuerste Maschine, eine Goldwing, mit deren Schönheitspflege er die meiste Zeit beschäftigt ist.

Ich fahre, sagt Tolgonai laut und deutlich.

Ihr habt's gehört, Leute, sie fährt, bestätigt Jinx.

Einen Augenblick ist es still. Man hört nur das Klappern von Geschirr aus der Küche und vor den Fenstern die Mauersegler, die mit der Morgensonne zurückgekommen sind.

Du bist der Boss, sagt der Grüne und wendet sich wieder seinem Teller zu.

Ich bin der Boss, sagt Jinx.

Seine Stimme ist laut. Ein winziger Unterton schwingt mit, in dem man so etwas wie Erstaunen erkennen könnte, wenn ihn jemand wahrnähme. Die Wirtin kommt herein, baut sich neben der Theke auf und sieht in die Runde, bevor ihr Blick an Jinx hängen bleibt.

Wer zahlt?, fragt sie. Die Zimmer warn umsonst. Für Bier und Essen krieg ich Geld.

Zweihundertfünfzig, wenn du's genau wissen willst.

Noch während sie spricht, wird die Tür, die in die Wohnung der Wirtsleute führt, aufgestoßen. Der Rollstuhl kracht dagegen. Mit heftigen Griffen in die Speichen treibt der Wirt den Rollstuhl voran. In der Mitte des Gastraumes hält er heftig atmend an.

Was soll das heißen, die Zimmer war'n umsonst?

Mir wird schlecht, wenn ich den Kerl seh, sagt die Blonde, die sich am Abend zuvor um ihr Kind gesorgt hat. Das Oberteil ihres Motorradanzugs hängt über den Hüften herunter. Der rosa Pullover, den sie trägt, ist zwei Nummern zu eng.

Sie sieht zu Jinx hin, als sie fragt: Kann ihn mal einer rausschieben?

Misch dich nicht ein, Mann, sagt die Wirtin.

Irgendetwas ist seit gestern Abend mit ihrer Stimme geschehen. Vielleicht war sie in einer bestimmten Tonlage stehen geblieben, und nun hat jemand sie angestoßen, so, wie man einer alten Standuhr einen Schlag mit der flachen Hand gibt und sie sich wieder in Bewegung setzt und ihr Ticken kräftiger klingt als vorher.

Also? Wer zahlt?

Gib ihr zweihundert, Hella, sagt Jinx zu der Blonden im rosa Pullover. Die Wirtin schweigt und sieht auf ihren Mann, der noch immer in der Mitte der Gaststube sitzt.

In Ordnung, sagt sie schließlich. Aber jemand schiebt mir den da in den Hühnerstall und macht die Tür hinter ihm von außen zu. Ich hab für heute genug von ihm.

Weiber können ganz schön gemein sein, sagt Kurt. Er geht zur Tür, sieht sich noch einmal um und verschwindet, um nach seiner Maschine zu sehen. Auch die anderen stehen auf und gehen hinaus.

Hella legt zwei Hunderter auf die Theke, bevor sie das Oberteil ihres Anzugs überzieht und dem Grünen folgt. Als Letzte gehen Jinx und Tolgonai.

Der Wirt und die Wirtin bleiben allein zurück. Sie sprechen nicht, lauschen auf das Dröhnen der anlaufenden Maschinen vor dem Gasthaus, warten, bis das Getöse verebbt, nichts mehr zu hören ist als die Schreie der Mauersegler und ein paar Fliegen, die sich in den Resten des Eigelbs auf den Tellern niederlassen.

Ich guck Eurosport, sagt der Wirt schließlich.

Die Frau an der Theke bewegt sich nicht, um ihm zu helfen, als er seinen Rollstuhl hinaus manövriert. Die Tür zum Hinterzimmer schlägt zu, und sie zuckt zusammen, als habe sie geträumt und sei unsanft geweckt worden.

Ja, sagt sie, Eurosport.

Sie dreht sich um und steckt die beiden Hunderter in die Schürzentasche, bevor sie beginnt, die schmutzigen Teller einzusammeln.

Auf dem Weg nach Dänemark fahren Tolgonai und Jinx an der Spitze der Gruppe. Sie fährt sehr schnell, bahnt den Nachfolgenden den Weg auf der Außenspur der Autobahn. Die haben Mühe, ihr zu folgen. Nur Kurt bleibt dicht hinter ihnen. Erst auf einem Rastplatz kurz vor Hamburg halten sie an. Jemand verteilt ein paar Dosen Bier, bevor es weitergeht. Diesmal fährt Jinx, und er fährt langsamer, ganz so, als wolle er zeigen, dass es noch immer er ist, der das Tempo bestimmt. Es wird schon dunkel, als sie den Grenzübergang passieren.

Das Camp liegt auf einer Wiese, die von Bäumen und mit Gras bewachsenen Erdwällen umgeben ist. Die Bäume sind hoch und alt. Der Platz sieht aus wie ein Picknickplatz für Großfamilien.

Die Gruppe, die Jinx treffen will, ist schon

da. Zelte stehen herum, zwei lange Tische, die mit Bier- und Schnapsflaschen bedeckt sind, bilden die Mitte. Ohren betäubender Lärm aus Lautsprechern ist zu hören. Als die Gruppe mit Jinx an der Spitze langsam auf den Platz rollt, richtet jemand einen Scheinwerfer auf die Ankommenden. Sie halten, steigen ab und werden schulterklopfend begrüßt. Schnaps und riesige, gegrillte Fleischstücke werden gereicht. Eine große, wilde Familie feiert. Jeder weiß, dass irgendwann im Lauf der Nacht stattfinden wird, weshalb man auch zusammengekommen ist: der Höhepunkt, der Grund für das Saufen und Fressen und Brüllen – die Schlägerei. Jeder hier, außer Tolgonai, weiß, was geschehen wird, aber niemand weiß, wie er selbst am Ende aussehen wird.

Die Anwesenden verlassen sich darauf, dass irgendwann jemand zu einem anderen ein Wort sagen wird, das dem nicht gefällt. Oder jemand wird eine Bewegung machen, die ein anderer falsch auslegt: vielleicht als Annäherungsversuch an die Braut des anderen, vielleicht als Geste der Missachtung. Oder: Irgendwann, wenn die Spannung so sehr gestiegen ist, wird eine besonders nervöse Frau, die sie nicht mehr ertragen kann, mit vor Aufregung quiekender Stimme etwas rufen, das vielleicht nur die Spannung der Nervösen abbauen soll, vielleicht aber auch der gellende Schlachtruf werden wird, auf den alle gewartet haben.

Noch aber dröhnt nur die Musik über den Platz, knackt nur das brennende Holz unter den Grills, klingen nur die Stimmen der Männer, die sich um die Maschinen der Angekommenen versammelt haben und sie mit Kennermiene betrachten und mit fachkundigen Worten begutachten. Das Ritual will, dass man anschließend gemeinsam zu den Maschinen derer geht, die als Erste auf dem Platz waren. Die Frauen haben sich inzwischen um die Zelte zu kümmern. Sie machen das schnell und professionell. Je schneller sie damit fertig sind, desto mehr Zeit haben sie, sich für den langen Abend zurechtzumachen, den Dreck der Fahrt von den Gesichtern zu waschen, die Haare zu kämmen, den Mund anzumalen, eine frische Bluse, einen sauberen Pullover anzuziehen. Denn nicht nur mit den Maschinen, auch mit dem Aussehen der Weiber können die Männer den anderen imponieren.

Die Frauen, die mit der ersten Gruppe gekommen sind, haben ihre Zelte schon aufgebaut. Danach haben sie genügend Zeit gehabt, sich zu waschen und zu schminken. Frisch angemalt stehen sie nun vor ihren Zelten und beobachten die Angekommenen bei der Arbeit. Sie beobachten jede Bewegung mit misstrauischen Augen.

Dieselben wie letztes Jahr, sagt eine in einem rot-weißen Lederanzug. Es ist ihrer Stimme nicht anzumerken, ob ihr diese Tatsache gefällt oder nicht.

Die Anzüge sind neu, sagt eine andere.

Zu bunt, wenn du mich fragst.

Bunt und teuer. Bei wem sie damit wohl Eindruck schinden wollen.

Sieh dir die an. Also, wenn du mich fragst: wer kleiner als einssechzig ist –

– und breiter als einsvierzig –

Nun lachen die vier. Sie lachen die Spannung weg, mit der sie auf die Neuen geschaut haben. Mit denen werden sie fertig. Vor denen müssen sie keine Angst haben. Die werden ihnen ihre Kerle nicht abspenstig machen. Kann natürlich nicht schaden, sie aus der Nähe anzusehen.

Gehen wir doch mal rüber, sagt die Rot-Weiße.

Sie ist nicht die Anführerin der Gruppe. Diese Frauengruppe wird nicht angeführt. Es sei denn, von einem Mann. Aber sie ist die, die immer als Erste den Mund aufmacht.

Die können ruhig sehen, dass wir uns nicht zu verstecken brauchen.

Auch das gehört zum Ritual: Die Frauen der

zuerst Angekommenen schlendern nach einer Weile langsam hinüber zu den Bräuten, die noch damit beschäftigt sind, die Zelte aufzubauen. In rot-weißen, beige-schwarzen, grün-weißen, rot-schwarzen Lederstiefeln und -anzügen kommen sie durch das Gras. Eine bunte, müßige Gruppe trifft eine bunte, arbeitende Gruppe.

Die Frauen, die noch mit den Zelten beschäftigt sind, unterbrechen ihre Arbeit nicht, aber sie sehen hoch.

'n Abend.

Kritische Blicke treffen die Heranschlendernden.

Werden wir es mit ihnen aufnehmen können?, fragen die Blicke.

Abend, grüßen die Zeltebauerinnen zurück. Ihr Ton sagt: die kochen auch nur mit Wasser. Mit denen können wir mithalten.

Bald fertig, wie?, fragt die Grün-Weiße und beobachtet dabei Tolgonai mit Augen, die abwesend zu sein scheinen. Tolgonai antwortet nicht.

Gelernt ist gelernt, anwortet anstatt ihrer die kleine Blonde, die »kleiner als einssechzig und breiter als einsvierzig« in einem rosa-blau-schwarz gemusterten Anzug steckt. Für die Antwort hat sie ihre Arbeit einen kurzen Augenblick unterbrochen, stemmt die Hände in die Hüften und guckt ein ganz kleines bisschen herausfordernd.

Gut, gut, man sieht sich, antwortet die Rot-Weiße.

Bis nachher dann, sagt die kleine Blonde.

Und eine rot-weiße, eine grün-weiße, eine beige-schwarze und eine schwarz-rote Motorradbraut schlendert zurück zu ihren Zelten.

'ne komische Tussi haben die dabei, sagt eine unterwegs. Schwarz, kein Mensch trägt mehr schwarz.

Soll aber Jinx seine sein. Er hat sie fahren lassen.

Die Frauen gehen einen Augenblick lang schweigend weiter.

Jedenfalls, die Kluft kannste mir schenken, sagt endlich eine.

Das Gespräch über Tolgonai ist damit beendet, auch wenn sie damit nicht aus den Köpfen der Frauen verschwunden ist. Sie werden sie beobachten.

Die Blonde hat nun ihre Arbeit unterbrochen und sieht den Frauen nach. Auch ihre Kollegin hält inne, nur Tolgonai arbeitet weiter.

Ich überlege, was man nachher anzieht, sagt die Blonde träumerisch.

Bloß nicht nuttig, antwortet die andere. Denk an das letzte Mal.

Der erste Abend ist der Abend, auf den es ankommt, das weiß hier jede. Die Frauen sind zwar in festen Händen, aber sie riskieren gern einen Blick. Sie sind hinter dem Rücken von Männern, deren Taillen sie kaum umfassen konnten, auf den Platz gefahren. Diesen Männern gehören sie, und sie werden ihnen an diesem Wochenende gehorchen. Sie werden bereitwillig jedem Befehl folgen und jedem Wunsch nachgeben. »Nicht nuttig« ist ein Befehl.

Wie auf Verabredung beugen sich die Frauen wieder hinunter zu den Zelten, um die letzten Handgriffe zu tun. Sie sprechen wenig miteinander, aber das schwierige Problem, einen Weg zu finden zwischen dem Wunsch, den Männern zu gefallen, die Konkurrentinnen auszustechen und dem Gesetz, nicht nuttig aussehen zu dürfen, beschäftigt sie.

»Nicht nuttig« ist eine Erfindung, eine Forderung, die undefinierbar ist und ohne feste Umrisse. Beim letzten Treffen hat die Blonde ein weißes T-Shirt angezogen und ist damit, bevor sie auf den Platz kam, unter die Dusche gegangen. Der dünne Stoff hat danach an ihren Brüsten geklebt, so, wie sie es ein paar Tage zuvor auf dem Foto einer Schauspielerin gesehen hatte. Ihre Brüste waren ebenso groß, ebenso schön. Die Männer wollen steile Bräute, mit denen sie Eindruck machen können. Die Frau auf dem Foto hatte beeindruckend ausgesehen.

Hat ganz schön geknallt, als er dir eine gescheuert hat, sagt die Kollegin der Blonden teilnahmsvoll. Ich find's jedenfalls immer schwierig. Man weiß nie genau, was angesagt ist.

Wenn sie genauer ausdrücken könnte, was sie bewegt, würde sie sagen: Nicht nuttig ist eine Kurzfassung für: »Du sollst dich so anziehen, dass ich dich geil finde und die anderen mich deinetwegen beneiden, aber nicht so, dass einer der Neider versuchen wird, dir an die Wäsche zu gehen, denn das kränkt meine Mannesehre und muss furchtbar gerächt werden, und dann ist unsere schöne Feier früher zu Ende als nötig, und du hast die Schuld.«

Die Frauen wissen um die Verantwortung, die auf ihnen liegt. Deshalb versuchen sie, durch allergrößte Sorgfalt in der Auswahl ihrer Kleidungsstücke zu verhindern, dass sie zur Auslöserin der Schlägerei werden, auf die sich alle Beteiligten schon seit Wochen gefreut haben und die sowieso nicht zu verhindern ist. Sie ist ja ein Ziel der Veranstaltung.

Beim letzten Mal hat der Anblick der baumelnden Brüste unter dem nassen T-Shirt einen der Männer aus der anderen Gruppe zu einem unvorsichtigen Ausruf verleitet. Niemand weiß mehr, was er gesagt hat. Hatte er »Donnerwetter, das sind Drüsen« oder »Da sagen die Titten, darf ich bitten« oder nur »Labimmel, Labammel, Labumm« gerufen? Jedenfalls hat die Blonde eine gewaltige Ohrfeige kassiert, weshalb ihr jemand aus der anderen Gruppe zu Hilfe geeilt ist, ritterlich, versteht sich, womit dann die Keilerei begonnen hat. Irgendjemand hat eben immer Schuld.

Aber, und das kommt als Unsicherheitsfaktor hinzu, »nicht nuttig« ist auch abhängig vom Grad der Betrunkenheit, den die Männer erreicht haben. Je betrunkener sie sind, desto gleichgültiger ist ihnen das Aussehen der Frauen. Was sie behalten und manchmal, auch in Ermangelung eines anderen Anlasses, zum Vorwand für den Beginn der großen Schlägerei nehmen, ist der erste Eindruck, den die Frauen machen, wenn sie, umgezogen und geschminkt, zurück an die Tische kommen. Da treffen sie die noch verhältnismäßig nüchternen Blicke der Männer. Da wird das Urteil gesprochen, das, gäbe es eine Stutenparade wie es eine Hengstparade gibt, die Körung festlegt. Da will jede ausgewählt werden – ohne nuttig zu sein.

Und doch ist der urteilende Blick der Männer nicht nur abhängig vom Grad ihrer Trunkenheit. Er ist von vielen anderen Dingen mindestens gleich abhängig: davon, dass die Maschine eines anderen, der in etwa den gleichen Rang in der anderen Gruppe einnimmt, eindeutig eine schnittigere Form, eine schönere Farbgebung hat; davon, dass vielleicht jemand, ohne sich etwas dabei zu denken, laut beim Anblick einer neuen Harley gesagt hat:

Geld kann jeder – aber Stil?

Manchmal reicht es auch, dass einer bei der Einfahrt auf den Platz in einem Haufen Kuhscheiße ausrutscht, wie es vor zwei Jahren Jinx passiert ist, weil er die Kurve zu scharf genommen hat. Von da an brauchte man nur noch darauf zu warten, dass er einen Grund fand, eine Braut anzumachen. Die Bemerkung, ob seine neuen Bremsen aus dem Brembo-Katalog nicht auf Kuhscheiße ausgelegt seien, hat ihn natürlich nur noch stärker in Rage gebracht. Wer ist beim Einreiten auf seinem hoch getunten Streetfighter schon gern mit Kuhscheiße bekleckert?

An diesem Abend gelingt es nur Tolgonai, von den heraufziehenden Problemen unbeeindruckt zu bleiben. Es gelingt ihr, weil sie die Regeln nicht kennt, nach denen auf dem Platz gelebt wird. Sie bleibt bei ihren eigenen Regeln, auch, wenn es nicht einfach ist, sie durchzusetzen.

Sie hat den beiden Blonden geholfen, die Zelte aufzubauen. Die Frauen mögen sie nicht, auch nicht, als sie feststellen müssen, dass Tolgonai nicht nur Motorrad fahren, sondern auch Zelte aufbauen kann. Sie macht diese Arbeit so schnell und geschickt, dass es auf der Hand läge, sie zu fragen, wo sie das gelernt hätte. Aber die Blonden fragen nicht. Wäre diese Frau da nicht die Frau von Jinx, sie würden sie verjagen und wüssten nicht einmal, weshalb. Sie nennen sie bei sich »die Russin«, weil Jinx dem Grünen gesagt hat, dass sie aus Russland komme. Der Grüne redet gern geheimnisvoll. Er hat ein paar Andeutungen darüber fallen lassen; auch, dass Jinx besonders erfreut darüber sei, dass Tolgonai Russisch spräche. Eine Braut, die ihnen bei ihren Geschäften nützlich sein könnte, sei ein Glücksfall, hat der Grüne herumerzählt. Jinx' Prestige ist durch sie noch gestiegen.

Die Frauen sind inzwischen mit ihren Packtaschen verschwunden. Tolgonai schlendert über den Platz hinüber zu den Maschinen. Gibt es eine, die schneller ist als die von Jinx? Da steht eine hochgetunte Yamaha XY 600. Die Bezeichnung auf dem Tank bedeutet ihr nichts, aber sie schätzt, dass die Maschine gut und gern 300 PS haben könnte. Sie muss die schnellste Maschine haben, wenn sie von hier verschwinden will. Aber vorher braucht sie eine Waffe. Das Messer, das Jinx ihr abgenommen hat, ist verschwunden. Vielleicht hat er es weggeworfen, um so sicher zu verhindern, dass sie es noch einmal in die Hände bekäme.

Nachdem die Männer die Begrüßungsrituale beendet haben, sind sie in die Mitte des Platzes getreten. Dort ist ein Bettlaken ausgebreitet worden, in das sie die Waffen geworfen haben: Messer, Schlagringe, ein paar Schraubenschlüssel, zwei oder drei Handfeuerwaffen haben am Ende auf dem Laken gelegen. Ihr Messer ist nicht dabei gewesen. Sie haben das Laken zusammengebunden und zur Seite getragen. Zwei Männer, aus jeder Gruppe einer, wurden abkommandiert, das Zeug zu bewachen, das zwischen die Maschinen gelegt worden ist. Sie bekommen Essen, so viel sie wollen, Zigaretten und Getränke, aber keinen Alkohol. Deshalb ist der Job nicht beliebt. Er wird dadurch aufgewertet, dass sie ihn als Ehrendienst bezeichnen. Die mit dem Ehrendienst Ausgezeichneten werden zu bösartigen Wächtern. Es ist unmöglich, sie zu überlisten.

Tolgonai schlendert zurück zu den Zelten ihrer Gruppe. Die beiden Blonden tragen nun knallenge Hosen aus einem metallisch schimmernden Stoff, die den Bauch frei lassen. Um die Brüste haben sie sich Tücher gewickelt, die, um den Hals geschlungen und unter den Brüsten auf den Rücken geführt, zu einer gewagten Oberteilkonstruktion geworden sind. An den Füßen tragen sie Schuhe mit hohen Absätzen und sehr dicken Plateausohlen. Ihre Gesichter sind geschminkt. Sie haben maskenhafte Köpfe zu lebendigen Körpern. Die beiden stehen vor ihren Zelten und sehen Tolgonai entgegen. Sie sind voller Verachtung.

Du ziehst dich wohl nie anders an, was? Dass Jinx so was mag.

Tolgonai wendet sich ab, ohne zu antworten. Die beiden beachten sie nicht mehr. Sie warten darauf, dass die anderen Frauen aus ihren Zelten kommen.

Und da sind sie schon: Sie tragen Girlie Tank Tops und sehr kurze schwarze Lederröcke, an den Füßen klobige Schuhe mit sehr hohen, durchgehenden Plateausohlen. Sie sehen aus wie die, von denen sie gemustert werden. Sie sehen so aus, wie die Männer auf den Maschinen sie haben wollen in dieser Nacht. Jetzt gehen sie aufeinander zu, lächelnd und beruhigt, dass keine von ihnen aus der Reihe getanzt ist. Tolgonai haben sie vergessen.

Der Wall, der den Platz umgibt, hat einen zweiten Ausgang, den man nicht gleich erkennt. Er liegt außerhalb der Zone, die von den

Scheinwerfern und offenen Feuern beleuchtet wird. Tolgonai entdeckt die Stelle zufällig: ein enger Durchgang, dahinter ein schmaler Weg, der ins Dunkel führt. Sie geht hinaus – die Augen gewöhnen sich schnell an die Dunkelheit. Der Weg führt in den angrenzenden Wald. Hier ist es still, bis auf ein gelegentliches Knacken von Zweigen und das Rascheln von Blättern, wenn der Wind sie berührt. Sie bleibt stehen, überlegt und beschließt, zurückzugehen. Es ist gut, diesen Weg zu kennen, auch wenn sie ihn jetzt nicht nutzen kann.

Ihr entgegen kommen Schritte. Deutlich hört sie Männerstimmen. Sie tritt zur Seite und versteckt sich zwischen den Stämmen umgestürzter Tannen. Die Stimme von Jinx und einem anderen Mann. Er ist nicht aus ihrer Gruppe. Die beiden reden so laut miteinander, dass sie jedes Wort verstehen kann. Ein paar Schritte vor ihr bleiben sie stehen.

Das sind hunderttausend, kannst es nachzählen, sagt der andere. Die Sachen sind noch bei mir im Zelt. Sie verlassen sich auf uns. Bisher sind wir gut miteinander gefahren. Pass auf, dass das so bleibt.

Meine Leute sind sauber, antwortet Jinx. Wir hauen morgen Mittag wieder ab. Ich will nicht, dass die Sachen jetzt schon übergeben werden. Morgen um zwölf, das reicht.

Wenn ihr da wieder nüchtern seid. Und die Beulen gekühlt habt, die meine Jungs euch schlagen werden.

Spaß muss sein bei der Beerdigung, sagt Jinx. Die Adressen kriegt ihr morgen, aber auf einem extra Blatt. An der Grenze wieder den Ersten von links?

Ja, sagt der andere. Unser Mann hat Dienst. Es muss keiner nervös werden, wenn er mal 'ne kurze Stichprobe macht. Lass bloß keinen nervös werden. Dann haben wir nichts als Ärger.

Reg dich nicht auf. Die Hauptsache, der Mann ist da. Meine Leute hab' ich im Griff. Von denen wird keiner nervös.

Gehn wir zurück, sagt Jinx. Ich brauch 'n Bier.

Tolgonai wartet, bis die Männer nicht mehr zu hören sind, ehe sie unter den Zweigen hervorkriecht und auf den Platz zurückgeht. Da brennen nun Fackeln rundherum, alle sitzen an den Tischen, versuchen, die Geräusche aus den Lautsprechern zu überschreien, essen und trinken. Die Frauen lachen laut und rufen sich gegenseitig kurze Sätze oder einzelne Worte zu.

Huch, sieh dir das an!

Nein, ist das süß.

Kannst du noch?

Ich platze, drei Stücke Fleisch, ich platze, sag ich dir.

Die dünnen Träger der Tank Tops sind von den Schultern gerutscht. Der um den Hals geschlungene Stoff hat sich gelockert. Den Bäuchen, die von den Hüfthosen frei gelassen werden, sind die Steaks und das Bier anzusehen, die inzwischen vertilgt wurden. Keine Frau denkt mehr daran, Träger hochzuschieben oder den Bauch einzuziehen. Die Regeln, die für die erste halbe Stunde nach dem Umziehen gegolten haben, um Eindruck zu machen, sind vergessen.

Jinx hat Tolgonai zu sich herangewinkt. Seine Braut soll neben ihm sitzen. Sie hat die schwarzen Haare hochgesteckt, ihr blasses Gesicht ist nicht geschminkt. Auf dem Kinn trägt sie den aufgemalten, feuerroten Keil. Jinx ist von ihrem Aussehen begeistert. Immer wieder sieht er sie an, vergleicht sie mit den Frauen an seinem Tisch, versteht nicht, weshalb er deren Aufmachung bis vor kurzem schön fand.

Nuttig, sagt er halblaut. Alles nuttig.

Ihm gegenüber, an einem zweiten Tisch, sitzt Harald, der Anführer der anderen. Seine Haare sind ebenso lang wie die von Jinx, aber sein Oberkopf ist kahl. Ein kleiner Schnurrbart ziert seine Oberlippe. Er ist braun gebrannt, man sieht es sogar im Schein der Fackeln. Sein ärmelloses Unterhemd ist vorn aufgerissen und lässt einen grau behaarten Brustkorb sehen. Vor ihm steht eine Reihe von Bierdosen, die er nacheinander austrinkt, aber ordentlich wieder hinstellt, wenn sie leer sind. Vielleicht hat er Jinx' Bemerkung wahrgenommen, vielleicht aber auch nicht. Jedenfalls rülpst er plötzlich und stiert auf Tolgonai.

Die hast du uns noch gar nicht vorgestellt, sagt er laut.

Seiner Stimme merkt man an, dass er betrunken ist, aber auch, dass er noch weiß, was er sagt. Das Gekreisch der Frauen verstummt. Auch die Männer schweigen einen Augenblick.

In die Stille hinein sagt eine der Schwarzhaarigen: Die bildet sich wohl ein, sie ist was Besonderes.

Im gleichen Augenblick wird ihr klar, dass es besser gewesen wäre zu schweigen. Aber es ist zu spät.

Sag deiner Alten, dass sie das Maul zu halten hat, sagt Jinx. Oder kann die bei dir machen, was sie will? Vielleicht will sie ja 'ne Tracht Prügel? Wenn du ihr nicht geben kannst, was sie braucht, kann ich ihr gern einen von meinen Männern schicken. Was meinst du, Holly?

Holly ist einer von denen, die in der Nacht Wache gestanden haben, als Jinx in Tolgonais Zimmer war. Er ist klein, breit, schwarzhaarig und finster. Zwei seiner Vorderzähne sind aus Gold, was man aber nur selten sieht, denn Holly spricht nicht oft und lacht nie. Er ist Jinx treu ergeben und ziemlich dumm.

Klar, Boss, sagt Holly und steht auf. Welche meinst du, Boss?

Sag deinem Halbaffen, er soll seinen Arsch auf die Bank pflanzen und ihn da nicht wegrühren.

Haralds Stimme ist noch ein wenig lauter geworden und klingt jetzt beinahe fröhlich. Die Aussicht auf die bevorstehende Schlacht scheint ihn zu beleben.

Also, wie heißt die Alte? Für wie viel kann man sie ausleihen?

Jinx nimmt den Arm von Tolgonais Schulter und steht auf. Der Tisch mit den Bierdosen vor ihm stürzt um. Er schlägt dabei gegen den zweiten Tisch, aber die Bierdosen vor Harald bleiben stehen. Jinx tritt einen Schritt vor, nimmt eine der Bierdosen, schüttelt sie, öffnet sie und hält die Öffnung in die Richtung von Haralds Gesicht. Damit hat er das Signal gegeben. Endlich geht es los.

Zuerst fliegen die Tische und Bänke beiseite. Dann stürzt sich jeder auf jeden, jede auf jede. Während die Männer sich stumm prügeln, stoßen die Frauen schrille Schreie aus. Sie feuern sich und die anderen damit an, nicht locker zu lassen, nicht aufzugeben, bis der Gegner geschlagen am Boden liegt. Aber die Gegner sind ebenbürtig. Der Kampf dauert lange.

In die Geschichte der Gangs wird er als die Schlacht an der Grenze eingehen.

Der Tote, der am Ende auf dem zerstampften Rasen liegt, ist Jinx.

Tolgonai hat die Bank verlassen, als Jinx den Arm von ihrer Schulter genommen hat. Sie ist an den Rand des Platzes geflüchtet, in das Dunkel, das nicht vom Licht der Fackeln beleuchtet wird. Sie geht schnell am Wall entlang, bis sie das Zelt von Harald erreicht hat. Das Zelt ist verschlossen. Sie braucht ein Messer, läuft zurück zu einem der verlassenen Grills, findet nichts, nichts, außer einem glühenden Ast, mit dem sie schnell zum Zelt zurückläuft. An der Rückseite steckt sie den Ast in die Zeltwand, brennt ein Loch hinein, wirft das Holz beiseite, reißt mit den Händen das Loch größer auf, sodass eine Öffnung entsteht, durch die sie einsteigen kann.

Ich bin nicht unempfänglich für männliche Reize, das ist sicher. Wenn ich einem Mann begegne, der gut aussieht und über intellektuelle Fähigkeiten verfügt, die eine anregende Unterhaltung möglich zu machen scheinen, bin ich bereit, mich auf alles Mögliche einzulassen. Damit hatte ich noch nie ein Problem. Schließlich kann ich jede Beziehung jederzeit beenden, wenn sie mir nicht gefällt. Nach meinen Erfahrungen haben Männer mit dem Beenden größere Schwierigkeiten als ich. Irgendetwas an ihrem Ego vielleicht, das nicht gefestigt ist?

Es gibt natürlich auch für mich Grenzen. Aber sie haben eher mit Geschmack als mit Moral zu tun. Eine einzelne Rose, zum Beispiel, die mir zur Begrüßung mit strahlendem Lächeln entgegengehalten wird, kann außerordentlich ernüchternd wirken. Rosen scheinen das Symbol zu sein, auf das sich die Männerwelt geeinigt hat, um ihrer Verehrung für eine Frau Ausdruck zu geben. Das hat sicher praktische Seiten, denn es macht das Nachdenken darüber überflüssig, was die Frau wirklich interessieren könnte. Ich bestehe aber nun mal darauf, nicht symbolisch, sondern tatsächlich begrüßt zu werden.

Und trotzdem: Als Kranz mir im Flughafenrestaurant lächelnd und mit einer Rose in der Hand entgegenkam, gefiel er mir. Ich konnte es deutlich spüren.

Als ich ihn entdeckte, hatte ich gerade darüber nachgedacht, dass ich große Lust hätte, weiter in den Erinnerungen von Marta Feuchtwanger zu lesen. Wenn nun Kranz anstatt der Rose gerade dieses Buch in der Hand gehalten hätte? Aber natürlich: Woher hätte er das wissen sollen, der Arme.

Der Kellner, der so flink die Polizei wegen des Zechprellers geholt hatte, brachte genau so schnell eine Vase. Wir hatten beide keine Lust, etwas zu essen. Ich esse nur sehr selten, wenn ich Wodka trinke, und Kranz beteuerte, sein Senator sei ihm auf den Magen geschlagen. Er brauche unbedingt einen ordentlichen Drink. Der Kellner behauptete, der Martini-Cocktail sei in diesem Restaurant ausgezeichnet.

Ich kenne nur eine einzige Bar in Hamburg, in der der Martini-Cocktail trinkbar ist und war dementsprechend skeptisch. Kranz ließ sich überzeugen und schien es nicht zu bereuen. Ich hatte jedenfalls Zeit und ließ ihn in aller Ruhe die gröbsten Auswirkungen des Post-Senatoren-Stresses überwinden.

Ich muss Ihnen etwas sagen, Bella, das Ihnen vielleicht Kummer machen wird, sagte er beim dritten Martini.

Ach, haben Ihre beiden Kollegen meinen Wodka-Konsum ermittelt und das Ergebnis an die Presse weitergegeben? Ich versichere Ihnen, dass mir das nicht den geringsten Kummer macht.

Ich spreche nicht von Köhler und Kaul. Zu denen komme ich gleich. Ich spreche von Ihrer Freundin Tolgonai.

Seinem Gesicht konnte ich ansehen, dass es ihm ernst war. Ich wurde aufmerksam.

Ich möchte nicht drum herumreden, sagte Kranz. Es hat zwei Tote gegeben, zwei, von denen wir wissen. Sie kommt in beiden Fällen als Täterin in Frage.

Ist sie gefasst worden? Hat sie gestanden?

Nein, sie ist nicht gefasst worden.

Und wie wollt ihr dann wissen, dass sie – was für Tote eigentlich? Könnten Sie ein bisschen genauer werden?

Ja. Der Erste war LKW-Fahrer. Man hat ihn erstochen auf einem Rastplatz an der Autobahn gefunden. Der Zweite war Anführer einer Gang von Motorradfreaks. Bella, was ich Ihnen jetzt sage, bleibt unter uns: Die Bande hat sich mit Waffengeschäften finanziert. Der Anführer war ein gewisser Jinx, einer von unseren Leuten. Wir waren nicht mehr sicher, ob er noch für uns oder schon auf eigene Rechnung arbeitet. Jedenfalls stand er noch auf unserer Gehaltsliste. Vor ein paar Wochen hat es eins der üblichen Treffen von zwei befreundeten Motorradklubs gegeben. Wie das so abläuft: viel Sauferei, die üblichen Prügeleien. Aber das Ganze war nur Fassade. Eigentlich ging es um die Übergabe von russischen Armeepistolen. Die werden an interessierte Skinhead-Gruppen weitergegeben. Aber das ist jetzt nicht mein Thema. Das Treffen fand auf einem Campingplatz in Dänemark statt. Wir hatten, weil wir unserem Mann nicht mehr trauten, einen zweiten Mann eingeschleust. Als die nächtliche Orgie zu Ende war, gab es eine Menge Leute, die nicht mehr aufstehen konnten. Unser Mann, dieser Jinx, blieb allerdings für die Ewigkeit liegen.

Und was hat Tolgonai damit zu tun?

Sie gehörte zu Jinx Gang. Soweit wir das rekonstruieren konnten, ist sie von denen an einem Autobahnparkplatz aufgegabelt worden. Interessanterweise wahrscheinlich dort, wo der LKW des toten Fahrers gefunden worden ist. Sie ist wohl die Braut von Jinx gewesen.

Und weshalb sollte sie ihn dann umgebracht haben?

Ich fragte, obwohl ich es zu wissen glaubte. Ich erinnerte mich sehr gut an die Tolgonai, an die schöne Frau aus Odessa. Ich erinnerte mich an ihre Geschichte. Ich konnte mir vorstellen, dass dieser Jinx ihr zu nahe gekommen war. Niemand hatte das bisher überlebt, mochte er stark sein oder durch eine Gruppe geschützt. Sie hatte sich angewöhnt, kurzen Prozess zu machen und war bisher jedes Mal davongekommen. Am Ende hatte sogar ich selbst ihr dabei geholfen.

Wissen Sie, was sie zu mir gesagt hat, damals in Odessa?

Nein, sagte Kranz, erzählen Sie es mir.

Sie hat gesagt: Meine Seele hat Schaden genommen. Sie hat keine Angst mehr.

Ah, ich verstehe. Eine Frau, die den großen Brecht begriffen hat. Und er begann zu zitieren:

Lasst euch nicht verführen zu Fron und Ausgezehr!
Was kann euch Angst noch rühren?
Ihr sterbt mit allen Tieren
Und es kommt nichts nachher.

Ich schwieg und schüttelte den Kopf. Ich mochte nicht auf seinen lockeren Ton eingehen.

Vielleicht hat sie sich diesmal zu sehr darauf verlassen, dass ihr nichts geschieht, sagte Kranz. Vielleicht hat sie diesmal zu wenig Angst gehabt.

Wo ist sie jetzt?

Ersparen Sie mir eine genauere Antwort, sagte Kranz. Sie ist tot.

Kranz' einfacher Satz traf mich wie ein Schlag. Ich glaube, ich bin blass geworden. Ich konnte nicht sprechen. Bilder aus Odessa stiegen vor mir auf: Tolgonai in der verfallenen Villa am Meer, im Mondlicht am Fenster, fröhlich und Arm in Arm mit dem Zimmermädchen in meinem Hotel, Tolgonai verzweifelt in einem düsteren Hotelzimmer, der rote Keil auf ihrem Kinn …

Etwas an ihr mußte mich so berührt haben, dass ihr Tod mir jetzt nahe ging. Ich ahnte, was es war. Sie hatte nach ihren eigenen Gesetzen gelebt. Unerbittlich, rachsüchtig, kompromisslos, wenn es um das Unrecht an Frauen ging. Sie war nicht davor zurückgeschreckt zu töten, wenn es galt, einen Peiniger unschädlich zu machen.

Dass ich als Gegnerin von Selbstjustiz trotzdem auf ihrer Seite gestanden habe, musste aber noch einen anderen Grund haben. Es hatte nicht nur damit zu tun, dass sie klug war und schön aussah und sich nichts gefallen ließ.

Ich fühle mich oft ohnmächtig, wenn es um Unrecht gegen Frauen geht, das ich mit ansehen muss, ohne etwas ändern zu können.

Selbstverständlich verzichte ich darauf, einem Mann, der seine Frau prügelt, das Haus anzuzünden. Es wäre gegen das Gesetz. Aber mein Gewissen ist nicht einverstanden damit. Ich fühle mich ausgesprochen mies.

Tolgonai hatte meine kleinlichen Bedenken nicht gehabt. Deshalb war sie mir sympathisch gewesen. Sie hatte ein wenig auch stellvertretend für mich gehandelt und damit mein eigenes schlechtes Gewissen beruhigt. Weil ich mit ihr sympathisierte, hatte ich ihr damals zur Flucht aus Odessa verholfen. Insgeheim hatte ich sie für unverwundbar gehalten. Ihr Tod traf mich.

Endlich sah ich Kranz an. Seine Stimme kam von weit her.

Es tut mir Leid, sagte er. Ich hätte Ihnen gern etwas anderes berichtet.

Er hatte mir die Geschichte absichtlich so umständlich erzählt. Er hatte geglaubt, wenn er mir zuerst erzählte, sie habe zwei Menschen getötet, würde ich die Nachricht von ihrem Tod leichter ertragen können.

Lassen Sie uns gehen, sagte ich. Ich möchte gern ein Stück zu Fuß gehen. Kommen Sie mit?

Wenn Sie nichts dagegen haben, dass wir bis zum Stadtpark mein Auto nehmen, antwortete er.

Vom Flughafen bis zum Stadtpark braucht man am Abend mit dem Auto vielleicht fünf oder sechs Minuten. In der Zeit sprachen wir nicht, und auch in den ersten Minuten auf unserem Weg durch den dunklen Park hatte ich keine Lust zu reden. Aber irgendwann ließ sich die Frage nicht mehr vermeiden.

Woher wissen Sie eigentlich, dass sie tot ist? Wie ist sie gestorben?

Unser Mann hat uns so ungefähr beschrieben, was passiert ist.

Ungefähr?

Na ja, um nicht aufzufallen, hat er natürlich selbst auch getrunken an diesem Abend. Aber sein Bericht klingt trotzdem glaubwürdig. Als die Männer, ein paar Frauen waren natürlich auch dabei, gegen Morgen wach wurden, haben sie sich zuerst nicht um Jinx gekümmert, weil sie annahmen, er habe bloß zu viel Alkohol intus. Dann hat aber doch einer nachgesehen und festgestellt, dass Jinx tot war. Er ist erschossen worden.

Und Tolgonai soll ihn erschossen haben?

Sie war verschwunden, übrigens auf der stärksten Maschine. Sie hat einem gewissen Harald gehört, den wir inzwischen eingelocht haben. Waffenhandel. In seinem Zelt wurde ein kleines Lager von russischen Handfeuerwaffen gefunden. Merkwürdigerweise neunundvierzig Stück, sauber verpackt, fabrikneu, alle das gleiche Kaliber. Mit der Fünfzigsten wurde Jinx erschossen.

Oder hingerichtet, sagte ich.

Wie bitte? Wie kommen Sie darauf? Es sah tatsächlich so aus, als ob ...

Er hat sie vergewaltigt, sagte ich. Wahrscheinlich hat er sie danach gezwungen, bei der Bande zu bleiben. Das war sein Todesurteil, jedenfalls wenn sie ihren Gewohnheiten nicht untreu geworden ist.

Geworden war, sagte Kranz. Sie lebt nicht mehr. Und ich will Ihnen ehrlich sagen: Wahrscheinlich ist es das Beste so. Sie hat zwei Menschen getötet. Im Grunde ist sie eine lebendige Zeitbombe gewesen, für sich und für andere.

Wie ist sie gestorben?

Ich sagte ja, dass sie mit dem Motorrad dieses Harald abgehauen ist. Das war eine Goldwing, ein ziemlich schweres Geschütz. Ungefähr dreißig Kilometer hinter der dänischen Grenze, sie hat am Kontrollpunkt nicht angehalten, wahrscheinlich weil sie keinen Pass dabei hatte ...

Woher wissen Sie das?

Bella, ich kann Ihnen im Augenblick nichts weiter sagen. Nehmen Sie einfach an, dass wir Bescheid wissen. Und außerdem: Wir haben ihren Pass unter den Sachen des toten Jinx gefunden.

Ich möchte trotzdem wissen, wer da so genau Bescheid weiß.

Kranz schwieg. Ich konnte sehen, dass er dazu nicht mehr sagen würde.

Also doch, dachte ich, sie haben ihr den Pass abgenommen, um sie am Weglaufen zu hindern. Sie haben sie nicht gekannt.

Man hat sie verfolgt und sie hat einen Unfall gehabt?

Ungefähr dreißig Kilometer hat sie die Verfolgung durchgehalten. Die Dänen haben zwei Kradfahrer hinter ihr hergeschickt. Die behaupten, so eine Fahrt hätten sie in ihrem ganzen Leben noch nicht gemacht. Sie wäre denen vermutlich entkommen, wenn nicht plötzlich aus einem Seitenweg ein Trecker aufgetaucht wäre. Er fuhr ohne anzuhalten auf die Straße. Sie ist zwischen Trecker und Anhänger geraten. Es wäre wohl auch ohne das Feuer nicht viel von ihr übrig geblieben. Unglücklicherweise muss sie nämlich kurz vor der Grenze getankt haben. Es war jedenfalls genügend Sprit im Tank, um ein Feuerwerk zu veranstalten.

Vor uns tauchte in der Dunkelheit das Planetarium auf. Die Nacht ist sehr schön, wenn sich die Augen an die Dunkelheit gewöhnt haben. Die Schönheit der Nacht ließ mich den Schmerz, den ich empfand, deutlicher spüren. Ich muss eine Bemerkung darüber zu Kranz gemacht haben, die er als Aufforderung verstand, denn er begann darüber zu sprechen, dass die Nacht noch andere Schönheiten bereithalten könne (er drückte sich tatsächlich so aus), und dass wir uns nicht von Ereignissen, die uns letztlich nichts angingen, den Abend verderben lassen sollten. Das brachte mich in die Wirklichkeit zurück.

Köhler und Kaul, sagte ich, Sie vergessen, dass ich mich persönlich bedroht fühle. Sie wollten versuchen, die Ursachen für deren Neugier herauszufinden.

Bella, wenn Sie nicht so verdammt nüchtern wären, könnten wir ...

Könnten wir nicht, sagte ich, heftiger als vielleicht nötig gewesen wäre.

Ich verspürte plötzlich eine große Abneigung, eine körperliche Abneigung gegen den Mann neben mir. Kranz konnte das nicht wissen. Wir hatten ein paar Mal in den vergangenen Jahren miteinander geschlafen. Das war nie unangenehm gewesen, für uns beide nicht. Wir hatten das Verhältnis nicht ausgedehnt, was sicher in erster Linie an mir gelegen hatte. Aber seither bestand so eine Art Versprechen zwischen uns; ein Versprechen, das besagte:

»Wenn es dir einmal wirklich gut geht (oder wirklich schlecht geht – was ein genau so guter Anlass zum Beischlaf ist), und du bist gerade allein, dann bin ich für dich da.«

So ein Versprechen kann durchaus praktische Seiten haben. Mitunter wirkt es wie eine Versicherung gegen Schicksalsschläge, für die ich durchaus dankbar sein kann; noch dazu, wenn der Mensch, dem das Versprechen gilt, so sympathisch ist wie Kranz. Mir war es im Augenblick lästig. Ich bestand darauf zu erfahren, was die beiden Polizisten in meiner Wohnung gewollt hatten.

Also, sagte Kranz, die beiden sind nicht von der Kripo, sie sind BGS-Leute mit Kripo-Aufgaben.

Ich liebe dieses Land, sagte ich. Ich liebe es für seine illegalen Polizeieinsätze, für seine schweigende Mehrheit, für seine Molotow-Cocktails gegen Synagogen und die Wohnungen von Ausländern und für seine korrupten Politiker. Was haben die beiden Gesetzesbrecher bei mir gesucht?

Sie gehören einer Sondereinsatztruppe an, die sich damit befasst, untergetauchte Asylbewerber aufzuspüren. Nach allem, was ich weiß, hatten sie Kenntnis davon, dass Ihre ukrainische Freundin eine Zeit lang in Ihrem Haus gewohnt hat. Sie wussten auch, dass sich die Frau mit einem gefälschten Pass in Deutschland aufhält. Ich versichere Ihnen, dass sie das nicht von mir wussten. Ich vermute, sie sollte ausgewiesen werden. Man hat versucht, sie bei Ihnen zu finden, zumindest Spuren ihrer Anwesenheit.

Ich sagte nichts und dachte nach. Irgendetwas störte mich an dem, was Kranz mir gerade erzählt hatte. Die Frau, die am Tag zuvor bei mir gewesen war und die mich gebeten hatte, ihren Mann zu suchen, war mit einem Schwarzafrikaner verheiratet. Der Mann lebte angeblich in einem Container für Asylbewohner. Mir wurde klar, dass ich den Fall nicht ablehnen würde, wie ich es vorgehabt hatte.

Die hätten mich nach Tolgonai fragen können, sagte ich.

Sie wissen doch, wie diese Leute sind, antwortete Kranz. Die wissen doch selbst, dass man über die Rechtmäßigkeit ihrer Auftritte geteilter Meinung sein kann.

So sensibel sahen die beiden gar nicht aus, sagte ich. Aber vielleicht haben Sie Recht. Ich möchte, dass Sie mich zurückbringen, bis zum Hauptbahnhof, bitte. Ich werde für den Rest die Bahn nehmen.

Kranz war ein guter Verlierer. Er setzte mich am Hauptbahnhof ab. Ich sah ihm nach, als er davonfuhr – ein gut aussehender Mann zwischen fünfzig und sechzig, klug, elegant, potent, auf dem Weg in seine einsame Wohnung. Die Welt ist ungerecht.

Bis ins Innere des Bahnhofs waren es etwa zwanzig Schritte, die ein phantasievollerer Mensch als ich durchaus mit »Weg durch die Hölle« hätte bezeichnen können. Der Geruch, der Gestank, die schwankenden Gestalten, die heiser geflüsterten Angebote jeder Art, die auf verschmutzten Unterlagen zusammengerollten, am Boden liegenden Jammergestalten legten ein deutliches Zeugnis davon ab, dass wir uns nicht in Wahl- oder Vorwahlzeiten befanden. Anatol France fiel mir ein, der gesagt hat, es sei ein Kennzeichen der bürgerlichen Demokratie, dass sie Armen und Reichen gleichermaßen erlaube, unter Brücken zu schlafen. Die Reichen bevorzugten an diesem Abend offenbar andere Orte, um schlafen zu gehen.

Ein sehr dicker Mann sprach mich an. Er versuchte, mir zu erklären, dass ältere Frauen auf ihn einen besonderen Reiz ausübten. Aber er war so aufgeregt beim Sprechen, dass er die Worte durcheinander brachte, sich irgendwann entschuldigte und wegging; vermutlich ging auch er zurück in seine einsame Wohnung, die sicher nicht so elegant war wie die meines Freundes Kranz, dafür aber mit den Fotos von Zahra Leander und Heidemarie Hatheyer tapeziert.

Seit ich vor einiger Zeit Zeugin eines Streits hinter dem Tresen des Spaniers geworden war, mied ich den spanischen Stand in der Wandelhalle. Ich trinke meinen Wein gern unbehelligt. Ich bestellte ein Glas Weißwein am Tresen des Sylter Fischhändlers und stellte mich in eine Ecke, von der aus ich einen Überblick über die Geschehnisse hatte. Ich sah die üblichen einsamen, mittelalterlichen Frauen vor dem üblichen Bier oder Wein, ein verliebtes, älteres Paar in der trügerischen Hoffnung auf ein junges Glück, ein paar eilige Jungunternehmer, die bis in die späten Abendstunden in ihrer gerade gegründeten Ein-Mann-Firma gesessen und sich vorgemacht hatten, dass sie auf dem richtigen Weg waren, Bill Gates zu folgen. Das Glas Wein, das sie nun dringend brauchten, sollte vermutlich die letzten Zweifel an dieser Selbsteinschätzung beseitigen. Ich beobachtete ein paar Verkäuferinnen um die Fünfzig, die im Dunst von Bratfett vor sich hin schwitzten und ihre Arbeit ganz sicher nicht deshalb taten, weil es für sie zu Hause nichts zu tun gäbe. Und dann sah ich Tolgonai.

Sie stand an einem Tisch in der Nähe des

Eingangs. Ihre Haare waren sehr kurz geschnitten. Sie trug ein schwarzes Kostüm, schwarze Schuhe und Strümpfe und einen knallroten Lederbeutel über der Schulter. Sie sah umwerfend schön und sehr elegant aus.

Gut angezogenen Frauen bin ich seit jeher eher skeptisch begegnet. Ich vermute, dass hängt mit den Erziehungsgrundsätzen meiner Mutter Olga zusammen. Wenn eine Frau zum Anziehen nicht gerade ein besonderes Talent besitzt, sagte sie, und dieses Talent ist nicht häufig, dann muss sie sehr viel Zeit auf die Herstellung ihrer äußeren Erscheinung verwenden, Zeit, die ihr notwendigerweise für sinnvollere Beschäftigungen fehlt. Die Folge ist oft eine schöne Hülle mit nichts drin. Olga pflegte beim Anblick besonders schön gekleideter Frauen zu bemerken: Es raschelt hier so dumm. Irgendwo muss Bohnenstroh sein. – So etwas prägt sich ein.

Tolgonai war nicht dumm. Sie war jetzt vielleicht dreißig Jahre alt. Die Erfahrungen, die sie bisher in ihrem Leben gemacht hatte, waren extrem. Sie hatten ihr zu einem festen Standpunkt verholfen. Sie sah die Welt auf ihre Weise. Sie hatte Charakter.

Als junges Mädchen war sie in ihrer kaukasischen Heimat entführt und mit Gewalt verheiratet worden. Ihr Ehemann hatte sie in der

Hochzeitsnacht im Beisein seiner Kumpane vergewaltigt, um sie für ihren Widerstand zu züchtigen. Sie war in der Nacht zurück nach Hause geflohen, gekrochen auf allen vieren, verletzt und gedemütigt. Ihre Mutter und ihre Großmutter hatten ihr die Tür gewiesen. Sie hatten ihr Benzin gegeben, damit sollte sie sich verbrennen. Die Familie wollte die Schande einer ungehorsamen Frau nicht ertragen. Tolgonai hatte mit dem Benzin ihren frisch angetrauten Ehemann, und vermutlich einen Teil seiner Freunde gleich mit, verbrannt. Sie war geflohen und irgendwann in Odessa angekommen. Dort hatte ich sie kennengelernt.

Ich war vom ersten Augenblick an von ihrer Schönheit beeindruckt gewesen. Das war so geblieben, auch als ich begriff, dass sie nach eigenen, ungesetzlichen Regeln lebte und sich auf wilde, unbelehrbare Weise für Frauen engagierte, die missbraucht und gequält wurden. Davon gab es im kapitalistisch aufblühenden Odessa damals viele, und Zuhälter, die nach Tolgonais Überzeugung den Tod verdienten, ebenfalls. Natürlich musste sie irgendwann mit der Polizei in Odessa in Konflikt kommen, auch wenn die Kollegen dort ganz sicher nur einen Bruchteil von dem wussten, was sie wirklich tat. Und so war ich in ihr Spiel gekommen. Im Grunde hatte sie mich erpresst. Aber es war mir nicht schwer gefallen, ihr zur Flucht zu verhelfen, obwohl sie nach dem Gesetz eine Mörderin war. Denn bei all dem, was sie getan hatte, war Tolgonai eine sanfte, schöne, strahlende Frau geblieben, nur eben eine Frau, die die Verhältnisse erkannt und sich entschlossen auf die Seite der Frauen gestellt hatte.

Ich stellte mein Glas ab und versuchte, die Kellnerin auf mich aufmerksam zu machen. Ich wollte schnell zahlen, um dann zu Tolgonai zu gehen und mit ihr zu sprechen. Als ich den Blick der Kellnerin auf mich gerichtet sah, wandte ich mich um. Tolgonai war verschwunden. Ich lief auf den Ausgang zu, versuchte, sie im Gewühl der Wandelhalle zu entdecken; vergeblich. Schließlich ging ich zurück, zahlte und ging.

Vor dem Bahnhof blieb ich inmitten von rufenden, krächzenden, greinenden, schweigenden, lauernden Frauen und Männern stehen. Es stank, und die Aussicht auf den Weg zur S-Bahn hinunter, den schmutzigen Bahnsteig, die kaputten Hunde und kaputten Menschen im Zug erschien mir so wenig verlockend, dass ich beschloss, zu Fuß nach Hause zu gehen. Ich brauchte etwa zweieinhalb Stunden, in denen ich Zeit hatte, nachzudenken. Die

Luft war klar und der Weg zwischen Binnen- und Außenalster ruhig. Ein wenig anstrengend wurde es noch einmal, als ich über die Reeperbahn ging.

Es scheint, als könnte ich mich, je älter ich werde, immer weniger daran gewöhnen, in einer Welt zu leben, in der die eine Hälfte der Menschheit dazu vorgesehen sein soll, die Bedürfnisse der anderen Hälfte zu befriedigen. Die Methoden, die dabei angewendet werden, sind selbstverständlich außerordentlich vielfältig und reichen von »so subtil, dass sie sich in ihr Gegenteil zu verwandeln scheinen« bis hin zu »grob und offensichtlich«. Auf die deutlichen Ausprägungen beider kühl und gelassen zu reagieren, macht mir immer noch Schwierigkeiten. Andererseits lenkte es an diesem Abend meine Gedanken vorübergehend in eine andere Richtung. Denn die Methode »grob und offensichtlich« lässt sich auf der Reeperbahn in Reinkultur studieren; ebenso der exemplarische Lebensweg einer Hure: Ich sah sie in jedem Alter und in jeder Verfassung, sogar in einer Seitenstraße neben einer Mülltonne liegend. Das war die vorletzte Stufe. Die letzte Stufe blieb mir erspart.

Erst auf der Elbchaussee waren meine Gedanken wieder bei Tolgonai. Ich begann daran zu zweifeln, dass ich sie wirklich gesehen hatte. Vermutlich war die Geschichte, die Kranz mir von ihren Verbrechen und ihrem Tod erzählt hatte, daran schuld, dass meine Gedanken sich mit ihr befasst hatten. Ich versuchte, mich daran zu erinnern, ob die Frau mit dem roten Lederbeutel allein oder mit anderen dort gestanden hatte. Zwei Männer waren neben ihr gewesen, zwei Schwarze. Aber das konnte ein Zufall gewesen sein.

Es war gegen zwei Uhr nachts, und ich war fast zu Hause angelangt, als ich mich daran erinnerte, dass ich dieser Frau Makano versprochen hatte, mich bei ihr zu melden. Ich würde den Fall übernehmen, auch wenn mir die Auftraggeberin nicht besonders sympathisch gewesen war. Eine kleine Beschäftigung könnte nicht schaden; im Gegenteil, sie würde mich davon abhalten, dazusitzen und zu warten.

Ich war nicht müde, als ich die Haustür hinter mir schloss. Ich wusste, dass es keinen Sinn haben würde, ins Bett zu gehen. Deshalb mischte ich mir einen Wodka mit Orangensaft, nahm Marta Feuchtwangers Erinnerungen aus dem Regal, setzte mich in den Sessel am Fenster und versuchte zu lesen, allerdings nicht, ohne vorher einen Augenblick darüber nachzudenken, wer wohl Frau Feuchtwanger geraten haben mochte, ihr Buch »Nur eine Frau« zu nennen.

Am Morgen rief ich die Makano an und sagte ihr, dass ich den Fall übernehmen würde. Sie schien meine Zusage eher gleichgültig aufzunehmen, aber sie zog den Auftrag nicht zurück.

Tolgonai ist noch einmal aus dem Zelt gekrochen, um den glimmenden Ast mit Erde zu bedecken. Als sie zurückkommt, haben sich ihre Augen an die Dunkelheit gewöhnt. Dies Zelt ist größer als das von Jinx. Auf der linken Seite liegen zwei Schlafsäcke, auf der rechten ein mit einer Plane abgedeckter Haufen. Sie zieht die Plane beiseite und sieht in Stoff eingewickelte Päckchen. Sie versteht, noch bevor sie eines der Päckchen öffnet, dass sie Waffen enthalten.

Waffen – aber wo ist die Munition? Es scheint ihr, als nähme der Lärm draußen auf dem Platz ab. Haben die sich schon genug geprügelt? Aber es ist nur ein zufälliges Innehalten. Einen Augenblick später erheben sich von neuem Gebrüll und Gekreisch. Die Stimmen der Frauen erinnern sie daran, dass sie auf dem Kampfplatz vermisst werden kann. Sie muss sich beeilen.

Schließlich findet sie Munition für den Revolver, den sie sich ausgesucht hat, in einer Seitentasche der Zeltwand. Sie greift nach einer Schachtel, stopft sie in eine Tasche ihres Anzugs, läuft zurück zu Jinx' Zelt, versteckt dort Waffe und Munition. Dann steht sie am Grill und sieht zu, wie der Kampf langsam abebbt. Eine der Frauen, zerfleddert und beschmutzt ihre Kleidung, geht herum mit einer Schnapsflasche. Man trinkt und beruhigt sich, jedenfalls, was das Bedürfnis angeht, aufeinander einzudreschen.

Nicht beruhigt, sondern durch den derangierten Zustand der weiblichen Bekleidung eher angeregt, ist nun die Lust der Männer. Niemand stört sich daran, als Harald die Frau, mit der er gekommen ist, neben dem Platz, auf dem sie sich gerade noch geschlagen haben, auf den Boden wirft. Nicht einmal die Frau protestiert. Vielleicht ist sie froh, dass er noch lebt? Und wie er lebt! Sein Grunzen und ihr Quieken schaffen eine neue Stimmung neben den langsam verglimmenden Feuern. Der kann sich niemand entziehen. Und weil zu wenige Frauen dabei sind und die Schlacht gut ausgegangen ist, und das am Abend ausgehandelte Geschäft für beide Parteien vorteilhaft war, sind die Frauenbesitzer sanft geworden und großzügig. Höchstens, wenn einer aus der zweiten oder dritten Reihe einmal zu lange braucht, um zum Ziel zu kommen, hört man einen einzelnen, betrunkenen Ruf.

Das reicht wohl, was? Mach hinne!

Und der so Angerufene hört den Ruf und beeilt sich, es dem Besitzer der Frau recht zu machen, ihn nicht zu verärgern, den schönen Abend nicht durch ungebührliches Benehmen zu verderben.

Tolgonai beobachtet die Paare, die Paarungen, die flotten Eins-Zwei-Dreier. Sie ist nicht abgestoßen von dem, was sie sieht. Sie bleibt im Schatten, damit niemand auf die Idee käme, sie einzubeziehen in das Spiel. Es ist niemand dabei, der ihr gefällt. Der Gedanke, dass sie mittun könnte in dem wüsten Durcheinander, das sie vor sich sieht, ist ihr zuwider. Aber sie ahnt nun, dass sie es tun würde; nicht hier, nicht gezwungen und nicht mit einem von denen da.

Und Jinx? Sie betrachtet ihn genauer. Er ist älter, als sie im allerersten Augenblick geglaubt hat. Das unruhige Licht der Fackeln und verlöschenden Feuer zeichnet die Falten in seinem Gesicht deutlicher als das Tageslicht. Sie weiß, dass seine langen Haare und der Bart mit grauen Haaren durchsetzt sind. Auch jetzt wirken sie grau. Ein dünner Streifen von getrocknetem Blut läuft über seine Stirn und bildet unter dem linken Auge einen dunklen Fleck. Die Haut seiner Arme ist dunkel. Auf die Oberarme hat er sich Tattoos machen lassen. Aus der Entfernung kann sie die Bilder nicht erkennen, aber sie hat sie oft genug gesehen: vollbusige Engel mit Harley-Davidson-Flügeln und männlichen Unterkörpern. Durch eine Bewegung der Oberarmmuskeln kann er die Form der Schwänze verändern. Nur sieht Jinx im Augenblick nicht so aus, als sei er zu solchen Spielereien aufgelegt. Sie kann deutlich sehen, dass er Schmerzen hat. Er hat aufgehört, seinen Kopf zu betasten, drückt die Handflächen an die Rippen und verzieht dabei das Gesicht. Schließlich versucht er aufzustehen. Er versucht es ein paar Mal, sieht sich auch um, will wissen, ob jemand ihn beobachtet, aber die anderen sind beschäftigt. Das scheint ihn zu erleichtern. Schließlich steht er und versucht mühsam zu atmen. Er geht unsicher ein paar Schritte. Es sieht aus, als sei er nicht sicher, in welche Richtung er gehen solle. Aber er geht weiter, bis er hinter den Feuern ist und sie seine Gestalt nur noch undeutlich wahrnimmt. Tolgonai bleibt im Schatten am Rand des Platzes und folgt ihm.

Sie versucht, keine Geräusche zu machen, obwohl sie weiß, dass Jinx sie nicht hört. Er geht, nein er taumelt eher, in die Richtung von Haralds Zelt. Sie ist jetzt ganz sicher, dass er die Orientierung verloren hat. Manchmal bleibt er stehen, stöhnt und betastet seinen Kopf oder seinen Körper. Dann bleibt sie ebenfalls stehen, um den Abstand zwischen sich und Jinx nicht zu verringern. Plötzlich ist da ein Geräusch, das weder Jinx noch sie verursacht haben; ein leichtes Knacken, aber nicht wie das Knacken von Zweigen. Es ist das Knacken einer Waffe, die entsichert wird. Sie lauscht, aber das Geräusch wiederholt sich nicht. Jinx ist wieder stehen geblieben. Er sieht sich um, als habe er erst jetzt verstanden, dass er bewusstlos umhergetaumelt ist. Er versucht, sich zu orientieren. Schließlich wendet er sich um und geht langsam, aber nun mit festeren Schritten, auf sein eigenes Zelt zu. Tolgonai steht, verborgen hinter dem Stamm einer Fichte, und sieht ihn in drei Meter Abstand an sich vorübergehen. Sie will ihm folgen, als sie den Mann sieht und stehen bleibt. Er kommt vom Grillplatz, geht schnell an den Resten der Feuerstellen vorbei, so, als wollte er vermeiden, gesehen zu werden. Er geht schnell und leise. Er geht hinter dem verletzten Jinx her, der zu sehr mit sich selbst beschäftigt ist, um zu bemerken, dass er verfolgt wird. Erst als er sehr nah an Jinx' Rücken ist, ruft er ihn an.

Jinx!

Hä? Verflucht!

Jinx dreht sich um, die Bewegung macht ihm Schwierigkeiten, und er taumelt ein wenig, während er beide Hände gegen die Rippen presst. Der andere tritt noch einen Schritt näher heran. Er hält eine Pistole in der Hand. Der lange Schalldämpfer zeigt genau auf die Stirn von Jinx.

Spinnst du, Ma ...

Jinx kommt nicht dazu, den Satz zu Ende zu sprechen. Er stürzt zu Boden, als habe ihn jemand mit einer Axt erschlagen. Der andere beugt sich über ihn, stößt ihn mit dem Schuh an, prüft seine Reaktion. Jinx reagiert nicht mehr. Der andere nimmt den Schalldämpfer von der Pistole. Er wirft die Pistole und den Schalldämpfer in den Wald, ohne darauf zu achten, wohin sie fallen. Er wendet sich um – und geht zurück zu dem Platz, auf dem die Geräusche nun leiser geworden sind. Die Szene ist friedlich.

Tolgonai steht hinter dem Baumstamm. Sie ist sicher, dass der Mann sie gesehen hat. Er hat sie gesehen, als er die Pistole weggeworfen hat. Sie hat in seinem Gesicht deutlich diese winzige Veränderung, den Schreck und die gleich darauf folgende Beherrschung des Schreckens erkennen können. Er musste so tun, als habe er sie nicht gesehen. Und er muss nun versuchen, sie zu beseitigen.

Sie bleibt hinter dem Stamm stehen und folgt dem Mann mit den Augen. Er gehört zu Jinx' Gruppe. Er ist mit einer Harley unterwegs wie die anderen. Er trägt seine Haare lang wie die anderen. Er hat einen geschmeidigen, roten Lederanzug an. Er ist blond und auf dem Motorrad hat er einen von diesen Helmen getragen, die aussehen, als seien sie aus abgeschnittenen Kochtöpfen gemacht. Er heißt Kurt. Er unterscheidet sich in nichts von den anderen. Aber er ist ein Mörder. Er hat sie gesehen. Er wird versuchen, sie zu töten.

Es muss eine Zeit geben, in der auch die Wachen an den Motorrädern schlafen. In dieser Nacht wird niemand fähig sein, sie abzulösen.

Jinx – er hat ihn liegen gelassen, ohne ihn zu durchsuchen. Jinx trägt den Schlüssel für seine Maschine bei sich.

Es ist gefährlich, zu Jinx zu gehen. Sie muss damit rechnen, dass der andere die Stelle nicht aus den Augen lässt. Aber sie muss es riskieren. Jinx' Motorrad ist ihre Rettung.

Sie muss es gleich versuchen. Vielleicht rechnet der Mann nicht damit, dass sie zu Jinx gehen wird.

Er kann nicht wissen, dass hier eine Frau ist, die keine Angst hat. Das ist ihre Chance.

Leise, in einem kleinen Bogen, nähert sich Tolgonai dem Körper von Jinx. Kurz bevor sie ihn erreicht, legt sie sich flach hin und kriecht die letzten Meter, das Gesicht dicht über dem Boden. Ihr Gesicht ist hell. Es könnte sie verraten.

Jinx liegt halb auf der Seite, die Beine in einem weiten Schritt auseinander gestreckt. Er liegt auf der linken Seite. Die Tasche mit dem Schlüssel ist auf dem rechten Oberschenkel. Während sie sich über ihn beugt, die schwarzen Haare hängen wie ein dichtes Tuch vor ihrem Gesicht, versucht sie, einen Blick auf Jinx zu werfen. Erst als sie die Schlüssel in der Hand hält, gelingt es ihr. Unter sich spürt sie den Körper, der noch warm ist. Neben sich sieht sie das Gesicht von Jinx, zerschlagen, mit einem Loch über der rechten Augenbraue. Das Gesicht scheint ihr kleiner geworden zu sein, so, als habe der Tod es in die Hände genommen und zusammengepresst. Die Haare und der Bart scheinen nicht mehr dazuzugehören.

Auf dem Bauch rutscht sie von ihm weg, steht erst auf, als sie um sich herum Gebüsch und Stämme wahrnimmt. Niemand ist zurückgekommen. Vielleicht hat der andere sie vorhin doch nicht gesehen. Vielleicht hat sie sich getäuscht. Als sie zurücksieht, liegt Jinx'

Körper am Rand der Lichtung wie ein unregelmäßiger Ameisenhaufen in der Dunkelheit, wie ein Haufen Feldsteine.

Weiter entfernt sind die Grillfeuer und Fackeln beinahe erloschen. Sie sieht einen Mann über den Platz taumeln, dann noch einen. Sie schlagen ihr Wasser ab, kommen zurück, legen sich irgendwo auf die Erde. Die beiden Blonden gehen, sich gegenseitig stützend, zu ihren Zelten. Sie haben die Schals verloren, die sie am Beginn des Abends um ihren Oberkörper gewickelt hatten. Schwer und weißlich hängen die Brüste an ihnen herunter. Niemand folgt den beiden. Sie haben ihren Beitrag zum Gelingen des Abends geleistet. Nun dürfen sie ausruhen.

Der andere wird sich nicht ausruhen. Er ist nicht betrunken gewesen. Vielleicht wird er sie suchen. Sie braucht eine Maschine. Sie muss sich beeilen.

Ich rief Brunner an, um mich mit ihm zu verabreden. Er hatte mich vor Köhler und Kaul gewarnt. Ich hatte den Eindruck, ich stünde in seiner Schuld. Außerdem hatte er wirklich Recht damit, dass ich ihm einen Abend versprochen hatte. Ich würde ihm meine Dankbarkeit zeigen und ihn im Laufe des Abends nach dem Asylantenheim fragen, in dem Makano gewohnt hatte, bis er verschwunden war. Der Container lag in seinem Revier.

Einer seiner Kollegen bat mich, einen Augenblick zu warten. Während ich wartete, dachte ich über Brunner nach. Er war ein sehr fähiger Kripomann gewesen, bis man ihn, weil er zu unbestechlich gewesen war, in einen Bezirk versetzt hatte, wo er keinen Schaden mehr anrichten konnte. Ich hatte ihn im Zusammenhang mit dem Fall Lara G. persönlich kennen gelernt. Vorher hatte ich allerdings schon in der Zeitung über ihn gelesen. Er hatte in einem spektakulären Serienmörder-Fall ermittelt. Der Täter hatte es auch auf Brunners Tochter abgesehen gehabt. Brunner war klug und zäh bei der Arbeit, und er hatte ein Alkoholproblem. Als ich ihn dann kennen lernte, hatte er seine beruflichen Fähigkeiten ganz sicher nicht eingebüßt, er wandte sie nur nicht mehr an, oder so, daß sie wie im Fall Lara G. nicht der Aufklärung dienten. Um genau zu sein: Er hatte ein paar Beweise gefälscht und damit die G. vor dem Lebenslänglich bewahrt. Das war seine Art, sich dafür zu rächen, dass man ihn auf ein Abstellgleis geschoben hatte.

Ich achte Brunner. Er ist ein kluger, kompromissloser Polizist. Er trinkt zu viel, aber weshalb sollte gerade ich deshalb über ihn den Stab brechen? Wir verabredeten uns für den nächsten Abend, und er nannte mir den Namen und die Bürozeiten des Sozialarbeiters, der zwei Mal in der Woche eine Stunde für die Menschen im Container zu sprechen war. Der Staat lässt sich die Betreuung der Flüchtlinge etwas kosten.

Und die beiden, die ich Ihnen avisiert hatte?, fragte er zum Schluss. Sind sie gekommen? Was wollten sie von Ihnen?

Auch dem fähigsten Beamten passiert es, dass sie Beamtendeutsch sprechen, wenn sie lange genug dabei sind. Ich machte Brunner ein paar Vorschläge für Wörter, die man an Stelle von »avisiert« benutzen könnte. Wir verabschiedeten uns lachend. Ich hatte den Verdacht, dass Brunner sich von unserem ersten gemeinsamen Abend mehr versprach als nur ein paar Wodkas in angenehmer Gesellschaft und nahm mir vor, darüber nachzudenken, wie ich mich verhalten wollte. Vorher darüber nachzudenken. Während oder nachher ist es meist zu spät.

Die Sprechstunde des Sozialarbeiters war am Vormittag des übernächsten Tages. Das war mir sehr recht. Ich sah keine Notwendigkeit, mich in der Makano-Sache besonders zu beeilen. Andererseits gab mir dieser Auftrag das beruhigende Gefühl, einer Arbeit nachzugehen, sodass ich ohne ein schlechtes Gewissen zu haben im Sessel sitzen und lesen konnte, worauf ich gerade Lust hatte.

Die Tatsache, dass Nichtarbeiten bei mir anfallsweise ein schlechtes Gewissen hervorruft, kann nur mit meiner Erziehung zusammenhängen. Der Mensch hat eine Chance, Mensch zu werden, wenn er seine Erziehung überwindet. Wer allerdings von einer Kommunistin vom Schlage Olgas erzogen worden ist, muss damit allergrößte Schwierigkeiten haben.

Bella, mach deine Hausaufgaben. Du arbeitest zu wenig für die Schule.

Ich hab' aber jetzt keine Lust zu arbeiten!

Das ist doch nicht dein Ernst! Ohne Arbeit ist das Leben sinnlos.

Aber Schulaufgaben sind doch keine Arbeit! Das war übrigens schon das erste Nachgeben.

Natürlich sind Schulaufgaben Arbeit. Jedes Alter hat die Arbeit, die ihm entspricht. Oder willst du kein Mensch werden?

Oder: Wenn du fertig bist, lies das hier.

»Vom Anteil der Arbeit an der Menschwerdung des Affen«.

Jawohl, Engels. Ist ganz leicht zu lesen. Vielleicht begreifst du dann, was ich meine.

Na ja, und so weiter. Selbstverständlich

wollte ich ein Mensch werden. Inzwischen habe ich zwar den Eindruck, dass die Arbeit die Menschen eher daran hindert, Mensch zu werden, aber mit zwölf Jahren fehlten mir einfach die richtigen Argumente. Irgendwann habe ich Olga einfach geglaubt. Glücklicherweise hat sie mir noch ein paar andere Regeln beigebracht, sodass ich in meiner Entwicklung nicht wirklich Schaden genommen habe. Soweit ich das beurteilen kann.

Ich verbrachte ein paar interessante Stunden mit Marta Feuchtwanger und Brecht und nahm zum Tagesausklang den schönen Tragelehn-Band in die Hand. Ich lese darin nur zu bestimmten Zeiten, genau genommen immer dann, wenn mir ein Problem im Kopf herumgeht, das ich nicht genau definieren kann. Dann brauche ich eine Pause, um nicht in sinnloses Grübeln zu verfallen. Über die Verse von Tragelehn nachzudenken, macht Sinn.

> *Brecht las bei Horaz, les ich, dass selbst*
> *Die Sintflut nicht ewig gedauert hat.*
> *Und wieder werden die schwarzen Gewässer*
>   *verrinnen.*
> *Und wieder werden wenige länger dauern.*

Ob Tragelehns »schwarze Gewässer« auch meine waren?

Ich ziehe abends niemals meine Vorhänge zu. Sie hatten mich beobachtet und traten die Tür ein, als ich am Telefon stand und versuchte herauszufinden, wer der Mensch war, der mich zum zweiten Mal anrief, ohne seinen Namen zu nennen, ohne zu sprechen, aber auch ohne aufzulegen. Als ich mich umwandte, standen sie schon im Zimmer. Es waren zwei, und sie sahen so aus, als wollten sie, dass man sich vor ihnen fürchtet. Ich setze mich hinter den Schreibtisch. Es gab einen praktischen Grund, weshalb ich mich dort sicher fühlte.

Die beiden sahen aus wie Motorrad-Rocker, und im Gegensatz zu Modeärzten und alternden Jungunternehmern, die ihre kostbaren Maschinen am Wochenende dazu benutzen, sich frei zu fühlen, waren sie es auch. Ich hatte ein paar dieser Typen während meiner Zeit bei der Kripo kennen gelernt und erinnerte mich ungern daran. Die beiden kamen mir brutaler vor als meine Kunden von damals, aber das war wohl normal. Weshalb hätte sich ausgerechnet die Rocker-Szene nicht brutalisieren sollen. Frauen werden inzwischen bei den Soldaten zum Töten ausgebildet. Es finden sich junge Leute, ungestört von ihren Nachbarn, zum »Neger klatschen« zusammen. Im Internet wird mit pornografischen Kinderfotos gehandelt, und angeblich kann niemand etwas dagegen tun.

Wer hat dir gesagt, du sollst dich setzen!

Der da brüllte, trug lange blonde Haare, war ungefähr fünfunddreißig und hatte neue Zähne. Er war nicht dumm, leider, ich musste sehr vorsichtig sein.

Sieh oben nach!

Der andere, kleiner, dunkler, dümmer, rannte die Treppe hinauf. Ich hörte ihn im Schlafzimmer herumtrampeln. Irgendetwas fiel polternd zu Boden.

Sag deinem Affen, er soll sich benehmen, sagte ich.

Schnauze, war die Antwort, mit der ich bedacht wurde.

Er stand etwa vier Meter von mir entfernt. Er war nervös. Ich sah es daran, dass er die mit einem Schlagring verzierte Faust seiner rechten Hand in regelmäßigen Abständen in die geöffnete Handfläche der Linken schlug. Den Schlagring hatte ich erst nicht bemerkt. Auch den Baseballschläger, der neben ihm im Türrahmen lehnte, sah ich erst jetzt. Ich hatte ihnen beim Telefonieren zu lange den Rücken zugewandt.

Der Kleine kam die Treppe heruntergepoltert. Er hielt ein altes, italienisches Glas in der Hand. Es war das Einzige, was Olga aus ihrer

Zeit in Neapel aufbewahrt hatte. Mehr als ein paar geheimnisvolle Andeutungen über die Erinnerung, die sie damit verband, hatte ich nie aus ihr herauslocken können; jedenfalls nicht, solange ich ein Kind gewesen war.

Wenn du groß bist, erzähle ich dir die Geschichte.

Als ich groß war, hatten mich andere Dinge interessiert. Und dann war sie tot, und ihre Genossen hatten mich gefragt, ob ich das Glas als Erinnerungsstück haben wollte. Er hatte es deshalb nicht oben hingeworfen, weil er fand, auf dem Steinfußboden vor der Treppe würde es einen schöneren Klang geben. Das tat es.

Nichts, sagte er, da oben ist nichts.

Sieh hier unten nach, sagte der Mann mit dem Schlagring. Seiner Stimme hörte ich an, dass er nicht mehr glaubte, sie würden finden, was sie suchten. Ich versuchte einzuschätzen, ob die Enttäuschung über ihre misslungene Aktion sie zu noch unangenehmeren Taten hinreißen könnte. Ich müsste näher an die Schreibtischschublade herankommen. Vielleicht würde ich sie mithilfe der Beretta loswerden.

Ich tat ein paar Mal so, als sähe ich heimlich zum Fenster hinüber und unterdrückte dann ein Lächeln. Ein ganz gewöhnlicher Trick, um die Aufmerksamkeit des Gegners für einen kurzen Augenblick von sich abzulenken. Man lernt ihn, wenn man einen guten Ausbilder hat, schon am Beginn der Polizei-Laufbahn. Der Trick verfing nicht. Das machte mich stutzig. In der Küche zerbrach Geschirr. Ich hörte den Kleinen die Küche verlassen. Einen kurzen Augenblick sah ich ihn auch auf dem Flur. Er hielt eine gusseiserne Bratpfanne in der Hand. Ich konnte mir vorstellen, was er vorhatte. Ich hatte die beiden satt.

Sag dem Knallkopf, er soll aufhören, mein Haus zu demolieren, sagte ich.

Du sollst aufhören, ihr Haus zu demolieren, rief der Blonde und wandte dabei seinen Kopf in Richtung Flur. Hörst du?

Was wir hörten, waren Geräusche, die entstehen, wenn jemand eine gusseiserne Bratpfanne in einen Garderobenspiegel schlägt.

Als er »hörst du« gerufen hatte, vielleicht weil er fürchtete, der andere könne seinen Witz wegen des splitternden Glases nicht hören, hatte ihn seine Aufmerksamkeit für genau den Augenblick verlassen, den ich brauchte, um die Beretta aus der Schublade zu ziehen. Ich schoss sofort. Ich zielte vor dem Blonden auf den Fußboden. Ich vermute, dass die Kugel vom Stein abprallte und ihn an der Hüfte traf. Jedenfalls knickte er ein wenig zusammen und sah mich überrascht an. Aus der

Flurgegend waren gerade Geräusche gekommen, die sich anhörten, als zerschlüge jemand mit einer gusseisernen Bratpfanne ein Toilettenbecken. Die Geräusche hörten auf, und der Kleine erschien in der Tür.

Was ist los, fragte er, macht sie Sperenzien?

Als er die Waffe in meiner Hand sah, nahm er die Hände von selbst hoch.

Ja, sagte ich, so schnell kann man hässlich werden. Lasst die Hände oben. Ihr werdet abgeholt.

Ich sah, dass sie mich nicht genau verstanden hatten.

Ihr seht hässlich aus. Aber macht euch nichts daraus. Nur Sieger sind schön, sagte ich, wusstet ihr das nicht? Außer Sokrates, natürlich, aber da wisst ihr wieder nicht, wer das ist. Hab ich Recht?

Halt bloß dein Maul, sagte der Kleine.

Sein Kumpan war sehr still. Vielleicht hatte er Schmerzen, aber ich nahm nicht an, dass er mehr als einen Kratzer abbekommen hatte. Ich sah sein Gesicht an, während ich die Notrufnummer wählte. Er sah aus, als ginge ihn die ganze Sache nichts an. Er trug die Gelassenheit von jemandem zur Schau, der ganz genau weiß, dass ihm nichts geschehen wird. Eine Weile schwiegen wir uns an.

Er blutet, sagte der Kleine nach ein paar Minuten.

Ich zerfließe vor Mitleid, sagte ich. Normalerweise hätte ich ihm die Kloschüssel zum Waschen angeboten. Aber die ist ja nun kaputt.

Ich sah auf die Scherben von Olgas Glas, stellte mir die Verwüstung in der Küche und im Flur vor, dachte an die eingetretene Haustür und wurde so wütend, dass ich mich zusammennehmen musste, um nicht noch einmal zu schießen, diesmal etwas höher. Ich war froh, als endlich die Polizisten kamen.

Sie kamen mit zwei Streifenwagen, einem Notarzt und einem Feuerwehrauto. In den Polizeiautos saßen jeweils zwei Männer, im Notarztwagen der Fahrer, der Arzt und ein Helfer. Die Feuerwehr war mit fünf Männern angerückt. Alle zusammen waren wir fünfzehn, zehn zu viel für mein kleines Haus.

Es gab einen kurzen Versuch, die beiden Rowdys zu vernehmen. Aber außer ihrem Namen waren sie nicht bereit, irgendetwas zu sagen. Schließlich brachte man sie hinaus, nachdem der Arzt sich die Wunde angesehen hatte. Sie war unbedeutend. Dann, während die Feuerwehr damit beschäftigt war, meine Haustür notdürftig wieder in Stand zu setzen, begannen die zwei zurückgebliebenen Polizisten ein Protokoll aufzunehmen. Sie waren jung, kannten mich nicht und verhielten sich sehr korrekt. Ich zeigte ihnen meinen Waffenschein und nannte ihnen meinen Beruf.

Ich habe noch nie einen Polizisten getroffen, der bei dem Wort »Privatdetektivin« nicht zusammengezuckt wäre und sein Verhalten geändert hätte. Aber die beiden gaben sich große Mühe, ihre Abneigung zu verbergen. Ich hätte natürlich auch sagen können, dass ich es nicht nötig hätte zu arbeiten. Nur wäre die Beretta dann schwerer zu erklären gewesen. Und dass sie für deren Einsatz eine Erklärung brauchten, war mir klar. Außerdem gibt es Polizisten, die gegen Menschen, die es nicht nötig haben zu arbeiten, Aggressionen entwickeln. Ich halte das für durchaus ehrenwert, nur wollte ich im Augenblick lieber nichts riskieren. So gaben sie sich zufrieden, nachdem sie ihre Abneigung überwunden hatten.

Wohin bringt man die beiden?, fragte ich.

Ich konnte mir vorstellen, wohin, aber mir lag daran, es genau zu erfahren.

Ins UG, Holstenglacis, antwortete der, der die Fragen an mich gestellt hatte. Der andere hatte die Antworten aufgeschrieben. Er war für einen Streifenwagen-Polizisten relativ gewandt mit Papier und Kugelschreiber umgegangen. Wahrscheinlich hatten die beiden sich schon vor längerer Zeit auf eine Art Arbeitsteilung geeinigt.

Ziemlich gefährlicher Beruf, den Sie sich ausgesucht haben, setzte er hinzu. Jedenfalls für eine Frau.

Darauf lohnte es sich nicht zu antworten. Im Flur hatte das Hämmern der Feuerwehrleute aufgehört. Einer von ihnen erschien in der Türöffnung.

Heute Nacht hält die Tür erst mal. Aber an Ihrer Stelle würde ich morgen einen Tischler holen. Das gibt 'n schönen Versicherungsschaden, sagte er, als er die Scherben auf dem Boden sah.

Ich konnte in seinem Gesicht sehen, wie er den Schaden aufnahm, die Summe im Kopf verdoppelte und sich überlegte, was er mit dem erschwindelten Geld machen würde.

Wir wären dann auch soweit, sagte der Protokollführer.

Sie hatten Polaroid-Fotos von den Verwüstungen gemacht. Ich nahm mir vor, die Fotos zu verlangen, wenn die Sache abgeschlossen wäre. Der Gedanke, das Innere meines Hauses in Polizeiakten verewigt zu finden, bereitete mir Unbehagen.

Ich brachte die Polizisten hinaus, begutachtete die Arbeit der Feuerwehrmänner an der

Haustür und war endlich wieder allein. Ich fegte die Scherben zusammen, räumte das Schlafzimmer auf und dankte meinem Schicksal und mir, dass ich die Kerle gestoppt hatte, bevor sie sich über die Bücherregale im Arbeitszimmer hergemacht hatten. Als alles einigermaßen in Ordnung war, rief ich im Untersuchungsgefängnis an.

Ich nannte mich Bohnhoff-Sennesberger. Das ist der Name einer in der Stadt bekannten und bewunderten Strafverteidigerin. Sie wird relativ häufig in der Boulevardpresse erwähnt, immer im Zusammenhang mit Prozessen gegen irgendwelche Ganovenberühmtheiten und nie, ohne dass die Tierart genannt wird, deren Abkömmlinge für den Pelzmantel, in dem die Dame vor dem Strafjustizgebäude ihr Interview gegeben hat, ihr Leben lassen musste.

Es dauerte eine Weile, bis sich jemand bereit fand, mit mir über meine Mandanten zu sprechen. Es dauerte deshalb so lange, weil ich nach zwei Mandanten gefragt hatte. Es war aber nur ein Mann eingeliefert worden.

Ich würde Ihnen den Mann gern beschreiben, sagte ich, vielleicht ist er einer von meinen Mandanten.

Besonders deutlich habe ich ihn nicht gesehen, antwortete der Dienst habende Beamte.

Ich hörte seiner Stimme an, dass er langsam die Lust verlor, sich mit mir zu unterhalten.

Oh, das war bestimmt ausreichend, sagte ich liebenswürdig. Mein Mandant ist schon auf den ersten Blick sehr eindrucksvoll. Klein, ziemlich breit, lange dunkle Haare, Harley-Davidson-Kluft. Ich muss zugeben, er sieht ein bisschen brutal aus.

Ja, dann wird er das wohl gewesen sein.

Und der andere?

Hören Sie, ich hab Ihnen gesagt, wir hatten nur einen Zugang. Und den kriegen Sie heute Nacht nicht mehr zu sehen. Morgen ab sieben, wenn Sie wollen. Und nun würde ich das Gespräch gern beenden.

Wenn er Frau Bohnhoff-Sennesberger vor ein paar Tagen nicht in einer Talkshow zum Thema »Verstopfen Ausländer unsere Gefängnisse?« gesehen hätte (sie trug ein enges, schwarzes Kleid, das ziemlich weit ausgeschnitten war), hätte er den Hörer schon längst aufgelegt. Nur die merkwürdige, schon an Unterwürfigkeit grenzende Bewunderung, die manche Menschen Personen entgegenbringen, die regelmäßig im Fernsehen auftreten, hatte ihn bisher davon abgehalten. Ich wollte seine Geduld nicht überstrapazieren.

Selbstverständlich. Ich danke Ihnen, entgegnete ich freundlich. Ich wünsche Ihnen noch einen ruhigen Abend.

Ich hörte ihn leise lachen. Er war versöhnt. Und ich saß am Schreibtisch und dachte nach. Als Ergebnis bekam ich Lust, Kranz anzurufen. Aber es war nach Mitternacht, und Anrufe um diese Zeit suggerieren dem Empfänger entweder dass man Hilfe brauche oder Sex. Da ich im Augenblick weder das eine noch das andere von Kranz wollte, verzichtete ich darauf, mit ihm zu sprechen. Ich las noch ein wenig herum, aber erst, als ich bei Alexander Blok angekommen war, war ich zufrieden.

Und jeden Abend ist der einzige Freund
Gespiegelt mir im vollen Glas,
Und wie ich besänftigt und betäubt
Vom herben und geheimnisvollen Nass.

Und ein paar Seiten weiter:

Es ist wie's ist und bleibt, wir müssen leiden.
Das ist mein Wissen, mein Erfahrungsschatz.

Ich trank an diesem Abend nicht. Ich wollte weder besänftigt noch betäubt sein. Aber ich verstand die Stimmung sehr gut, die Blok beschrieben hatte.

Vor ein paar Tagen hatte ich eher zufällig in

einer Kneipe den Bericht über ein Treffen von Motorradfahrern im Fernsehen verfolgt. Man vermutete unter ihnen Drogenhändler, Waffenhändler, Menschenhändler und Rechtsradikale. Der Österreicher Haider und ein paar sehr bekannte deutsche Schauspielerinnen und Unterhaltungskünstler verschönten das Fest durch ihre Anwesenheit. Offenbar hatten sie es nötig, sich dort zu präsentieren. Das Ganze fand statt, während an verschiedenen Orten im Land Brände an Synagogen und Asylunterkünften gelegt und Schwarze verfolgt wurden, während eine hohle Politikerstimme nach dem »Aufstand der Anständigen« rief und in den Medien »Fachleute« und Journalisten sich über die Ursachen von Rechtsradikalismus ereiferten. Ich hätte mich nicht gewundert, eine der Schauspielerinnen anschließend in einer Talkshow gegen Rechtsradikalismus auftreten zu sehen. Wieso eigentlich »Menschenhandel«, hatte ich überlegt und beschlossen, nur noch Frauenhandel zu sagen. Aber im Grunde war diese Überlegung nur Ablenkung gewesen. Ablenkung von dem Schmerz, der entsteht, wenn ich daran erinnert werde, dass ich einem Land lebe, dem nicht mehr zu helfen ist.

Und deshalb bist du ins Jammern verfallen, Bella Block!?

Hin und wieder muss ich vor mir selbst zugeben, dass ich zum Jammern neige; aber nur, um mich anschließend zur Ordnung zu rufen. Das tat ich und versuchte, über meine nächsten Schritte in der Sache Makano nachzudenken. Mir wurde klar, dass ich, ohne mit dem Betreuer im Container gesprochen zu haben, nicht weiterkommen würde. Also ging ich schlafen. Trotz des Wissens darum, dass Alexander Blok und Sigmund Freud unabhängig voneinander in der Erkenntnis übereingestimmt hatten, dass das Schicksal des Menschen »leiden« sei, schlief ich wunderbar.

Weil ich nichts davon halte, mit einem Porsche, und sei er auch noch so alt, an einer Asylantenunterkunft vorzufahren, nahm ich am nächsten Morgen die U-Bahn. Bevor ich das Haus verließ, versuchte ich allerdings noch Kranz anzurufen. Er war in einer wichtigen Besprechung. Vermutlich war der Innensenator aus dem Urlaub zurückgekehrt, plante ein Statement gegen Rechtsradikale, wollte den Aufstand der anständigen Bürger fordern und besprach mit Kranz die richtige Wortwahl für seinen Auftritt. Schließlich sollten die Bürger ja nicht wirklich aufstehen. Da mussten die Worte sorgfältig gewählt werden. Auf einem Bahnsteig am Jungfernstieg wurde ich Zeugin eines Vorfalls, der die beiden vielleicht interessiert hätte.

Neben mir stand eine kleine Gruppe von schwarzen Jugendlichen, gut gekleidet, sich fröhlich unterhaltend, unauffällig. Dann erschien eine Frau. Schon als ich sie auf der Rolltreppe herunterkommen sah, sah ich an ihrem Gesicht, dass sie es als Zumutung empfinden würde, mit Schwarzen gemeinsam auf den Zug zu warten. Trotzdem stellte sie sich dicht neben die Gruppe, machte ein empörtes Gesicht und versuchte, einen vorübergehenden Mann zum Eingreifen zu überreden. Der Mann wusste nicht, was er tun sollte, denn die Jugendlichen benahmen sich nicht auffällig. Aber er blieb stehen und verzog ebenfalls angewidert sein Gesicht. Dann erschien ein Polizeibeamter, der offenbar zufällig auf den Bahnsteig kam. Auch Polizisten benutzen hin und wieder eine U-Bahn, ohne im Einsatz zu sein. Die Frau sah den Uniformierten nahen. Er war ihre Erlösung. Sie stürzte ihm entgegen und versuchte, ihm mit Händen und Füßen klarzumachen, dass er eingreifen müsse. Der Beamte hatte keine Lust dazu. Er wusste auch nicht, weswegen er hätte eingreifen sollen. Und dann liefen die jungen Leute weg. Vielleicht hatten sie Angst vor der Uniform.

Der Polizist ging erleichtert weiter. Die

Frau war empört über das lasche Verhalten der Staatsgewalt und machte ihrer Empörung bei den Umstehenden Luft. Bei einem Teil der Leute fand sie Verständnis.

Schließlich kam der Zug. Ich vermied es, dasselbe Abteil zu benutzen wie die Denunziantin. Ich hatte einfach das Bedürfnis nach sauberer Luft, auch wenn das in einem gut besetzten U-Bahnwagen eher lächerlich ist.

Ich sah aus dem Fenster. Auf dem Stadtplan hatte ich mir angesehen, wo der Schuppen lag, in dem die Menschen untergebracht waren, die bei uns Asyl suchten. Er stand unter und halb neben einem Viadukt, der von Zügen verschiedener Art, auch meiner U-Bahn, befahren wurde. Von oben wirkte der Platz bunt und romantisch, aber der Eindruck war falsch. Das sah ich, als ich auf der Straße vor dem Schuppen angekommen war. Neben dem Platz lag ein Abenteuerspielplatz für Kinder. Der Container-Platz war kahl. Es war laut, weil dauernd Züge über die Brücke fuhren. Hinter einem kleinen Fenster sah ich das leere Gesicht eines Mannes, der bewegungslos nach draußen starrte. Frauen und Kinder sah ich nicht. Ich spürte eine starke Abneigung dagegen, das Haus zu betreten. Ein paar Stufen aus verzinktem Eisen führten an eine Haustür, die nicht verschlossen war. Ich öffnete sie und trat ein.

Ein dunkelhäutiger Mann, der einen Schrubber in der Hand hielt, sah mir entgegen. Sein Gesicht war ausdruckslos, trotz einiger Lachfältchen um Augen und Mund. Vielleicht war er freundlich zu seinen eigenen Leuten. Zu mir war er es nicht. Ich ging an ihm vorbei auf eine Tür zu, an der ein Büroschild angebracht war, und klopfte. Jemand rief: Herein.

Das Büro war ein mit Werkzeugen, Toilettenpapier, Kleidersäcken, Kisten, Taschen und Bündeln vollgestopfter Raum mit einem kleinen Platz für einen Schreibtisch und einen runden Tisch mit zwei Stühlen. Der Mann, der mir entgegenkam, war freundlich und überarbeitet. Er bat mich, Platz zu nehmen.

Ich fragte ihn nach Makano.

Makano, ein intelligenter Mann.

Er schwieg und sah aus dem Fenster. Ich hatte den Eindruck, er sei nicht recht bei der Sache. Vielleicht war ich auch nur zu ungeduldig, obwohl eigentlich kein Grund dafür vorlag.

Ich wollte keine Intelligenznote. Ich möchte nur wissen, wo ich ihn erreichen kann.

Der Mann sah mich kurz an und dann wieder aus dem Fenster.

Das Auto, sagte er, da, auf der gegenüberliegenden Seite. Es stand schon dort, als ich heute früh kam.

Manchmal stehen Autos auf Straßen, sagte ich. Der Mann hatte ganz sicher ein Problem, aber ich wusste nicht, welches. Ich bin manchmal schwerer von Begriff, als ich sein sollte.

Wenn es los geht, bleiben Sie am besten hier drin, sagte er. Hier sind Sie wahrscheinlich sicher.

Ich fühle mich absolut nicht bedroht, sagte ich. Vielleicht erklären Sie mir, wovon Sie sprechen. Ich jedenfalls wollte nur eine klitzekleine Auskunft. Ich suche Herrn Makano.

Makano?

Er wandte seinen Kopf für einen Augenblick vom Fenster weg und sah mich an.

Makano ist seit sechs Wochen nicht mehr hier gewesen.

Er wandte seinen Kopf wieder dem Fenster zu, gleichzeitig stemmte er die Füße gegen den Boden, sodass sein Bürostuhl neben das Fenster rollte, bis er von einem Kleidersack gebremst wurde.

Jetzt werden Sie was erleben, das hoffentlich Ihr Vertrauen in den Rechtsstaat nicht erschüttern wird, hörte ich ihn sagen.

Dann sah ich sie auch. Es waren mindestens zwanzig schwer bewaffnete, mit Heckler & Koch ausgerüstete, vermummte Polizisten,

Grenzschützer, MEK-Leute. Sie stürmten über den Platz auf den Schuppen zu. Im gleichen Augenblick splitterte die Tür, die ich offen gelassen hatte. In den Gängen erhob sich Geschrei. Holz zerbrach, weil sich die Bewaffneten nicht die Zeit nahmen, an Türen zu klopfen.

Rufe, Schreie, Getrampel.

Die Tür des Büros wurde kurz geöffnet, jemand sah herein, den ich zu kennen glaubte, schlug die Tür wieder zu. Ich stand auf, um auf den Gang hinauszugehen.

Das lassen Sie lieber, sagte der Mann im Bürostuhl. Wenn die in Rage sind, nehmen sie Sie mit, bevor Sie piep sagen können.

Ich glaubte ihm. Wie zur Bestätigung seiner Worte hörte ich jetzt ein Krachen, das sich wie Schläge mit einer Axt anhörte. Holz splitterte, Blech krachte, immer noch Rufe und Gebrüll. Der Platz vor dem Haus füllte sich mit Schwarzen, denen die Hände auf dem Rücken gefesselt waren. Am Zaun zur Straße standen Menschen, Männer und Frauen, die klatschten und fröhliche Rufe ausstießen.

Der Nächste bitte!

Der braucht dringend 'ne Schlankheitskur!

Da fehlen noch mindestens zwei!

Schwarz wie die Sünde, aber nicht so süß!

Haben Sie das gewusst?, fragte ich. Hat man Sie vorher informiert?

Nein. Ich hab' nur seit einiger Zeit damit gerechnet. Hier im Haus gibt es ein Drogenproblem. Na ja – verstehen kann man das ja. Leben Sie mal von vierhundert Mark im Monat. Jedenfalls haben die Anwohner sich beschwert. So was dauert dann 'ne Weile, aber irgendwann zeigt es Wirkung. Die sind doch froh, wenn sie zuschlagen können.

Dann sagte er nichts mehr, und wir hörten gemeinsam der Axt zu, die im Haus noch immer ihr heftiges Leben führte. Auf dem Platz vor dem Schuppen standen jetzt achtzehn gefesselte Schwarze, die von zwei Maskierten mit Maschinengewehren bewacht wurden.

Ist Makano dabei?, fragte ich.

Der Mann schüttelte den Kopf. Im Haus war es plötzlich ruhig. Die Stille wirkte bedrohlich. Dann hörte ich Schritte, überall im Haus trampelten Stiefel. Die Polizei verließ das Haus. Die Schwarzen wurden in einen Bus mit vergitterten Fenstern eingeladen. Die Polizisten verließen den Platz. Ihre Rücken sahen zufrieden aus. Der, den ich erkannt hatte, und der mich erkannt hatte, hieß entweder Köhler oder Kaul. Der Unterschied schien mir nicht wichtig, obwohl es sich bei einem von ihnen um eine Frau gehandelt hatte.

Wir blieben eine Weile sitzen, jeder seinen

Gedanken nachhängend. Dann stand der Mann auf. Er sah blass aus.

Ich sehe mir das jetzt an, sagte er. Wenn Sie Lust haben ...

Ich stand ebenfalls auf. Wir gingen auf den Gang hinaus. Sie hatten ganze Arbeit geleistet. Der Fußboden im Hausflur war an verschiedenen Stellen aufgehackt. Die Haustür und einige andere Türen waren eingetreten. Überall lag zersplittertes Holz. Die Decke in der Gemeinschaftsküche war aufgerissen. Bretter hingen herunter. Die Hälfte des Fußbodens war zerschlagen.

Sehen Sie, sagte der Mann neben mir, die Firma, der diese Unterkunft gehört, soll schon seit einem Jahr hier renovieren. Hier war nichts mehr heil, und das, obwohl die pro Bewohner siebzehn bis zwanzig Mark am Tag kriegen. Nun müssen die nicht mehr renovieren. Das übernimmt jetzt der Staat. Und soll ich Ihnen mal sagen, was die hier gefunden haben?

Nein, antwortete ich, nicht nötig. Ich kann's mir denken.

Nichts, oder beinahe nichts, sagte er. Seine Stimme war bitter. Und was Ihren Herrn Makano betrifft, so könnten Sie es noch in einer anderen Unterkunft versuchen. Ich hab' heute Abend ein Treffen mit ein paar Leuten, die sich um untergetauchte Flüchtlinge kümmern. Ich werd' mich mal umhören. Kann ich Sie irgendwo erreichen?

Einen Augenblick lang ging mir eine Sache durch den Kopf, die ich vor sehr langer Zeit von Olga gehört hatte. Sie hatte immer wieder versucht, mich in ihre politischen Aktivitäten einzubeziehen, hatte an mir verschiedene Methoden der Politisierung ausprobiert. Irgendwann, als sie sich eingestehen musste, dass sie mit ihrer eigenen Tochter nicht recht vorankam, hatte sie mir Geschichten von Leuten erzählt, die durch Polizeiknüppel aktiviert worden waren.

Harmlose Leute, hörte ich Olga sagen, die ihre Freunde bei irgendeiner Demonstration für eine vernünftige Sache begleiteten. Plötzlich kamen mit Schildern und Knüppeln und Tränengas und Wasserwerfern bewaffnete Polizisten. Jeder Schlag auf den Kopf von so harmlosen Leuten brachte auf der Stelle einen neuen Mitkämpfer hervor. Das waren Zeiten!

Ich lächelte in Erinnerung an Olgas Begeisterung und meine Halsstarrigkeit. Das traurige Gesicht des Mannes neben mir hellte sich ein wenig auf. Ich gab ihm meine Adresse und sagte ihm, ich würde mich freuen, von ihm zu hören. Er ging vorsichtig, um nicht in eines der aufgehackten Löcher zu stolpern, in sein

Büro zurück. Ich verließ ebenso vorsichtig den Schuppen durch die zertrümmerte Haustür. Auf dem Platz vor dem Haus sah ich mich noch einmal um. Der Mann stand hinter dem Fenster seines Büros. Er hielt den Telefonhörer in der Hand und sah mir nach.

Ich war froh, dass ich ohne Auto unterwegs war. Ich brauchte einen langen Spaziergang und anschließend eine hübsche, kleine Bar, in der es einen Happen zu essen gäbe. Woran liegt es eigentlich, dass die Deutschen für derlei Einrichtungen keinen Sinn haben? Konnte man nicht daraus allein schon auf einen verbiesterten Charakter schließen? Um mich abzulenken, begann ich, mir die einfachen Bars vorzustellen, die ich in Andalusien in jedem Dorf vorgefunden hatte. Was für ein Volk, diese Andalusier, dachte ich, bis ich mir klarmachte, dass ihnen zurzeit nichts Besseres einfiel, als Marokkaner ins Meer zu werfen. Und die Marokkaner hatten nun wirklich keine Schuld.

Gib zu, du hast schlechte Laune, Bella Block, dachte ich und beschloss, nun doch die nächste Bahn zu nehmen und so schnell wie möglich nach Hause zu fahren; so, als könnten meine eigenen vier Wände mich davor bewahren, dumme Gedanken zu haben. Auf jeden Fall brauchte ich eine Pause, bevor ich mich noch einmal auf die Suche nach Herrn Makano begab.

Erst beim Anblick meiner notdürftig reparierten Haustür wurde mir klar, dass die ruhigen Stunden, auf die ich mich gefreut hatte, möglicherweise vom Anblick zerschlagener Spiegel beeinträchtigt sein würden. Eine Wohnung, in der man sich wohl fühlt, ist wie eine Haut. Die Verletzung dieser Haut empfindet der Mittelstands-Westeuropäer im Allgemeinen wie einen Angriff auf seine körperliche Integrität, eine Vergewaltigung mit anderen Mitteln, sozusagen. Ich kannte dieses Gefühl aus den Berichten von Leuten, die in ihren Wohnungen überfallen worden waren. Deshalb achtete ich sorgfältig auf meine eigenen Gefühle beim Betreten des Hauses. Ich war überrascht und erleichtert, als ich gleichgültig blieb.

Auf dem Schreibtisch fand ich einen Hinweis auf die Verabredung mit Brunner. Ich hatte nicht mehr daran gedacht. Ich mischte mir einen Wodka mit Orangensaft und dachte darüber nach, wie ich den Abend mit ihm verleben wollte, bis es Zeit war zu gehen.

Bevor ich ging, zog ich mich um. Mir hat es schon immer Spaß gemacht, Kleidung zu bestimmten Gelegenheiten als strategisches Mittel zu verwenden; eher als Verkleidung denn als Kleidung. Das gibt mir das Gefühl, ein kommendes Ereignis gestalten zu können, von Anfang an den Ablauf in der Hand zu haben.

Brunner war überrascht. Ich sah ihm an, wie sehr ich ihm gefiel. Wir hatten uns bisher noch nie privat getroffen.

Ich bin froh, dass ich dieses Restaurant vorgeschlagen habe, sagte er zur Begrüßung. Die gewöhnlichen Kneipen im Viertel wären Ihnen sicher nicht recht gewesen.

Er hatte ein Restaurant gewählt, das »Mordechai« hieß. Ich fand es nicht besonders elegant. Auch die Vorstellungen davon, wie ein gutes Restaurant auszusehen hat, sind wahrscheinlich an Gehaltsklassen gebunden.

Vielleicht entspricht das hier der Obergrenze eines Polizistengehalts, dachte ich.

Marie hat mir gesagt, dass man hier gut essen kann, sagte er, während wir uns setzten. Ich kenn mich beim Essen nicht so aus. Trinken kann man überall.

Ich wusste von seinem Alkoholproblem, und er wusste, dass ich davon wusste.

Sie sehen aus, als hätten Sie einen längeren Urlaub hinter sich, sagte ich.

Eine Art Zwangsurlaub, antwortete Brunner. Aber er war ziemlich sinnvoll, glaube ich. Meine Hände sind ruhiger geworden. Man hat mir beigebracht, langsam zu trinken. Ich kann das jetzt besser dosieren. Entschuldigen Sie, was wollen wir trinken?

Ich mag Brunner. Ich weiß genug über Alkoholiker und gebe ihnen keine klugen Ratschläge. Ich saß ihm gegenüber und sah dabei zu, wie er dabei war, sich dosiert umzubringen.

Als die Kellnerin kam, bestellten wir unsere Getränke, ich Wodka mit Orangensaft, Brunner ein großes Bier, und vertieften uns in die Speisekarte.

Marie sagt, sie hätten hier einen neuen Koch, der ganz ausgezeichnet ist. Sie empfiehlt, die kleinen Seezungen zu probieren.

Er machte eine Pause und sah mich über den Rand der Speisekarte hinweg an.

Das war natürlich das Einzige, was ich mit Marie besprochen habe. Was den heutigen Abend betrifft, meine ich, sagte er lächelnd.

Marie war Brunners Tochter. Sie und ihr Anarchistenfreund Pit waren die Ersten gewesen, die ich bei meiner Rückkehr aus Sibirien am Hamburger Hauptbahnhof getroffen hatte. Dass Maries Vater ausgerechnet der Polizist Brunner war, hatte ich damals noch nicht geahnt.

Wie geht es Marie, fragte ich, nachdem ich mich für die Seezungen entschieden und die Speisekarte zur Seite gelegt hatte.

Keine Ahnung, antwortete Brunner fröhlich. Sie und dieser Verrückte sind in Prag.

Am »Ring« stand einst ein Blutgerüst,
lang ist es her, doch wenn der Schein
des runden Monds das Rathaus küsst,
dann wallen aus dem heiligen Teyn
Gerichtete in Geisterreihn ...
                    Weh, wer sie sah!

Wie bitte? Brunner war irritiert.

Ach, nichts weiter. Rilke, er ist in Prag geboren. Die Stadt spielt in seiner Dichtung eine Rolle.

Brunner schwieg, und dann bat er mich darum, den Vers zu wiederholen. Ich tat ihm den Gefallen. Er zuckte die Achseln.

Ehrlich, damit kann ich nicht viel anfangen. Marie und dem Verrückten würde das vielleicht gefallen. Besonders die Sache mit den Blutgerüst. Wahrscheinlich hätten sie's umgedichtet auf ihre Fahnen geschrieben, wenn sie davon gewusst hätten.

Die beiden sind zum Demonstrieren nach Prag gefahren?

Allerdings. Ich hab gesagt, was sie in den Semesterferien treibt, ist mir egal, wenn sie ansonsten regelmäßig in die Vorlesungen geht.

Und sie hält sich daran?

Natürlich nicht. Es ist reiner Zufall, dass der Wirtschaftsgipfel tagt, wenn hier Uniferien sind. Sie wäre auf jeden Fall gefahren.

Wir bestellten das Essen. Brunner nahm Rehrücken. Ich hatte ihn im Verdacht, am Essen nicht sonderlich interessiert zu sein, und deshalb ein möglichst kleines Gericht ausgesucht zu haben. Er wurde belohnt. Das Restaurant war gut. Innerlich mußte ich Brunner Abbitte leisten. Gemeinsam lobten wir Marie.

Während des Essens sprachen wir wenig. Brunner kam noch einmal auf Köhler und Kaul zurück. Ich erzählte ihm, was ich wusste. Es war nicht viel.

Übrigens, diese Köhler, sagte er, hat sich gerade zur Bundeswehr beworben. Ich weiß es von einem Kollegen, der meine Personalakte verwaltet. Die Männer mochten sie nicht besonders. Sie hat wohl einen Grund gesucht, wegzukommen.

Dann war es Kaul, der sich daran beteiligt hat, den Container zu zerschlagen, in dem ich gewesen bin, dachte ich.

Ich erzählte Brunner von der Aktion seiner Kollegen. Eigentlich war ich davon ausgegangen, dass man ihn informiert hatte. Aber er wusste von nichts. Wir schwiegen, aßen und warteten. Ich fand, dass Brunner an der Reihe wäre, den Eröffnungszug zu tun. Ich war neugierig, wie er es anstellen würde. Er bestellte noch etwas zu trinken, fragte mich nach meiner Familie. Als ich ihm erzählte, ich sei in einem neapolitanischen Puff geboren worden, verwickelte er mich in ein Gespräch über frühkindliche Entwicklungsbedingungen und deren Auswirkung auf die Herausbildung der Erwachsenenpersönlichkeit. Es ließ sich gut mit ihm reden. Irgendwann zahlten wir und gingen. Wir schlugen die Richtung zu Brunners Wohnung ein, ohne dass wir darüber gesprochen hatten, wohin wir gehen würden. Im Schaufenster eines Schuhladens, an dem wir vorbeigingen, hingen Plakate, auf denen Männer- und Frauenschuhe abgebildet waren. Darunter stand in sehr großen Buchstaben:

> WOHIN GEHEN WIR?
> ZU MIR ODER ZU DIR?

Wir sahen das Plakat gleichzeitig.

Wie einfach doch alles ist, sagte Brunner. Schöne, neue Welt. Man muss sich über nichts mehr Gedanken machen. Alles wird vorgeschrieben. Es wird auf Plakate gedruckt, und jeder weiß, was er zu sagen und zu tun hat.

Ich antwortete nicht. Ich hatte plötzlich das Gefühl, als zöge mir jemand den Boden unter den Füßen weg, spürte ein unbändiges Verlangen, jemand anders zu sein, den sinnlosen, alles überdeckenden Wunsch, mich nicht zu kennen, weg zu sein, in einem Land, das mir fremd war, und neu anzufangen. Der Wunsch war so stark, dass ich erschrak.

Lassen Sie uns da hineingehen, sagte ich, dort sieht es schön aus.

Auf der gegenüberliegenden Straßenseite lag ein portugiesisches Restaurant. Hinter der großen Fensterscheibe war es dunkel. Auf den Tischen brannten Kerzen. Es saßen wenige Menschen daran. Der große Raum war dunkel gestrichen und einzig von Kerzen auf den Tischen beleuchtet. Nur hinter dem Tresen war elektrisches Licht. Wir bestellten Wein bei einem älteren, kleinen Mann, der Portugiesisch sprach, wenn er sich mit dem Kellner unterhielt. Durch die große Fensterscheibe sahen wir auf die Menschen, die draußen vorbeigingen.

Da, gegenüber, ist meine Wohnung, sagte Brunner irgendwann. Ich hab extra aufgeräumt. Wir zahlten und gingen über die Straße.

Das Treppenhaus war anscheinend vor kurzem renoviert worden. Ich war darüber froh.

Ich glaube, in der Verfassung, in der ich mich befand, hätte ich abgeplatzte Farbe an den Wänden und ramponierte Türen und ausgetretene Treppenstufen nicht ertragen. Wir betraten Brunners Wohnung.

Das Licht der Straßenlaternen und Leuchtreklamen, das von draußen durch die hohen Fenster hereinkam, war hell genug. Es fiel auf einen Mann und eine Frau, die übereinander herfielen, wie es nur Menschen tun, die wissen, dass jede Berührung ihnen Lust bereitet und sie gleichzeitig voneinander wegtreibt. Die Besinnungslosigkeit, die so entsteht, werden sie erst später als schäbig und großartig und einmalig zugleich empfinden. Und sie wissen, noch während sie miteinander beschäftigt sind, dass ihre eigene Einsamkeit dadurch nur noch größer wird.

Später lagen wir in Brunners Wohnzimmer auf dem Teppich und sprachen miteinander. Brunner beschrieb mir, was er empfunden hatte, als man ihn anrief, um ihm mitzuteilen, man habe gerade in einem Zimmer über seiner Wohnung eine Frau festgenommen. Sie hatte den Mann erschossen, der vorgehabt hatte, seine Tochter Marie umzubringen. Er sagte, wenn diese Frau ihm nicht die Arbeit abgenommen hätte, hätte er sie wahrscheinlich selbst getan.

Ganz sicher, sagte er, ich hätte den Kerl umgebracht.

Für einen Polizisten, sagte ich, hast du eigentlich ziemlich viel kriminelle Energie.

Jetzt sag nicht, dass du nicht weißt, warum jemand Polizist wird, hörte ich ihn noch sagen, bevor ich einschlief.

Ich wache nicht gern in einer mir fremden Wohnung auf. Wahrscheinlich wartete ich deshalb mit dem Wachwerden nicht bis zum Morgen. Ich konnte höchstens eine oder zwei Stunden geschlafen haben. Das Licht, das durchs Zimmer flackerte, war noch immer rot und grün. Es gefiel mir, dazuliegen und mir einen Augenblick lang vorzustellen, ich wäre irgendwo, sehr weit weg, in einer fremden Stadt, in einem mir noch fremden Land. Am Morgen würde ich auf die Straße hinausgehen, eine Sprache hören, die ich nicht verstand, und versuchen, in den Gesichtern der Menschen zu lesen. Der glückliche Augenblick verging. Ich stand auf, suchte meine Kleider zusammen und verließ Brunners Wohnung. Ich sah ihn an, bevor ich ging. Auch im Schlaf sah er müde und angespannt aus. Wenn ich nicht aufpasste, würde er mir eines Tages seine Träume erzählen. Er hatte böse Träume, glaubte ich.

Der Platz im Hauseingang war inzwischen von einer Obdachlosen als Schlafplatz besetzt worden. Die Frau fuhr zusammen, als ich die Tür öffnete. Der Schnaps am Abend hatte nicht ausgereicht, um ihr die Angst zu nehmen. Sie erwartete, vertrieben zu werden und begann, leise zu winseln. Ich ließ sie ins Treppenhaus und machte, dass ich wegkam. Die Straße war leer, bis auf einige überfüllte Mülltonnen vor den Kneipen. Die Kneipen waren dunkel. Am Pferdemarkt traf ich einen schlaflosen Rentner, der seinen müden Hund ausführte. Ich fragte ihn nach der Uhrzeit. Es war kurz vor halb drei, also würde ich keine Bahn mehr bekommen. Auch die Taxifahrer hatten offenbar aufgegeben. Der Taxistand war leer. Aber es gab eine Rufsäule. Ich sprach ein paar Worte hinein und setzte mich auf einen niedrigen Eisenzaun, um zu warten.

Ich dachte an den Abend mit Brunner, an die Lust, mit der wir übereinander hergefallen waren und an den melancholischen Frieden, in dem wir am Ende nebeneinander eingeschlafen waren. Dann hörte ich Schritte. Auf der gegenüberliegenden Seite der Straße ging eine Frau. Sie ging schnell und zielstrebig. Ihr Gang passte nicht in die Nacht. So ging eine, die ausgeschlafen und erwartungsvoll auf etwas Schönes zugeht – ein Treffen mit Freunden, vielleicht, oder einen Job, der Spaß macht. Die Unbekümmertheit der Frau dort drüben erinnerte mich mit aller Macht an etwas, das ich seit zwei Tagen mit Erfolg verdrängt hatte: an Tolgonai.

Ich hatte sie gesehen und von da an damit gerechnet, dass sie bei mir auftauchen, sich zumindest auf die eine oder andere Art bei mir melden würde. Nach dem, was Kranz mir über sie erzählt hatte, war sie in Schwierigkeiten. Andererseits hatte sie nicht so ausgesehen, als ob sie Probleme hätte.

Denk keinen Unsinn, Bella. Wie sieht jemand aus, der Schwierigkeiten hat? Alle Leute haben Schwierigkeiten. Deshalb gehen sie jeden Morgen an den Kleiderschrank, um genau die Kleider zusammenzusuchen, in denen sie glauben, ihre Schwierigkeiten am besten kaschieren zu können. Sie haben es darin zu großer Meisterschaft gebracht. Allerdings hält die Camouflage bei vielen nur bis zum frühen Abend an, bis sie nämlich nach Hause zurückkommen. Die offizielle Verhüllung wird abgelegt, sorgfältig in den Schrank gehängt, auch gelüftet, wenn es nötig ist, und dann erst weggeschlossen. Und wie durch Zauberhand verschwinden mit den Kleidern auch die Umgangsformen, die das Zusammenleben mit anderen den Tag lang erträglich gemacht haben.

Hör auf, dir jetzt auch noch Pantoffeln, die ausgeleierten Stricksachen und verprügelte Frauen und Kinder vorzustellen. Du bist schon wieder dabei, Tolgonai zu verdrängen. Erinnere dich!

Ihr habt zusammen auf dem Fußboden der Villa am Meer gesessen. Der Mond schien durch die Fenster. Deshalb war es hell, und dieser verrückte Keil, den Tolgonai sich auf das Kinn gemalt hatte, leuchtete rot. Damals hat sie dir ein altes deutsches Tagebuch geschenkt; nicht, ohne anzukündigen, dass sie irgendwann eine Gegenleistung verlangen würde. Du mochtest sie, ihre Unbekümmertheit, ihre Furchtlosigkeit, ihre fremde Schönheit. Das Tagebuch hat dir wertvolle Dienste geleistet.

Sie wird wieder zu mir kommen. Da bin ich sicher. Was werde ich tun, wenn sie auftaucht und meine Hilfe braucht? Oder nimmt sie an, dass sie hier in Hamburg, in einer Stadt, in der Polizei und Justiz, gemessen an den entsprechenden Einrichtungen in Odessa, hervorragend funktionieren, ihr altes Leben fortsetzen kann? In Odessa hatte sie sich genommen, was sie brauchte. Wenn jemand sie beleidigte, wie der Zuhälter Sergej, hatte sie ihn getötet. Sie hatte Freundinnen gehabt, die ihr vertrauten, weil sie ihnen geholfen hatte.

Lebte sie hier so wie in Odessa, würde ich ihr nicht helfen können, wenn sie in Schwierigkeiten käme. Wahrscheinlich würde ich ihr nicht einmal helfen können, wenn es nur um die Vergangenheit ginge.

Aber gäbe es denn Möglichkeiten, ihr zur Flucht in ein Land zu verhelfen, das sie nicht ausliefern würde?

Ich begann, mir ihr Leben in diesem Land vorzustellen. Sie würde weiter ihre eigenen Gesetze haben, Gesetze, die ganz sicher denen des Landes nicht entsprechen. Das konnte nicht immer so weitergehen. Es musste damit ein Ende sein.

Die Frauen, dachte ich, haben die Gesetze nicht gemacht, nach denen sie leben müssen. Aber sie haben sich einverstanden erklärt. Sie können dieses Einverständnis aufheben. Aber sie können es nur gemeinsam aufheben, und sie müssen neue Gesetze an die Stelle der alten setzen. Erniedrigungen, wie Tolgonai und Millionen anderer Frauen sie erlebt haben, würde es dann nicht mehr geben. Nicht, weil so zu handeln verboten war, sondern weil niemand mehr auf die Idee käme, andere zu erniedrigen – Und wozu brauchte man dann noch Gesetze?

Im Grunde hasse ich diese Art von Zukunftsspekulationen. Wie einfach klingt das bei Brecht:

*In Erwägung unserer Schwäche machtet
Ihr Gesetze, die uns knechten sollen.
Die Gesetze seien künftig nicht beachtet
In Erwägung, dass wir nicht mehr Knecht
  sein wollen.*

Vermutlich hatte B. B. bei seinen Versen nicht an Frauen gedacht. Aber ich habe schon immer gefunden, dass in ihnen ein geheimer Sinn steckt. Wie in jedem gelungenen Gedicht.

Als endlich ein Taxi kam, hatte ich noch immer keine Idee, was ich für Tolgonai tun könnte. Dafür tat mir der Hintern weh, als ich mich von meinem Zaunsitz erhob. Ich war plötzlich unendlich müde. Der Taxifahrer nicht. Er hatte seine Schicht gerade begonnen und war voller Tatendrang.

Ich könnte am Hafen entlangfahren, sagte er. Kostet nicht mehr, ist aber ein sehr schöner Anblick um diese Zeit.

Tun Sie das, antwortete ich, in der Hoffnung, ihn damit zum Schweigen bringen zu können. Einen Augenblick lang sagte er tatsächlich nichts.

Die meisten Fahrgäste wollen überhaupt nicht wissen, was die Stadt nachts zu bieten hat. Außer Saufen und so, das natürlich. Ich glaube, dass der Mensch von Natur aus eher einfach gestrickt ist. Was denken Sie?

Ich hatte einen Philosophen erwischt. In meinem Zustand war das ungefähr das Schlimmste, was mir passieren konnte.

Ich bin sehr müde, sagte ich. Macht es Ihnen etwas aus, einfach nur zu fahren?

Selbstverständlich nicht. Ich richte mich ganz nach Ihren Wünschen. Das ist ja doch das Vernünftigste, was man in diesem Beruf machen kann. Finden Sie nicht? Zufriedene Kunden, sage ich immer, das ist es, was das Gewerbe braucht. Dann wären wir auch in der Öffentlichkeit besser angesehen. Nicht immer nur ans Geld denken beim Fahren. Natürlich sind wir Dienstleister. Aber wer sagt denn, was zu unserem Dienst alles dazugehört? Da, zum Beispiel, dieses Schiff. Sie kennen das ja. Aber wenn ich Fremden nachts die »Rickmer Rickmers« zeige, was glauben Sie, wie die staunen. Die Lichterketten ...

Bitte halten Sie einen Augenblick, sagte ich.

Der Wagen hielt sofort. Ich ließ einen Zwanzigmarkschein auf dem Vordersitz liegen, als ich ausstieg, und ging einfach weiter. Einen Augenblick hörte ich auf die Stille hinter mir. Dann wendete der Wagen und fuhr davon.

Ich war allein, müde, aber allein. Ich brauchte nur ein Bein vor das andere setzen. Irgendwann würde ich die Hafenanlage verlassen, eine Treppe zur Elbchaussee emporsteigen, immer weiter einen Fuß vor den anderen setzen und endlich vor meiner Haustür ankommen. Unterwegs würde ich nachdenken oder nicht denken, aber auf jeden Fall war ich allein. Ich ging und ging. Schon etwa in Höhe der Hafenstraßenhäuser war ich in einen merkwürdigen Schwebezustand geraten. Es gelang mir nicht mehr, meine Gedanken zu konzentrieren, etwa auf Tolgonai oder den verschwundenen Makano. Es war, als würde ich nichts wissen und niemanden kennen; als sei jedes Handeln ohne Perspektive und deshalb überflüssig, als habe mein Weg kein Ende und mein Leben kein Ziel. Der Zustand war angenehm und unangenehm zugleich.

Offenbar konnte ich im Gehen schlafen – eine Eigenschaft, die ich an mir noch nicht kannte, und der ich, ehrlich gesagt, so bald auch nicht wieder begegnen möchte. Im Gehen träumen konnte ich anscheinend nicht. Der Traum überfiel mich erst, als ich es glücklich geschafft hatte, im Bett zu liegen.

Ich war mit einem Mann verabredet, der Ähnlichkeit mit Brunner hatte. Wir hatten ausgemacht, uns unter einer Eisenbahnbrücke zu treffen. Als ich dort ankam, war niemand zu sehen. Ich versuchte, die Inschriften an der Mauer zu lesen. Es sollte eine Botschaft für mich darunter sein. Alle Buchstaben waren mit weißer Kreide geschrieben worden. Um sie zu entziffern, musste ich nah an die Mauer herantreten, so nah, dass ich den Gestank riechen konnte, der von unten aufstieg. Ich fuhr mit den Fingerspitzen über die Ziegelsteine. Sie waren rau und uneben. Die Buchstaben begannen, vor meinen Augen zu tanzen. Auch der Boden, auf dem ich stand, begann sich zu bewegen. Um nicht hinzufallen, drehte ich mich um und lehnte mich mit dem Rücken gegen die Mauer. Da sah ich Brunner, der langsam über die Straße kam und sich suchend umsah. Ich war nur wenige Meter von ihm entfernt, aber er sah mich nicht. Ich versuchte, mich bemerkbar zu machen, hielt aber inne, denn nun sah ich Kranz, der Brunner eingeholt hatte. Sie blieben stehen und sprachen miteinander. Dann wandten sie sich den Rücken zu und gingen auseinander. Dabei zählten sie laut ihre Schritte. Es sah aus, als wollten sie die geeignete Position für ein Duell abmessen. Ich begann zu rufen. Da unterbrachen sie ihre Schritte und wandten sich zu mir hin. Ich sah, dass die gedachten Linien zwischen unseren Körpern ein gleichschenkliges Dreieck bildeten.

Wir bilden ein Dreieck, rief ich ihnen zu. Darüber steht nichts an der Wand.

Das macht nichts, sagten Brunner und Kranz wie aus einem Mund. Man muss die Gesetze selber machen, wenn man leben will – will – will –

Ihre Stimmen klangen hohl. Der Raum unter der Brücke hatte ein Echo. Sie lächelten, als sie auf mich zukamen.

Wie schade um das schöne Dreieck, dachte ich, während ich wach wurde.

Ich kroch aus dem Bett, um mir einen Kaffee zu machen. Vor den Fenstern war es noch dunkel. Ich tappte die Treppe hinunter, suchte nach dem Lichtschalter in der Küche und glaubte, einen Schatten vor dem Küchenfenster gesehen zu haben. Ich ließ das Licht aus und wartete. Ich war sicher, dass ich mich nicht getäuscht hatte. Meine Augen gewöhnten sich an die Dunkelheit, aber obwohl ich so lange wartete, dass ich kalte Füße bekam, bemerkte ich nichts Ungewöhnliches mehr. Also machte ich schließlich das Licht an, kochte Kaffee, trug ihn nach oben und kroch wieder ins Bett. Ich hatte sehr wenig Lust, über meinen Traum nachzudenken, deshalb versuchte ich zu lesen, bis meine Füße wieder warm wären. Vielleicht hätte ich das nicht tun oder jedenfalls eine andere Lektüre wählen sollen. Ich aber geriet, Zufall? Notwendigkeit?, an einen Aufsatz von Georg Lukacz mit dem Titel: »Wozu braucht die Bourgeoisie die Verzweiflung?« fühlte mich wie von Olga ertappt und brauchte eine Weile, bis ich mich mit mir wieder verständigt hatte. In dem Bewusstsein, dass die Verzweiflung, die ich manchmal empfand, ganz sicher kein Einfallstor für faschistisches Bewusstsein werden würde, wie Lukacz behauptete, schlief ich endlich beruhigt ein.

Am nächsten Morgen rief ich Kranz an. Diesmal erreichte ich ihn. Er bat mich, ihn am Nachmittag in seinem Büro aufzusuchen, und ich sagte zu. Wie um an meinen Traum vom Dreieck zu erinnern, war Brunner am Telefon, sobald ich den Hörer aufgelegt hatte. Seine Stimme klang vorwurfsvoll.

Bella. Du warst verschwunden.

Ich sagte nichts. Was hätte ich auch sagen können, außer ja.

Wir schwiegen uns eine Weile an.

Ich verstehe, sagte Brunner. Ich verstehe, aber ich akzeptiere das nicht. Ich will nicht, verstehst du?

Ja, sagte ich.

Gut, sagte Brunner und legte auf. Seine Stimme hatte sich zufrieden angehört, und ich fragte mich einen Augenblick lang, ob ich etwas Falsches gesagt hatte. Aber eigentlich hatte ich gar nichts gesagt, jedenfalls nichts, woraus Brunner hätte schließen können, dass ich die Absicht hätte, die Gestaltung unserer Beziehung ihm zu überlassen. Ich vergaß Brunner also und machte mich nach dem Frühstück auf den Weg, um den verschwundenen Makano zu suchen.

Die Asylunterkunft am Rand eines Industriegebiets war eingezäunt und hatte eine offene Eisenpforte, deren Oberkante mit spitzen, eisernen Zacken besetzt war. Vor der Pforte lag ein kleiner Berg aus herausgerissenen Teppichstücken, alten Turnschuhen, verschmutzten Hosen und einem gelben Plastiksieb als Krone. Das Haus, das hinter dem Zaun lag, war ein langer, flacher, regelmäßiger Bau mit einer Reihe von Zimmern zu ebener Erde. Beinahe alle Fenster waren ohne Vorhänge, in einigen hingen Stoffstücke, die vermutlich abends von innen an die Rahmen der Fenster genagelt wurden. Das Haus wirkte heruntergekommen. Auf dem Nachbargrundstück lag ein Lebensmittel-Billigladen, der von einem dicht besetzten Parkplatz umgeben war. Menschen mit Einkaufswagen voller Lebensmittel schoben zwischen den Autos umher. Hin und wieder warf jemand einen Blick über den Zaun auf das armselige Haus nebenan. Den Blicken war anzusehen, was die Leute dachten:

Eine Schande, wie kann man nur so leben. Am besten alles abreißen, damit sich nicht erst Ratten ansammeln. Das müsste mal mit einem Bulldozer platt gemacht werden. Dass die sich da wohl fühlen! Das Beste ist, gar nicht erst reinlassen, dann kann so ein Schandfleck nicht entstehen. Was wollen die überhaupt hier? Unsereiner hat's auch schwer und rennt nicht von zu Hause weg. Wer weiß, was die bei sich angestellt haben, so, wie das da drüben aussieht.

Während ich durch die offene Pforte zum Haus ging, dachte ich darüber nach, wie subtil die Stadtverwaltung ihre Möglichkeiten nutzte, um der öffentlich geforderten Integration heimlich, aber konsequent entgegenzuarbeiten. Niemand von denen, die auf der anderen Seite des Zauns einkauften, würde freiwillig, geschweige denn gern, das eingezäunte, verkommene Grundstück nebenan betreten, würde mit denen, die dort wohnten, Freundschaft schließen wollen, würde die Kinder dieser Menschen mit den eigenen Kindern spielen lassen.

Kinder gab es nicht im Haus. Ich klopfte an jede Tür, öffnete, auch wenn mir nicht geantwortet wurde, traf aber nur auf zwei Männer. Der Erste schlief und wachte auch nicht auf, nachdem ich die Tür geöffnet hatte. Das Zimmer war mit drei Betten vollgestellt, von denen zwei leer waren. Neben den Betten stand je ein Stuhl, unter dem Fenster ein Tisch, in der Mitte des Raums lag ein Teppich, auf dem ein paar Sitzkissen verteilt waren. Der Mann im Bett hatte schwarze Haare und eine weiße Haut. Das zweite Zimmer, in dem ich jemanden antraf, lag am Ende des Ganges auf der rechten Seite. Ich brauchte die Tür nicht aufzumachen, denn sie stand offen. Ich klopfte trotzdem. Ein Mann, der mit dem Rücken zur Tür am Fenster gestanden hatte, wandte sich langsam zu mir um. Der Mann war schwarz, aber es war nicht Makano.

Ich suche Herrn Makano, sagte ich. Vielleicht kennen Sie ihn? Dann können Sie mir sicher sagen, wo ich ihn finden kann.

Der Mann kam ein paar Schritte auf mich zu. In der Mitte des Zimmers blieb er stehen und sah mich an; das heißt, ich nahm an, dass er mich ansah, aber eigentlich sah er durch mich hindurch. Der Mann sah sehr müde aus.

Makano Fussmann, sagte er.

Weiter nichts, nur »Makano Fussmann«. Es gelang mir nicht, ihn zum Sprechen zu bringen. Er sprach ganz sicher nicht meine Sprache und auch auf Englisch und Spanisch reagierte er nicht. Ich versuchte es nicht mit Russisch, aber ich versuchte es noch mal in den anderen Sprachen und ging schließlich, nachdem ich mich bei ihm bedankt hatte. Ich schenkte ihm mein freundlichstes Lächeln, aber er reagierte auch darauf überhaupt nicht.

Während ich den Gang entlang zurück zur Haustür ging, dachte ich darüber nach, dass in dem Zimmer, das ich verlassen hatte, zwei Betten gestanden hatten, dass ich gern gewusst hätte, was »Fussmann« bedeutet und dass ich eben einen Mann getroffen hatte, der sehr einsam war.

Draußen vor der Tür lag noch immer der Haufen aus Teppichstücken und alten Turnschuhen. Ein Stück Zeitung war über das Plastiksieb geweht, was den Anblick nicht schöner machte. Ich sah mich um, als ich auf der Straße stand. Vielleicht blickte der Mann wieder aus dem Fenster, sodass ich ein freundliches Lächeln probieren konnte. Das Fenster war leer. Es hing auch kein Stoffstück dort. Dann fiel mir ein, dass ich noch einmal zurückgehen sollte, um nachzusehen, ob auch in dieser Unterkunft Fußboden und Decken mit Äxten bearbeitet worden waren. Ich tat es aus Neugier, nur, um feststellen zu können, wie weit die ordnende Hand des Staates reicht. Aber ich fand keine Spuren. Dafür entdeckte ich ein kleines, blau eloxiertes Schild neben der Haustür. Es war mir beim ersten Betreten des Hauses nicht aufgefallen. Das Schild war vielleicht sechs mal vier Zentimeter groß und trug die Aufschrift Dieter Fussmann, Dulsberg 2, 22049 Hamburg.

Die nächste Telefonzelle war nur zwanzig Meter entfernt, aber sie enthielt keine Telefonbücher. Ich fragte eine ältere Frau, die gerade vorbeikam, nach einer Poststelle.
Post?
Ja, Post. Ich brauche ein Telefonbuch.
Sie sollten da nicht hingehen. Das ist gefährlich.
Wie bitte?
Sie wollten doch zur Post? Das ist zu gefährlich. Man geht hin, und schon haben sie einen. Dafür haben die doch die Bücher. Jeder steht da drin. Sie auch. Ich nicht. Weil ich nicht hingehe. Früher, da habe ich einen Fehler gemacht. Ich wollte ein Telefon. Sie haben mir keins gegeben. Jetzt bin ich froh. Es kann sein, dass das meine einzige Chance ist.
Ich sah mir die Frau genauer an. Sie trug einen grauen Mantel, der ihr fast bis auf die Füße hing. Ihre Füße steckten in altmodischen Schnürstiefeln. Auf dem Kopf hatte sie eine Strickmütze, die einmal rosa gewesen sein musste. Jetzt war ihre Farbe der des Mantels ähnlich. Die Frau hatte ihre Hände in die

Manteltasche gesteckt. Ich sah die Finger unter dem dünnen Stoff sich unruhig bewegen. Es kam mir so vor, als könnte ich nicht einfach weitergehen, aber mir war auch nicht ganz klar, weshalb ich stehen bleiben sollte.

Schön, dass Sie noch eine Chance haben, sagte ich und kam mir lächerlich vor.

Was für eine Chance?

Das Gesicht der Frau, das vorher beinahe fröhlich und fast ein wenig verschwörerisch ausgesehen hatte, verzog sich weinerlich. Irgendetwas hatte ich falsch gemacht, aber dann kam mir der Verdacht, dass es in diesem Fall gar nichts gab, was ich hätte richtig machen können.

Ich geh dann, sagte ich. Seien Sie ruhig vorsichtig. Wenn die Post gefährlich ist, gehen Sie einfach nicht hin.

Dann fiel mir etwas ein, und ich blieb noch einmal stehen.

Wohnen Sie hier?, fragte ich.

Die Antwort war genauso, wie ich sie erwartet hatte. Das Gesicht der Frau war nun nicht mehr nur weinerlich, sondern ängstlich. Die Augen, groß und blau, sahen unruhig umher. Sie schüttelte den Kopf.

Ich weiß nicht, sagte sie. Ihre Stimme war leise und klang, so schien es mir jedenfalls zum ersten Mal, als wüsste sie, wovon sie sprach.

Wir werden jetzt zusammen Ihre Wohnung suchen, sagte ich, während ich meinen rechten Arm unter ihren linken schob. Sie kam ruhig mit. Unterwegs sprachen wir nicht. Ich kannte die Polizeiwache in der Nähe, wenn auch, wie ich feststellen musste, nicht mehr die Mannschaft, die dort Dienst hatte.

Na, Oma, bist du mal wieder allein unterwegs gewesen?

Die Frau hatte ohne zu zögern auf der Bank vor dem Tresen Platz genommen. Sie kannte sich aus.

Nett, dass Sie sie vorbeigebracht haben, sagte der Polizist hinter dem Tresen. Da haben Sie uns diesmal die Arbeit abgenommen.

Ich fragte ihn, ob ich zum Dank dafür telefonieren dürfe. Ich durfte. Dieter Fussmann stand im Telefonbuch. Er hatte seinen Anrufbeantworter eingeschaltet. Seine Sprechstunden waren dienstags und freitags von zehn bis zwölf. Es war Dienstagnachmittag.

Ich schrieb mir die Telefonnummer auf, versuchte, mich von der alten Frau zu verabschieden, die mich ängstlich ansah und offensichtlich nicht mehr wusste, wer ich war, und verließ die Wache. Ich war unschlüssig, was ich als Nächstes tun sollte. Vielleicht würde mir etwas einfallen, wenn ich spazieren ginge?

Nach ein paar Minuten, in denen ich die

trostlosen Vorgärten vor alten Barmbeker Mietshäusern und den Anblick mehrerer fetter Hunde genoss, die von ihren Besitzern nicht davon abgehalten wurden, auf die Bürgersteige zu scheißen, hatte ich genug von der Gegend. Sie inspirierte mich nicht. Auf dem Weg zur Bahn ging ein Mann hinter mir her. Ich hatte den Eindruck, dass er mich verfolgte. Bevor ich stehen blieb, um mich bei ihm nach seinem Anliegen zu erkundigen, fiel mir mit Schrecken ein, dass ich meine Verabredung mit Kranz vergessen hatte.

Tut mir Leid, dachte ich, wir müssen unser Gespräch auf einen anderen Tag verschieben. Kranz ist mir im Augenblick wichtiger.

Ich verließ meinen Verfolger mit dem nächsten Taxi und fuhr zu Kranz ins Büro. Ich achtete nicht darauf, ob der Mann ebenfalls ein Taxi nahm. Wenn er es wirklich auf mich abgesehen hatte, würde ich ihn wieder treffen.

Es wird Sturm geben und Regen, sagte der Taxifahrer zur Begrüßung. Sicherheitshalber gab ich keine Antwort. Aber ich sah auf den Himmel. Ein schwarzer Fächer war da oben aufgeklappt worden. Sein Schaft musste ungefähr dort stecken, wo mein Haus stand. Im Auto roch es angenehm nach nichts. Ich lehnte mich zurück und dachte an das, was mich gleich erwartete.

Man sagt, dass Menschen, die im katholischen Aberglauben aufgewachsen sind, auch wenn sie sich später davon lossagen, niemals den Geruch von Weihrauch vergessen, niemals wieder ein natürliches Verhältnis dazu finden können. Es heißt auch, dass sie jedes Mal aufs Neue moralische Bedenken überwinden müssen, wenn sie sich anders entscheiden, als es ihnen die Kirche in ihrer Jugend beigebracht hat. Sie haben eine Prägung bekommen, die sie für ihr Leben behalten.

So ähnlich, denke ich manchmal, geht es mir mit meinem Verhältnis zur Polizei.

Betrete ich eine Wache, oder, gravierender, ein Polizeihauptquartier, dann erkenne ich sofort alles, auch wenn ich noch niemals dort gewesen bin. Ich erinnere mich an den Geruch, das Geräusch der Schritte in den Korridoren, kann die verschiedenen Arten von Stille hinter den Türen deuten, rieche die Kaffeeküche, bevor ich sie sehe und erkenne die Funktion und den Dienstrang der Menschen, die ich treffe, ohne dass sie sich mir vorgestellt haben. Kurz gesagt, ich gerate in diesen Gebäuden regelmäßig in die Gefahr, mich »zu Hause« zu fühlen.

Ich verabscheue mich dafür, beginne, darüber nachzudenken, ob mein eher unkonventionell eingerichtetes Arbeitszimmer das unbewusst konstruierte Gegenteil eines polizeilichen Dienstzimmers ist und verabscheue mich noch mehr. Deshalb bin ich jedes Mal schlecht gelaunt, wenn ich mich dort verabredet habe. Manchmal leidet mein Zusammensein mit Kranz unter dieser schlechten Laune.

Ich nahm mir deshalb vor, das Drumherum zu vergessen und möglichst schnell wieder zu verschwinden, während ich mit dem Fahrstuhl in die oberste Etage fuhr.

Kranz' Büro gehörte zur höchsten Kategorie. Es hatte beinahe vierzig Quadratmeter, einen Designerschreibtisch, Sitzmöbel der zweithöchsten Preisklasse und ein Panoramafenster, das sicher nur wenig kleiner war als das Fenster im Büro des Innensenators. Der einzige Lichtblick in dem ganzen Arrangement war Kranz selbst.

Er kam mir entgegen, offensichtlich froh, mich zu sehen, und weniger zerknittert, als in meiner Erinnerung. Ich dachte daran, dass ich mir vorgenommen hatte, so schnell wie möglich wieder zu gehen. Deshalb fiel ich gleich mit der Tür ins Haus.

Ihren Mann, diesen V-Mann, der in die Motorradbande eingeschleust worden ist, haben Sie den schon einmal gesehen? In Natura oder vielleicht auf einem Foto?

Kranz war erstaunt über meine Frage, aber er war bereit, einen Augenblick nachzudenken und nickte dann.

Ich werd ihn Ihnen beschreiben, sagte ich. Ungefähr fünfunddreißig, blond, trägt die Haare im Augenblick aus Tarnungsgründen lang, gut durchtrainiert, eher schlank, nagelneue Zähne, nicht dumm.

Dumme Leute sind für solche Aufgaben unbrauchbar, sagte Kranz. Woher kennen Sie ihn?

Oh, sagte ich, mein Bekanntenkreis ist sehr vielfältig. Es sind sogar Leute darunter, die in mein Haus eindringen, meine Einrichtung demolieren und mir auf jede nur erdenkliche Weise zeigen wollen, wie brutal sie sind. Ihr Mann und der Hanswurst, den er bei sich hatte, haben etwas gesucht.

Können Sie sich vorstellen, was sie gesucht haben?

Ich ja, aber ich bezweifle, dass Sie sich das vorstellen können.

Bella! Wir werden den Mann zur Rechenschaft ziehen. Das verspreche ich Ihnen.

Ehrlich gesagt, ich glaube nicht, dass dieser ... wie heißt er eigentlich?

Sein Deckname für die Aktion war Kurt, ich glaube, seine Leute nennen ihn Kurti.

Also, ich glaube nicht, dass dieser Kurt sich

von seinem Dienstherren noch etwas sagen lässt.

Was soll das heißen? Glauben Sie, er sei übergelaufen?

Ich glaube nicht, ich bin sicher. Er wäre nicht der Erste, dem das gute Leben auf der anderen Seite besser gefällt, als jeden Monat zweifünf auf dem Konto, unbezahlte Überstunden und der ewige Streit um einen schnelleren Dienstwagen.

Kranz schwieg einen Augenblick. Er war dabei, die Konsequenzen aus dem Seitenwechsel zu bedenken. Dem Ausdruck in seinem Gesicht nach zu urteilen waren sie dramatisch. Dann fiel ihm etwas ein.

Was wollten die bei Ihnen? Was haben sie gesucht?

Tolgonai, sagte ich.

Er starrte mich an, als sei ich nicht ganz bei Trost. Aber er sagte nichts. Ich ließ ihm Zeit und betrachtete die Aussicht durch das Panoramafenster. Viel gab es nicht zu sehen. Der Himmel war noch dunkler geworden: Ein paar Kondensstreifen und hin und wieder eine vorübersegelnde Möwe bildeten auf der Höhe, die Kranz erklommen hatte, das Hauptprogramm. Sollte ich ihn dafür bedauern?

Ich sah ihn an und sah, dass er sich gefasst hatte. Ich verstand auch, weshalb. Es ist immer besser, die Katastrophe zu erkennen, bevor sie da ist. Zumindest kann man dann versuchen, geeignete Vorsichtsmaßnahmen zu treffen.

Sie glauben, dass Tolgonai lebt?

Ich hab' sie gesehen, an dem Abend, den wir gemeinsam im Flughafenrestaurant begonnen haben.

Lassen Sie mich mal so fragen: Sie sind sicher, dass der Wodka Ihnen da keine Fata Morgana geschenkt hat? Ich weiß, Sie mögen die Frau, wir hatten eine ganze Menge getrunken, und als wir uns verabschiedeten, waren Sie in Gedanken sicher intensiv mit ihr beschäftigt. Dieser Abschied, übrigens, ich gebe zu, ich hatte gehofft …

Ich bin ganz sicher, sagte ich.

Ja, antwortete Kranz, ich hab's mir schon gedacht, aber ich hatte noch gehofft, dass Sie sich getäuscht haben könnten. Wenn Sie Tolgonai gesehen haben, dann bedeutet das nicht nur, dass sie lebt, es bedeutet auch, dass unser Mann uns belogen hat. Es bedeutet, dass er tatsächlich auf der anderen Seite gelandet ist. Es bedeutet, dass er vielleicht selbst diesen Jinx auf dem Gewissen hat; dass er ein Überläufer und ein Mörder ist. Und dass er Ihnen gefährlich werden kann.

Mir? Doch wohl eher Tolgonai.

Er sucht sie bei Ihnen. Er geht davon aus, dass er sie früher oder später bei Ihnen treffen wird.

Woher weiß er überhaupt, dass Tolgonai mit mir zu tun hat?

Bella, sie war ordentlich gemeldet. In seiner Funktion stehen einem V-Mann alle Informationsquellen zur Verfügung. Nehmen wir an, sie hat, während sie mit der Gruppe umherzog, irgendetwas mitbekommen, dass ihm gefährlich werden kann. Nehmen wir nur mal an, sie hat bei ihrer Flucht Geld mitgehen lassen. Es geht um Waffenhandel. Es geht um viel Geld.

Ich sah Tolgonai vor mir, auf dem Bahnhof: ziemlich teuer gekleidet für eine Frau auf der Flucht.

Wir spekulieren, sage ich. Ich bin nur gekommen, um mich zu vergewissern. Lassen Sie den Mann festsetzen, sobald er auftaucht. Dann kann mir nichts passieren. Und Tolgonai ...

Es ist Ihnen doch klar, dass Sie sie nicht decken können, Bella.

Es war mir klar. Ich zweifelte nicht daran, dass sie sich des LKW-Fahrers auf ihre Weise entledigt hatte. Ich zweifelte allerdings daran, dass Kranz in Sachen Tolgonai objektiv sein konnte, aber das hatte im Augenblick keine Bedeutung.

Rufen Sie uns an, wenn sie auftaucht? Rufen Sie mich an, Bella?

Ich fand, dass Kranz eine ehrliche Antwort verdient hatte.

Ich weiß nicht, was ich tun werde, sagte ich.

Ich liebe den Sturm und den Regen, allerdings nur, wenn ich entsprechend angezogen bin. Als ich das Präsidium verließ, war der Himmel schwarz. Es war sehr still, und die Stille verhieß nichts Gutes. Ich sah mich nach einem Taxi um, fand aber keins. Es blieb mir nichts anderes übrig als loszurennen. Ich lief auf die Straße, ohne mich umzusehen. Dann hörte ich nur noch quietschende Bremsen. Als ich das Geschehen um mich herum wieder wahrnahm, lehnte ich an der Kühlerhaube eines silberfarbenen Autos, auf das der Regen sintflutartig herunterging. Ich war nass bis auf die Haut.

Jetzt steigen Sie doch ein, bitte, sagte der Mann neben mir. Ich stieg ein. Es war warm im Auto.

Nicht fahren, bitte, sagte ich.

Meine Stimme kam von sehr weit her. Der Mann bugsierte das Auto langsam auf die Standspur. Ich sah auf seine Hände. Bei unserer letzten Begegnung waren sie mit einem Schlagring verziert gewesen.

Erst im letzten Augenblick konnte ich die Bewegung unterdrücken, die mich zur Tür greifen lassen wollte. Ich zwang mich, ruhig zu bleiben, redete mir ein, dass ich in der Höhle des Löwen sicherer sei als sonst irgendwo.

Können Sie feststellen, ob Ihnen irgendetwas passiert ist?, fragte der Mann neben mir. Zum ersten Mal sah ich ihn an. Er hatte seine Haare hinten zusammengebunden, trug eine hellgelbe Wildlederjacke, die vom Regen dunkel geworden war, und eine schwarze Leinenhose, die angeklatscht auf seinen festen Oberschenkeln lag. Sein Gesichtsausdruck war immer noch brutal, aber die Brutalität war jetzt nicht vorherrschend. Sie lag hinter der Maske von Upperclass-Freundlichkeit, die der Mann im Augenblick zur Schau trug. Ich war eigentlich nicht überrascht, dass beides so gut zusammenpasste. Ich schüttelte den Kopf.

Alles in Ordnung, glaube ich. Wahrscheinlich ein kleiner Schock, sonst nichts.

Ich kann Sie nach Hause bringen, hörte ich ihn sagen. Auch seine Stimme kam von weiter her, als von dem Meter zwischen uns.

Aber wenn Sie wirklich einen Schock haben, kann ich Sie nicht allein lassen. So, wie wir aussehen, können wir wohl kaum zu Jacob gehen. Aber ich kenne eine ruhige

Kneipe, in der die Wirtin sicher ein Handtuch für uns hat.

Es gefiel mir nicht, dass der Mann neben mir »wir« sagte und »uns«. Sein Gentlemangetue gefiel mir nicht. Ich überlegte, welche Antwort passend wäre, aber in meinem Kopf war ein ziemlich großes Durcheinander. Deshalb hielt ich den Mund und versuchte, durch die Sturzbäche hindurch, mit denen die Scheibenwischer kämpften, zu erkennen, wohin die Reise ging. Wir fuhren etwa zehn Minuten. Ich sah kaum Autos unterwegs. Zweimal rasten uns Feuerwehrwagen entgegen. Wahrscheinlich waren die ersten Keller vollgelaufen.

Dann hielten wir. Der Mann neben mir sagte, ich solle sitzen bleiben, und verschwand. Selbst wenn ich gekonnt hätte, wäre ich nicht weggelaufen. Aber ich konnte nicht. Es ging mir nicht gut. Ich traute mich nicht, in den Regen hinauszugehen. Ich hatte noch nie so ein Unwetter erlebt. Außerdem hatte ich sowieso vorgehabt, mit dem Mann zu reden, wenn auch andere Umstände mir lieber gewesen wären. Ich blieb sitzen und hoffte inständig, mein Kopf würde wieder klar werden.

Der Regen war so dicht, dass ich die junge Frau mit dem Schirm erst sah, als sie neben mir die Tür aufriss und mich zum Aussteigen aufforderte. Es war unmöglich, den Namen der Kneipe zu erkennen. Auch die Gegend, in der sie lag, konnte ich nur ahnen. Mir schien immer noch alles ein wenig außerhalb der Welt zu sein. Das musste mit dem Schock zusammenhängen, den ich gern losgeworden wäre.

Die Frau hatte drinnen eine Decke um mich gelegt und mich im Hintergrund an einen Tisch neben der Heizung gesetzt. Ich war dankbar dafür. Sie ging noch einmal weg und kam mit einem Handtuch zurück.

Hier, für die Haare, sagte sie.

Sie blieb neben mir stehen, während ich meine Haare trocken rubbelte. Ich sah, dass sie mich beobachtete, so, wie man jemandem zusieht, den man kennt. Irgendwo in meinem gequälten Kopf entstand eine undeutliche Erinnerung an eine Frau, die ich einmal gekannt hatte. Eigentlich erinnerte ich mich weniger an die Frau, als an einen Satz, den sie gesagt hatte. Der Satz hieß: »Kann ich Kaffee haben?«

Kann ich Kaffee haben, sagte ich laut.

Die Frau ging sofort. Ich sah ihr nach. Ich wusste, dass ich sie kannte, aber nichts an ihrem Gang oder ihrer Figur kam mir bekannt vor. Den Kaffee brachte der Mann, der mich aufgesammelt und hierher gefahren hatte. Er trug trockene Sachen und sah immer noch aus, wie einer, der nach Belieben die Branche wechseln kann.

Auch als Zuhälter ist er durchaus vorstellbar, dachte ich. Und dann wusste ich, wer die Frau war.

Gratuliere, sagte ich und versuchte, mir klarzumachen, dass mir ein Waffenhändler gegenüber saß, der seine Karriere als Polizist vermutlich beendet hatte, aber als Frauenhändler und Chef einer Rockerbande seine großen Zeiten noch vor sich sah. Er brachte eine Menge Voraussetzungen mit, die ihn für Reiche und Schöne attraktiv machten.

Sie meinen Manuela, nicht wahr? Sie hat mir gesagt, dass sie Sie kennt.

Kennt – ich hatte sie wirklich gekannt, auch wenn ich sie nur ein paar Mal getroffen hatte. Zehn Jahre war das her. Ich konnte mir ihre Karriere vorstellen. Manuela war damals dreizehn gewesen.

Geben Sie zu, Sie hätten nicht einen Groschen dafür gegeben, dass sie älter wird als sechzehn.

Darauf lohnte es sich nicht zu antworten. Manuela war damals von zu Hause weggelaufen. Unerträgliche Verhältnisse, eine Mutter, die trank und ständig wechselnde Freunde hatte. Ein paar Hamburger Polizisten und ein junger Türke hatten dafür gesorgt, dass sie in einem hübschen, kleinen Kinderpuff unterkommen konnte. Die Polizisten waren aufgeflogen, aber es war mir nicht gelungen, Manuela aus dem Sumpf zu ziehen. Ich hatte sie tatsächlich irgendwann verloren gegeben. Wenn sie mit dreizehn anfangen, sind ihre Chancen durchzukommen nicht besonders hoch.

Der Kaffee war sehr stark, und der Mann vor mir war einer, der sich gern reden hörte. Vielleicht hätte er den Mund gehalten, wenn er geahnt hätte, wie wenig er in der Lage war, mich mit seinem Geschwätz zu beeindrucken. Ich saß einfach in einer Kneipe, die ich nicht kannte, in einem Stadtteil, von dem ich nicht wusste, wo er lag, wartete darauf, dass es mir besser ging und trank Kaffee.

Die Sache mit Ihrer Wohnung, das müssen Sie entschuldigen. Man kann sich die Leute nicht immer aussuchen, mit denen man in unserem Job zu tun hat.

Als Zuhälter? Ist mir neu, dass in diesem Beruf besondere ethische Grundsätze gelten.

Meine Stimme klang gepresst. Ich fand mich nicht sonderlich beeindruckend. Der Typ an meinem Tisch wahrscheinlich auch nicht.

Ich weiß, dass Sie einmal Polizistin gewesen sind. Ich sage Ihnen was, worüber ich eigentlich gar nicht reden darf. Wir könnten Kollegen sein, wenn Sie noch dabei wären.

Ich schwieg. Weshalb sollte ich ihm mitteilen, dass ich über ihn Bescheid wusste.

Allerdings nicht mehr lange, sagte er. Hier, sehen Sie das?

Er nahm ein kleines, braunes Glas, das mit einem Schraubdeckel verschlossen war, aus der Tasche seines Jacketts und schüttelte es ein bisschen. Es klapperte, als enthalte es Pillen. Mit einer entschlossenen Handbewegung stellte er das Glas auf den Tisch.

Pitbulls, sagte er. Wie wär's? Hellt die Stimmung sofort auf. Sie können sich bedienen, ich hab' bald mehr davon.

Er schraubte den Deckel auf und schüttete ein paar weiße Pillen auf den Tisch, niedliche, kleine Plättchen, denen mit einem Stempel das Profil eines Pitbulls aufgedrückt worden war.

Zu meiner Zeit waren synthetische Drogen noch nicht die große Mode gewesen. Ich hatte von den Dingern gehört, wusste, dass sie den Stoffwechsel im Gehirn schädigen können. Und, dass es Leute gab, die damit ein Vermögen verdienten.

Das hier, erklärte der Mann, von dem Kranz gesagt hatte, sein Deckname sei Kurt, das hier, von den anderen Sachen mal ganz abgesehen, wird mein Abflug ins Paradies. Aber nicht so, wie Sie jetzt denken. Ich rühr das Zeug nicht an. Aber es bringt Kohle. Zaster. Mäuse. Pinke. Asche.

Seine Stimme war ein einziger begeisterter Singsang. Er strahlte vor Glück bei dem Gedanken an zukünftige Freuden. Er war längst nicht so klug, wie Kranz ihn mir beschrieben hatte. Er war nur ein ganz kleines bisschen klüger als sein Kumpan, der in U-Haft saß und schon auf ihn wartete.

Manuela!

Ich rief aufs Geratewohl, denn ich hatte die Frau nicht mehr gesehen, seit sie mir das Handtuch gebracht hatte. Ich nahm einfach an, dass sie sich in der Nähe ihres Zuhälters aufhielte, um zur Stelle zu sein, wenn er sie brauchte.

Sie erschien sofort.

Ruf mir ein Taxi, bitte.

Manuela sah den Mann an. Ich sah Manuela an. Sie musste jetzt dreiundzwanzig Jahre alt sein. Sie sah aus, wie hübsche junge Frauen zurzeit aussehen: enge, lange Hosen, zu kurzer Pullover, die dunklen Haare locker hochgesteckt, vielleicht ein wenig blass, aber raffiniert geschminkt. Nur die Narben an den Handgelenken passten nicht ganz dazu. Die hatte sie vor zehn Jahren noch nicht gehabt.

Na, mach schon, du hörst doch, was sie will.

Wo kann ich meine Hände waschen?, fragte ich.

Hinten, die zweite Tür.

Ich ging an Manuela vorbei, die am Tresen stand und ein Taxi zu bestellen versuchte. Sie lächelte mir zu, als seien wir die besten Freundinnen.

Wenn Sie ein Handy dabei haben, legen Sie es auf den Tresen, schrie der Kerl hinter mir.

Ich hatte kein Handy. Es war dunkel, weil es im Hintergrund des Raumes kein Fenster gab. Selbst hier hinten hörte ich den Regen an die Schaufensterscheiben schlagen. Ich öffnete eine Tür, aber es war nicht die zum Waschraum. Vor mir lag eine Art Versammlungszimmer, mit ein paar hübschen Fotos an den Wänden, Fotos von wilden, freien Motorradfahrern und finsteren, toten Nazigrößen. Ich schloss die Tür so geräuschlos wie möglich und öffnete die daneben liegende, wobei ich mich bemühte, sehr viel Lärm zu machen. Es ging mir nicht besonders gut, deshalb setzte ich mich auf die einzige Sitzgelegenheit, einen hellgrün gestrichenen wackeligen Küchenstuhl. Ich war nicht sicher, ob er mich aushalten würde, aber er hielt.

Weshalb war ich hier? Warum erzählte mir

der Mann Dinge, die er für sich behalten müsste? Warum hatte er mich überhaupt aufgesammelt? Er hätte mich liegen lassen können. Ich wäre viel zu durcheinander gewesen, um mir seine Autonummer zu merken. Ich dachte eine Weile nach, aber es fiel mir nichts ein. Vielleicht hatte ich es mit einem Angeber zu tun. Einem, der seine Flucht schon vorbereitet hat und sich so sicher fühlt, dass er sich zum Schluss noch einen kleinen Triumph gönnen will. In die Höhle des Löwen zu gehen, war ihm wahrscheinlich zu riskant gewesen. Im Präsidium hätte man ihn festgenommen. Da war ich ihm gerade zur rechten Zeit vor sein Auto gelaufen.

Ich kam nicht weiter in meinen Überlegungen. Als Manuela an die Tür klopfte und »Taxi« rief, stand ich auf, öffnete den Wasserhahn, hielt meine Hände unter den kalten Strahl, bevor ich sie gegen die Schläfen drückte. Als ich die Kneipe wieder betrat, war mein Gesicht nass. Manuela gab mir das Handtuch, mit dem ich meine Haare getrocknet hatte.

Ich sah, dass der Mann verschwunden war, der mich hierher gebracht hatte.

Was ist da drin?

Ich zeigte auf die Tür, die ich aus Versehen geöffnet hatte.

Da ist abgeschlossen, sagte Manuela. Wie zum Beweis fasste sie den Türdrücker an. Die Tür war wirklich abgeschlossen.

Und wenn sie nicht abgeschlossen ist?

Keine Ahnung, sagte Manuela. Ich mach hier nur Aushilfe.

Soll ich noch länger warten?, rief der Taxifahrer.

Ich hob die Hand, damit der Mann mich sah, und ging nach vorn. Es war noch immer sehr dunkel im Raum.

Kommen Sie mal wieder, rief Manuela mir nach. Ich habe nichts gegen Sie, wirklich nicht.

Es wird so gewesen sein, dass mich das Taxi nach Hause gebracht hat. Daran erinnern kann ich mich nicht. Irgendwann in der Nacht fand ich mich angezogen, in feuchten Kleidern und mit rasenden Kopfschmerzen auf dem Bett liegend. Ich zerrte mir die Sachen vom Leib, suchte sämtliche Aspirin-Tabletten, die ich finden konnte, schluckte sie zusammen mit einem halben Liter Wasser und kroch unter die Bettdecke. Am Nachmittag des nächsten Tages wachte ich mit dem Gefühl auf, als könnte ich Bäume ausreißen.

Trotzdem blieb ich eine Weile im Bett liegen und dachte darüber nach, was zu tun wäre. Für Tolgonai konnte ich nichts tun, nur warten. Vielleicht würde sie kommen, sicher war ich nicht.

Für Frau Makano konnte ich etwas tun, könnte noch einen anderen Versuch unternehmen, ihren Mann zu finden, bevor ich zu Fussmann ginge. Ich würde der Ausländerbehörde einen Besuch abstatten. Manchmal ist der offizielle Weg der einfachste.

Kranz' V-Mann hatte sich inzwischen abgesetzt, da war ich sicher. Und plötzlich wurde mir auch klar, weshalb meine Stimmung so gut war: Wenn er das Weite gesucht hätte, bestünde die Chance, dass er Tolgonai in Ruhe lassen würde. Seine Flucht war ihm vielleicht wichtiger gewesen als das, was er mit ihr auszumachen gehabt hatte. Er musste damit rechnen, dass ich seine Dienststelle benachrichtigen würde. Er hatte es bestimmt eilig gehabt.

Die Kneipe – die Kneipe war ein Problem. So sehr ich mich auch anstrengte, ich konnte nicht herausfinden, wo sie lag. Auch den Namen wusste ich nicht. Ich konnte mich nicht erinnern. Ich würde mich lächerlich machen, wenn ich Kranz sagte, ich hätte in einer Kneipe gesessen, in der es ein Hinterzimmer gegeben hatte, in dem Nazi-Fotos an der Wand hingen. Solche Kneipen gab es ganz sicher mehr als eine, aber auf den bloßen Verdacht hin würde kein Polizist tätig werden.

Das Gefühl, das Leben umarmen zu wollen, weil es so schön ist, hatte etwas vollkommen Irrationales, aber ich genoss es trotzdem. Weil ich nicht glauben wollte, dass eine Handvoll Aspirin und die Gewissheit, gesund zu sein, die Auslöser gewesen waren, suchte ich auf dem Weg in die Stadt nach anderen Gründen. Ich fand sie. Es gab ein paar Bäume, deren Blätter sich leuchtend gelb verfärbt hatten. Sie strahlten, obwohl der Tag eher grau war. In der Bahn saßen mir zwei alte Frauen gegenüber, die sich über Alexander Kluges »Schlachtbeschreibung« unterhielten. Sie bedauerten, dass ihnen das Buch nicht früher in die Hände gefallen war, hielten das sogar für »beinahe unverzeihlich« und hatten vor, es in ihrem Literaturkreis zur Diskussion zu stellen. Offenbar rechneten sie mit Widerspruch, denn sie kicherten fröhlich in Gedanken an die Reaktion der anderen. Ich sah aber auch junge, fröhliche Gesichter unterwegs. Zusammengenommen war das wenig, um meine freundliche Weltsicht an diesem Morgen zu begründen, aber es war ausreichend.

Die Ausländerbehörde war von Polizisten gesichert. Die Straße, an der das Haus liegt, ist sechsspurig. Ich stand in einer Brandung aus Lärm und Gestank, als neben mir zwei beeindruckend große schwarze Mercedesse hielten. Afrikaner stiegen aus, die ihre elegante europäische Kleidung mit einigen dekorativen afrikanischen Details ergänzt hatten. Die Gruppe wurde auf ihrem kurzen Weg ins Haus von Polizeibeamten begleitet. Die Gesicherten warfen hastige Blicke in die Gegend, bevor sie das Haus betraten. Was hatten sie zu befürchten? Ihre Autos führten diplomatische Kennzeichen. Sie sahen nicht aus wie Asylsuchende.

Die Henker, sagte ein Mann neben mir.

Ich sah ihn an: Da stand ein übermüdeter Mann, der einen offenen Trenchcoat trug, darunter ein weißes Oberhemd, das offensichtlich noch niemals ein Bügeleisen gesehen hatte, und eine schwarze Hose ohne Gürtel, die irgendwann vor langer Zeit einmal teuer gewesen sein musste. Er trug eine dünne, abgeschabte Aktentasche unter dem Arm.

Haben Sie Henker gesagt?

Allerdings, antwortete er. Ich vertrete ein paar Asylsuchende. Ich weiß, was ihnen droht, wenn sie in ihr Land zurückkommen. Man wird sie umbringen, aber schön langsam, mit ausgeklügelten Methoden. Man kann aber nur jemanden abschieben, wenn man weiß, woher er kommt. Das wissen die Flüchtlinge natürlich. Deshalb haben sie ihre Ausweispapiere vernichtet. Die Henker sollen sie identifizieren. Die da eben vorgefahren sind, kommen nicht aus ihren Botschaften in Deutschland. Man hat sie extra eingeflogen. Da drin sind sie nur ein paar Stunden. Sie wohnen in teuren Hotels. Man organisiert ihnen ein teures Besuchsprogramm. Von dem Geld, das die Henker kosten, könnte man eine Asylantenunterkunft komplett renovieren. Wollen Sie mit rein? Ich muss mich um meine Leute kümmern.

Er ging weg, ohne meine Antwort abzuwarten. Ich folgte ihm. Ich folgte ihm in einen Raum, in dem Schwarze hinter Gittern saßen. Man ließ sie zum Verhör in einen Raum treten, aus dem sie allein nicht wieder herauskommen würden, weil er gesichert war. Wenn die Henker ihre Nationalität festgestellt hätten, brächte man sie in einen Keller, aus dem sie direkt zum Flugplatz gefahren würden. Damit auf dem Weg nichts passierte, waren sie von Soldaten des Bundesgrenzschutzes umgeben, Soldaten in voller Ausrüstung.

Der Anwalt, dem ich gefolgt war, wurde zum Verhör seines ersten Mandanten nicht zugelassen. Er stand neben mir, als der nächste Afrikaner aufgerufen wurde.

Das war's, sagte er. Den sehe ich nicht wieder. Ich kann jetzt zum Flugplatz rasen und unterwegs per Telefon versuchen, eine einstweilige Verfügung gegen die Abschiebung zu bekommen. Der Mann kommt aus Angola. Seinen Bruder haben sie erschossen und dann in Stücke gehackt. Ich hab noch nie so viel Angst gesehen, wie in den Augen dieses Mannes. Aber wenn ich jetzt hier abhaue, kann ich die Chance nicht nutzen, den anderen beizustehen. Manchmal wird man mit reingelassen. Sie sollten mal den Keller hier unten sehen. Gekachelt bis zur Decke. Ich geh jetzt mal. Ich glaube, bei der Frau da kann ich mit rein.

Er zeigte auf eine verstümmelte, schwarzhäutige Frau. Ihr fehlten die Hände. Dann kam er noch einmal zurück.

Einmal habe ich Glück gehabt, sagte er schnell. Ein Lufthansapilot hat sich geweigert, meinen Mandanten auszufliegen. Bei den Piloten sind diese Sachen nicht besonders beliebt. Deshalb werden neuerdings Privatjets angeheuert. Die lässt man von Grenzschützern fliegen. So schlägt man zwei Fliegen mit einer Klappe: Der Mann kommt weg und der Pilot sammelt Flugerfahrung. Von dem, was das kostet, könnte man eine Menge anständiger Unterkünfte herrichten. Was wollten Sie eigentlich hier?

Anscheinend hatte er vergessen, dass er mich aufgefordert hatte, ihn zu begleiten. Ich sagte ihm, dass ich die Absicht gehabt hätte, mich nach Makano zu erkundigen.

Machen Sie das nicht, sagte er. Er sprach hastig und leise, während er sich auf seine Mandantin zubewegte. Sie wissen doch gar nicht, was Sie damit anrichten können. Jeder Name, den diese Behördenhyänen hören, kann für sie Anlass zu Nachforschungen sein. Das sind keine Menschen, das sind Papier fressende Aasgeier.

Ich sah ihm nach, als er hinter der schwarzen Frau durch das Gitter eingelassen wurde. Ich stellte mir vor, dass die beiden, umringt von Soldaten, vor den Herren aus den schwarzen Mercedessen säßen, auf die ein ausgeklügeltes Amüsierprogramm wartete, wenn sie ihre Aufgabe hier beendet hätten. Mein Blick fiel auf die Menschen, die in dem überfüllten, vergitterten Raum saßen und darauf warteten, durch die Drehtür hereingeholt zu werden. Es war deutlich zu sehen, dass viele von ihnen Angst hatten. Ich hatte genug gehört und gesehen. Während ich die Treppe hinunterging, sah ich aus dem Fenster. Unten standen ein paar Busse mit den Kennzeichen verschiedener Bundesländer. Sie hatten die Asylsuchenden von überall hergebracht zur Audienz mit ihrem Henker. Ich wagte nicht, mir auszumalen, wie viele von ihnen wohl das Glück haben würden, ihnen zu entkommen.

Der Lärm auf der Straße hatte noch zugenommen. Ich lief eine Weile an Kolonnen von LKWs vorbei, überquerte die Straße in der Nähe des Hauptbahnhofs und hatte das dringende Bedürfnis nach einer stillen Ecke, in der ich sitzen und von anderen Tagen träumen könnte.

Ein Museumscafe, dachte ich. Stille. Schöne Dinge. Kakao mit Rum ...

Vor mir lag das Museum für Kunst und Gewerbe. Es hätte mir auffallen müssen, dass vor der Tür mehr Gedränge war als an einem gewöhnlich Alltag. Erst an der Garderobe erfuhr ich, dass im Spiegelsaal eine Modenschau stattfinden sollte.

Eigentlich hatte ich angenommen, dass Renata Makano mir eine Einladung schicken würde. Die Tatsache, dass sie es nicht getan hatte, schien mir Anlass genug, die Veranstaltung anzusehen. Ich blieb nicht lange. Die Mädchen, die die Kleider vorführten, bemühten sich nach Kräften, wie international gefragte Models auszusehen. Ihr Anblick war erschreckend.

Im Vorraum und an den Wänden waren Schaukästen mit Gebrauchsgegenständen aus leuchtend farbigem Kunststoff dekoriert worden. Die Farben fanden sich in den Kleider wieder. Sie waren den Farben abgeguckt, die Ndebele-Frauen zur Bemalung ihrer Häuser verwenden. Es gab noch andere Hinweise auf afrikanische Volkskunst in den zur Schau getragenen Kleidern und ausgestellten Gegenständen. Wenn man die mangelnde Fürsorge bedachte, die Renata Makano ihrem afrikanischen Ehemann hatte zukommen lassen, konnte man die Veranstaltung für zynisch und geschmacklos halten. Das Publikum war versnobt, begeistert, gelangweilt und langweilig.

Während ich hinausging, sah ich Renata Makano. Sie trug ein schlichtes schwarzes Kleid und sah angenehm und gelassen aus.

So kann man sich täuschen, dachte ich.

Tolgonai hat den Revolver und die Munition bei sich, als sie in einer Nacht im September beschließt, das Haus von Bella aufzusuchen. Die Maschine hat sie verkauft. Sie war traurig darüber, aber sie hat das Geld gebraucht. Der Mann, dem die kleine Werkstatt gehörte, hat das geahnt.

Eine rote Harley, so was fährt keiner, hat er gesagt. Wer hat dir die überhaupt umgespritzt? Das ist ein Verbrechen. Wo du sie her hast, frag ich dich nicht. Ein Pfuscher, wer auch immer das gemacht hat. Und nun willst du sie loswerden, was?

Sie hat Geld von ihm bekommen, zu wenig, aber es hat für einige Zeit gereicht. In Odessa war es leichter, zu stehlen, was man brauchte. Hier musste sie damit aufhören. Sie hat das Gefühl, verfolgt zu werden.

Der Mann, der Jinx getötet hat, ist hinter ihr her.

Das erste Mal hat sie ihn an seinem Anzug erkannt. Da ist sie noch mit der roten Harley gefahren. Er hat keine Chance gehabt. Beim zweiten Mal war sie ihm nur durch einen Zufall entkommen. Da fuhr er ein silberfarbenes Auto, und sie hätte ihn beinahe nicht erkannt. Jetzt war sie nach Hamburg zurückgekehrt. Die Stadt bot mehr Möglichkeiten, sich zu verstecken, als das Land. Mit dem Geld, das sie durch den Verkauf von Jinx' Maschine bekommen hat, konnte sie sich ein Zimmer in einer kleinen Pension neben der Reeperbahn leisten. Im Keller des Nachbarhauses war, aber das erfuhr sie erst ein paar Tage, nachdem sie eingezogen war, bis vor kurzem ein Bordell gewesen. Es gab dort eine Bar ohne Getränke, ein Schwimmbassin ohne Wasser und mehrere kleine Nebenräume, in denen nichts war außer Müll und ein paar Sessel aus Kunststoff, die früher um das Bassin herum gestanden haben.

Als sie eines Nachts in die Pension zurückgekommen ist – in der Zeit ist sie jeden Abend in eine Diskothek gegangen, um zu tanzen –, hat sie das silberfarbene Auto vor der Tür stehen sehen. Das Haus und die Pension sind zu schäbig gewesen für so ein Auto. Also ist sie, verborgen hinter Gerümpel, das auf dem Bürgersteig lag, stehen geblieben und hat gewartet.

Sie hat ihn sofort erkannt, als er aus dem Haus getreten ist, obwohl er elegant gekleidet war und seine Haare im Nacken zusammengebunden hatte. Er sah gut aus und sehr gefährlich. Sie wusste, dass er versucht hätte, sie zu töten, wenn sie ihm im Hausflur begegnet wäre. Später hat sie festgestellt, dass jemand in ihrem Zimmer gewesen ist. Sie hat die Wirtin zur Rede gestellt, die behauptete, es sei niemand dagewesen. Es war klar, dass die Frau log. Da hat sie zum ersten Mal daran gedacht, in das Haus von Bella zurückzukehren.

Sie hat die Pension verlassen und sich ein Zimmer in dem verlassenen Bordell eingerichtet. Dort hat sie geschlafen, wenn sie nicht mit einem der Männer, die sie in der Diskothek kennen lernte, in ein Hotel gegangen ist. Sie ging mit ihnen, wenn sie baden wollte. Sie hat dafür gesorgt, dass die Männer einschliefen, während sie auf sie warteten. Sie hat kein Geld von ihnen genommen und sie nicht bestohlen.

Irgendwann, das war, nachdem der Mörder von Jinx sie in der Pension gesucht hat, hat sie Lust bekommen, sich andere Kleider zu kaufen. Bis dahin hat sie den schwarzen Lederanzug getragen, der ihr jetzt nicht mehr gefiel. Sie hat einen Laden am Neuen Wall gefunden, in dem sie sich neu einkleidete.

Danach hat ihr Geld nur noch für wenige Tage gereicht, und der Gedanke, zu Bella zurückzukehren, kam ihr zum zweiten Mal. Er gefiel ihr nicht.

Dann fand eines Nachts in der Diskothek eine große Razzia statt. Mehrere Ausländer wurden festgenommen. Trotzdem hat sie den Eindruck gehabt, dass die Polizisten gerade sie suchten.

Asiaten an die linke Seite, haben sie gebrüllt. Sie war froh, den Revolver nicht bei sich zu haben. Alle waren kontrolliert worden. Man hat ihre Ausweise eingesammelt. Zwei Männer, von denen sie nicht hätte sagen können, aus welchem Land sie kommen, nur, dass sie anders aussahen als die Deutschen, so, wie sie anders aussah, sind mit ihr zusammen in einen Raum gebracht worden.

Eine Polizistin sprach mit ihnen. Sie sagte: Auf euch haben wir gerade gewartet. Euch Armleuchter werden wir verarzten. Sie sagte: Ihr Schlitzaugen werdet euch noch wundern.

Als die Polizistin einen Augenblick mit den Männern beschäftigt war, hat Tolgonai den Raum verlassen und ist geflohen. Seit der Nacht ist sie ohne Ausweispapiere. Da hat sie endgültig beschlossen, in Bellas Haus zurückzugehen. Sie ist noch einmal in den Bordellkeller gegangen, um den Revolver zu holen. Dann hat sie sich auf den Weg gemacht.

Sie geht nicht die Elbchaussee entlang, sondern bleibt im Schatten der Häuser auf Nebenstraßen. Sie achtet auf die Streifenwagen, die langsam durch die Nacht fahren und versteckt sich, sobald sie näher kommen. Gegen zwei Uhr nachts hat sie die kleine Straße erreicht, die auf Bellas Haus zuführt. Sie weiß nicht, ob die Polizei vor ihr dort angekommen ist, aber sie hält es für möglich. In dem Ausweis, den man ihr abgenommen hat, steht die Adresse. Deshalb ist sie auf den letzten Metern besonders vorsichtig

Das Haus liegt im Dunkeln. Nur hinter einem der Fenster brennt Licht.

Tolgonai bleibt ein paar Meter davor stehen, nachdem sie die Umgebung geprüft und festgestellt hat, dass keine Polizisten in der

Nähe sind. Sie geht ein paar Schritte näher heran, steht nun fast unter dem Küchenfenster, als auf der Straße sehr langsam und mit ausgeschalteten Scheinwerfern ein Auto heranrollt. Sie, deren Augen an die Dunkelheit gewöhnt sind, erkennt die Frau am Steuer sofort wieder. Ob sie ihre Papiere noch bei sich trägt?

Das Auto hält neben dem Haus. Auch jetzt bleiben die Scheinwerfer ausgeschaltet. Die Tür auf der Fahrerseite wird langsam geöffnet, und die Polizistin steigt aus. Sie kommt auf das Haus zu, öffnet das Gartentor, ohne ein Geräusch zu machen. Will sie zur Haustür gehen? Ein paar Schritte, dann springt sie plötzlich zur Seite, stürzt sich auf Tolgonai, reißt sie zu Boden.

Der Kampf der beiden Frauen ist schnell vorbei. Die Polizistin hat nicht damit gerechnet, dass Tolgonai eine Waffe bei sich haben könnte. Vor ein paar Stunden erst hat sie sie festgenommen und kontrolliert. Da ist sie ohne Waffe gewesen, eine hübsche Asiatin mit Papieren, die in Ordnung zu sein schienen, die man aber dennoch ein wenig warten lassen wollte. Erst als die Frau weggelaufen ist, hat sie verstanden, dass es sich lohnen würde, die Papiere genauer zu überprüfen. Danach hatte sie plötzlich eine Ahnung, wer das gewesen sein könnte. Mit etwas Glück, würde sie die Frau dort finden, wo sie sie schon einmal gesucht haben, bei dieser Block.

Bevor sie sich dorthin auf den Weg gemacht hat, ist sie noch einmal zurück in ihre Dienststelle gefahren. Sie hat eine Weile suchen müssen, aber dann fand sie ihren Verdacht bestätigt. Es lag eine schriftliche Anfrage aus Odessa vor, besser, ein Ersuchen um Amtshilfe. Die Frau, der sie die Ausweispapiere abgenommen hat und die trotzdem geflohen ist, wurde in der Ukraine wegen Mordes gesucht. Daran bestand nun kein Zweifel mehr.

Sie hätte sich nicht in derselben Nacht noch auf die Suche machen müssen. Aber sie ist eine ehrgeizige Polizistin, die ihren Übergang zur Bundeswehr gern mit ein paar besonderen Belobigungen zum Abschied gekrönt hätte.

Als Tolgonai aufsteht, ist die Frau am Boden tot.

Im Haus geht das Licht an. Tolgonai steht, hinter Büschen versteckt, und sieht Bella die Treppe herunterkommen. Sie sieht sie nackt in die Küche gehen und in den Schubladen herumsuchen. Schließlich reißt sie ein paar Schachteln auf, wirft Tabletten in ein großes Glas Wasser, starrt auf das Glas, wartet und trinkt dann hastig. Sie ahnt nicht, dass sie beobachtet wird.

Sie ahnt nicht, dass Tolgonai sie als fremd empfindet.

Kann Tolgonai von dieser Fremden Hilfe erwarten? Oder wird sie die Polizei rufen?

Es ist besser, sich allein durchzuschlagen. Sie wendet sich ab und geht davon. Die Straße ist leer. Der Himmel ist dunkel. Sie geht schnell, mit sicheren Schritten, ohne zu denken, so, als ginge sie im Traum.

Tolgonai geht an den Elbstand, angezogen von den Lichtern am gegenüberliegenden Ufer, dann vom Schein einer Feuerstelle im Sand. Der feuchte Sand fühlt sich schwer an unter ihren Füßen. Aber er ist fest, und sie geht leichtfüßig und schnell auf die Flammen zu. Drei Frauen sitzen um das Feuer. Sie sehen ihr entgegen, freundlich und aufmerksam.

Ich sag dir gleich, dass du nicht mitkommen kannst, sagt eine. Du kannst dich hierher setzen, aber gegen Morgen ziehen wir weiter. Bis dahin: Nimm Platz.

Tolgonai ist überrascht, nicht so sehr von der Einladung, sondern vom Aussehen der Frauen. Die, die zu ihr gesprochen hat, sieht aus wie eine Deutsche und redet wie eine Deutsche. Ihre Haare haben eine Farbe, für die es in Tolgonais Sprachschatz kein Wort gibt. Sie könnte nur sagen, welche Farben es nicht sind. Das Gesicht der Frau ist in dem wenigen Licht, das das Feuer abgibt, braun und runzelig, obwohl ihre Stimme hell und jung ist. Sie trägt eine sehr großkarierte Wolljacke. Mit der Rechten hält sie einen Stock ins Feuer, auf dem Speck steckt. Jedes Mal, wenn ein Tropfen Fett vom Speck in das Feuer fällt, zischt es und wird einen winzigen Augenblick lang heller. Auch die anderen halten solche tropfenden Stöcke in den Händen. Sonst gleichen sie der Deutschen in Nichts.

Ich hab' Hunger, sagt Tolgonai und setzt sich.

Die Frau, die links neben ihr sitzt, reicht ihr ein Stück Brot und zieht mit der Hand ein wenig Speck von ihrem Stock, das sie schnell auf das Brot legt, bevor sie es aus der Hand gibt. Tolgonai betrachtet das Gesicht der Frau.

Iss jetzt, sagt die Deutsche. Wenn du gegessen hast, kannst du fragen.

Ich frage nicht, ich kann sehen, antwortet Tolgonai.

Sie beginnt zu essen, während die anderen sich leise unterhalten. Hin und wieder trifft sie ein freundlicher Blick. Brot und Speck bekommt sie noch einmal gereicht. Aus der Weinflasche, die herumgegeben wird, soll sie trinken. Als sie ablehnt, geben sie ihr eine Flasche mit Wasser. Es ist eine kleine Flasche aus durchsichtigem Kunststoff, deren Verschluss man nicht aufdrehen, sondern herausziehen muss. Wenn man beim Trinken auf die elastischen Wände der Flasche drückt, spritzt das Wasser in den Mund, wie der Wein aus dem Fellbeutel der Hirten. Die Frauen beobachten Tolgonai beim Trinken und kichern. Und warten.

Dann hör jetzt zu, sagt die Deutsche. Damit du begreifst, weshalb wir allein weggehen werden. Wer will zuerst reden? Wir sind übrigens vier.

Sie nimmt zwei Finger an die Lippen und pfeift, nicht sehr laut, aber so, dass die Geräusche des Wassers übertönt werden. Aus dem Dickicht am Ufer löst sich ein kleiner Schatten, kommt näher, verwandelt sich in eine Frau.

Ist gut, sagt die Deutsche. Sieh sie dir an, sie gehört heute Abend zu uns. Ich werde dich ablösen, wenn es soweit ist. Und zu Tolgonai: Das ist Trung Nhi, Vietnamesin.

Tolgonai sieht der zierlichen Frau nach, die wieder verschwindet.

Was ist mit ihr?, fragt sie und zeigt auf die Frau, die neben ihr sitzt, die ihr das Brot und den Speck gereicht hat.

Frag sie selbst, sagt die Deutsche. Hier kann jede für sich selbst reden.

Von jetzt an sitzt sie schweigend neben dem Feuer, legt hin und wieder eines der Holzstücke nach, die auf dem Sand aufgeschichtet liegen und zündet sich manchmal mit einem kleinen Zweig, den sie ins Feuer hält, eine Zigarette an.

Ich bin Özlem, sagt die Frau neben Tolgonai.

Ihre Stimme ist leise. Ihre Worte sind klar und einfach.

Du hast mein Gesicht gesehen. Das ist normal. Alle sehen mein Gesicht an. Es ist, weil sie mir ein Stück meiner Nase abgeschnitten haben. Ich werde meine Nase reparieren lassen, wenn wir genug Geld haben. Es ist kein Problem mehr für mich. Ich bin Kurdin. Damals ist ein Fremder auf unseren Hof gekommen. Er hat mich etwas gefragt, ich weiß nicht mehr, was. Als er gegangen war, ist mein Mann gekommen. Er hat mir gesagt, dass ich bestraft werden müsse, weil ich mit dem Fremden gesprochen hätte. Meine Brüder und mein Mann haben den Mullah gefragt. Ich war schwanger. Ich hätte nicht mit einem Fremden sprechen dürfen. Zur Strafe haben sie mir einen Teil meiner Nase abgeschnitten. Nach der Geburt des Kindes sollte ich hingerichtet werden.

Du bist geflohen, sagt Tolgonai.

Sie wollen, dass ich zurückgehe, antwortet Özlem.

Wir sind alle geflohen, sagt die Frau, die ihr gegenübersitzt. Mein Land war Indien. Einem Mädchen Schulbildung mitzugeben, ist wie das Gießen von Nachbars Pflanzen, hat meine Großmutter gesagt. Meine Brüder haben mich geschlagen, mein Vater hat mich geschlagen, meine Mutter hat mich geschlagen. Sie hat dabei geweint. Ich habe sehr geschrien. Es hätte ihnen nichts gefehlt, wenn sie mir die Bücher gelassen hätten. Es waren alte Bücher, die meine Brüder nicht mehr brauchten. Ich bin nach Deutschland gegangen. Jetzt soll ich zurück.

Du bist ihnen entkommen. Wie heißt du?

Amira, antwortet die Frau, die aus Indien geflohen ist.

Eine Weile ist es still. Das Feuer brennt ruhiger, weil kein Fett mehr hineintropft. Die Frauen haben die Rücken an ihre Rucksäcke gelehnt und sehen in die Flammen.

Aber du? Weshalb bist du hier?

Tolgonai hat sich der Deutschen zugewandt, aber die steht auf, verschwindet im Dunkel. Gleich darauf kommt Trung Nhi und setzt sich auf ihren Platz. Der große Rucksack der Deutschen reicht ihr über den Kopf.

Sie heißt Waltraud, sagt Trung Nhi. Ihr

Mann hat sie vor ihren Kindern zusammengeschlagen. Sie wollte, dass man ihm verbietet, ihre Wohnung zu betreten. Aber man hat ihr gesagt, sie solle ins Frauenhaus gehen. Sie ist zu Hause geblieben. Sie hätte die Kinder in einen anderen Kindergarten bringen müssen. Aber die Kinder, sagt sie, waren so voller Angst. Der Mann hat sie wieder geschlagen. Sie hat ihre Kinder verlassen, weil sie nicht wollte, dass sie sehen, wie sie totgeschlagen wird.

Und du?

Sie hat ihren Namen nach einer berühmten vietnamesischen Prinzessin, sagt Özlem, die war eine Freiheitskämpferin, vor zweitausend Jahren. Du glaubst es nicht, aber irgendetwas von der steckt noch in ihr drin.

Die Frauen lachen. Tolgonai sieht Trung Nhi genauer an. Jetzt, am Feuer sitzend, sieht sie sehr viel älter aus als vorhin im Dunkeln.

Mein Mann und ich sind vor zwanzig Jahren aus Vietnam in die DDR gekommen. Ich bin ihm gefolgt, weil ich dachte, wenn es uns besser geht, wird er mich mehr achten. Ich kann sagen, dass er mich zehn Jahre geachtet hat. Das ist zu wenig. Ich sollte mit ihm zusammen abgeschoben werden. Da bin ich geflohen.

Wir sollten jetzt schlafen, sagt Özlem. Es ist wichtig, dass wir schlafen.

Aber was werdet ihr jetzt tun? Was habt ihr vor? Wie werdet ihr euch rächen?

Tolgonai sieht die Frauen an. Die Frauen schweigen.

Schließlich sagt Trung Nhi: Wir reden nicht darüber. Rächen? An wem denn? Wir werden uns nicht rächen. Sie – dabei zeigt sie mit dem Kopf in die Richtung der Uferböschung – sie hat ein Haus in Portugal. Eine Fischerhütte, aber für uns wird es groß genug sein. Sie wird uns mitnehmen.

Ihr werdet ersticken in eurer Hütte, sagt Tolgonai. Was ist mit deiner Nase? Wird sie wieder anwachsen, wenn du dich verkriechst? Sie werden ewig so weitermachen, wenn man sie lässt. Ihr dürft nicht einfach verschwinden.

Sie soll ihre Geschichte erzählen, sagt Amira, und zeigt dabei auf Tolgonai.

Sie haben mich entführt und entehrt, beginnt Tolgonai.

Als sie geendet hat, sieht sie, dass die Frauen auf ihren Rucksäcken eingeschlafen sind. Sie nimmt die Decke, die Özlem ihr hingeschoben hat, und wickelt sich darin ein. Dann liegt sie am Rand des Feuers, das schwächer geworden ist und langsam verglüht. Am Himmel sind keine Sterne. Die Nacht ist nicht kalt. Der Wind hat sich gelegt. Das Wasser liegt vor ihr wie ein schwarzer Spiegel. Bevor sie einschläft, fällt ihr ein, dass sie schon einmal an diesem Ufer entlanggegangen ist; damals, als sie das Haus der Frau und die Stadt verlassen hat.

Merkwürdig, dass ich noch immer weiß, wie es am Uferweg gerochen hat, überlegt sie, halb im Schlaf. Es roch nach Liebe. Wie riecht denn Liebe?

Am Morgen, als sie erwacht, sind die Frauen verschwunden. Die Feuerstelle ist sorgfältig mit Sand bedeckt.

Nur die Spuren des Feuers und die Decke, die sie in der Nacht um sich herumgewickelt hat, zeugen davon, dass die Begegnung mit den Frauen kein Traum war. Als sie aufsteht und die Decke schüttelt, um den Sand herauszuschlagen, sieht sie den Stein, der neben ihrem Kopf gelegen hat und unter dem ein Stück Papier hervorsieht.

Mach's gut, steht da. Wenn du etwas zu essen brauchst, geh zum Altonaer Bahnhof. Dort verteilt man Essen. Wenn du Hilfe brauchst, kannst du sie vielleicht da bekommen. Ein Mann, der Robert heißt, ist in Ordnung. Wir konnten dich nicht mitnehmen. Das Haus ist zu klein. Du musst sehen, wie du zurechtkommst.

Sie weiß, dass sie nicht mitgegangen wäre, aber den Zettel steckt sie in die Tasche ihrer

Jacke. Sie hat kaum noch Geld. Sie braucht etwas zu essen. Sie braucht auch eine Unterkunft. Vielleicht würde ihr dieser Robert helfen.

Soll sie die Decke mitnehmen? Einen Augenblick sieht sie unschlüssig auf den braun und gelb karierten Stoff zu ihren Füßen. Dann wendet sie sich ab und geht über den Sand auf die Uferböschung zu.

Auf dem Weg hinter den Büschen kommt ein Mann näher, der aus der Entfernung Jinx ähnlich sieht. Sie hätte gern das Motorrad wieder gehabt.

Weshalb ist sie auf die Idee gekommen, zu dem Haus zurückzugehen, in dem sie einige Zeit gewohnt hat? Weshalb ist sie nicht hineingegangen? Weshalb kann sie der Frau in dem Haus nicht vertrauen? Sie weiß es nicht, weiß nur, dass ihre Entscheidung richtig gewesen ist.

Auf der anderen Seite der Büsche geht der Mann an ihr vorbei. Sie versteht nicht mehr, weshalb er sie an Jinx erinnert hat. Sie verlässt die Uferböschung und nimmt den Weg in die Stadt. Es ist früh am Morgen. Im Osten über der Stadt geht die Sonne auf. Sie geht ihr entgegen.

Es ist leicht, auf die Stadt zuzugehen, wenn man in die Sonne geht. So bin ich schon einmal gegangen, an einem Sommermorgen. Zärtlich ist das Geräusch der Schritte auf dem Sand. Sanft segeln die Blätter von den Bäumen. Leuchtend liegen sie auf der Straße. Niemand beachtet mich. Ich bin unsichtbar, singe, wenn andere nicht singen; schweige, wenn andere reden; sehe, was niemand sieht: ein Haus, wie ein Bahnhof. Weiß und groß steht es da. Den Kasaner Bahnhof hat man für mich hingestellt. Ich bin zu Hause.

Erst als sie das Gebäude betritt, kommt sie zur Besinnung. Einen Augenblick lang bleibt sie stehen. Misstrauische Blicke begegnen ihr. In einer Pförtnerloge aus Holz und Glas erhebt sich ein Mann, der sie nicht aus den Augen lässt, während er aufsteht. Er wird das Häuschen verlassen, auf sie zukommen, sie fragen. Zum ersten Mal, seit sie den Garten von Bellas Haus verlassen hat, seit sie die Tote zurückgelassen hat, denkt sie daran, was geschehen ist. Die Augen des Mannes, der nun beinahe vor ihr steht, die Augen, sein Gesicht, in dem Unwillen und Misstrauen zu lesen sind, lösen die Erinnerung aus. Sie wendet sich um und geht schnell davon. Wie konnte sie denken, auf dem Bahnhof in Kasan angekommen zu sein.

Sie überquert die Straße, läuft auf die Palmaille zu, fühlt sich erst sicherer, als sie sich umsieht und das weiße Haus, das sie für einen Bahnhof gehalten hat, nicht mehr zu sehen ist.

Die Frau, die sie in der Nacht getötet hat, war eine Polizistin. Sicher hatte man sie inzwischen gefunden. Wenn die Polizistin die Ausweispapiere bei sich gehabt hat, wird Tolgonai nun gesucht. Aber weshalb war die Polizistin allein? Ist es möglich, dass sie nur zufällig gekommen ist und niemand von ihren Absichten wusste, weil sie gar nicht vorgehabt hatte, Tolgonai festzunehmen? Sie wird davon ausgehen, aber trotzdem vorsichtig sein müssen. Sie sieht sich um.

Auf der anderen Straßenseite, oben auf einer abgetretenen, steinernen Treppe sitzt ein Häufchen verschlafener Menschen in der Morgensonne. Einige halten Becher in den Händen. Tolgonai spürt heftige Lust, ebenso einen Becher mit Kaffee in den Händen zu halten, in der Sonne zu hocken, zu dösen. Vielleicht kann sie bei den Leuten da drüben eine Weile ruhig sitzen und unbeobachtet bleiben?

Sie überquert die Straße, steigt die Treppe hinauf, setzt sich auf eine der oberen Stufen. Ein gelber Hund kommt heran, betrachtet sie müde, so müde, wie die Menschen, die um sie auf den Treppenstufen herumsitzen. Sie starren vor sich hin, blicken in den blauen Himmel oder auf die Umrisse eines riesigen

Schiffsrumpfs, der sich hinter der Kaimauer auf der anderen Straßenseite erhebt.

Kaffee?

Eine junge Frau mit verklebten, rot gefärbten Haaren beugt sich zu Tolgonai und lächelt freundlich. Tolgonai nickt. Die Frau geht geräuschlos davon. Der gelbe Hund folgt ihr in den Eingang eines Eckhauses, der der Eingang zu Ali Babas Räuberhöhle sein könnte. Tolgonai fühlt sich sicher. Niemand betrachtet sie mit Misstrauen. Eine kleine, dünne, blasse Frau mit langen, dunklen Haaren, holt aus dem Bündel, das sie auf dem Schoß trägt, einen winzigen Säugling hervor. Sie legt das Kind an die Brust. Die Sonne scheint auf das Kind und die weiße, birnenförmige Brust. Die Frau hat die Augen geschlossen. Das Kind, dem viele schwarze Haare vom Kopf abstehen, sieht aus wie ein Igel. Es schmatzt leise. Die Rothaarige kommt mit einem Tablett. Zwei Hälften eines mit Butter und Honig bestrichenen Brötchens und ein Becher mit schwarzem Kaffee sind darauf.

Milch ist gerade alle, sagt die Rothaarige. Aber du kannst die Brötchen haben.

Sie bückt sich und stellt das Tablett neben Tolgonai auf die Treppenstufe. Im Ausschnitt ihres schwarzen Pullovers schaukeln zwei magere Brüstchen.

Danke, sagt Tolgonai. Kann man bei euch telefonieren?

Die Rothaarige nickt und geht zurück in die Räuberhöhle. Ein Mann auf der Treppenstufe unter ihr, dessen dünne Beine in engen, schwarzen Lederhosen stecken, wendet sich Tolgonai zu.

Ich hab' dich gestern gesehen, sagt er.

Seine Stimme ist nicht unfreundlich, nur unendlich müde.

Warst du bei den anderen?

Tolgonai nickt. Sie weiß nicht, von welchen anderen die Rede ist.

Hat man welche festgenommen?

Zwei, sagt sie und denkt an die beiden Männer, die von der Polizei als Asiaten bezeichnet worden sind. Ich bin weggelaufen.

Geh nachher rein und sag drinnen Bescheid, sagt der Mann. Immer dasselbe. Die Nazis lassen sie laufen, unsere Leute halten sie fest.

Er streckt die Beine aus und lehnt seinen Oberkörper gegen die Knie einer jungen Frau, die neben Tolgonai sitzt. Die Frau beugt sich vor und legt ihre Hände auf seine Schultern. Langsam, ganz langsam beginnt sie, den Oberkörper des Mannes hin und her zu schaukeln. Tolgonai sieht sie an. Sie hat die Augen geschlossen. Ihre Haut ist sehr hell, ihre Haare sind weißblond. Sie ist schön.

Wir fahren weg, Marie, murmelt der Mann an ihren Knien, wir fahren weit weg, in ein Land mit sonnenstrahlgehärtetem Wasser.

Und schwarzen Himmeln, antwortet Marie, und sie wiegt den Mann vorsichtig und zärtlich.

Der gelbe Hund kommt zurück und legt sich umständlich auf Tolgonais Füße. Sie spürt seine Wärme durch das Leder ihrer Schuhe. Unten, am Fuß der Treppe, gehen ein paar Männer in Arbeitskleidern vorbei. Sie tragen eine Leiter, an deren Enden Farbeimer aufgehängt sind. Ihre groben Stiefel sind mit Farbe beschmiert. Sie winken den Menschen auf der Treppe zu. Zwei oder drei, die zufällig die Augen geöffnet haben, winken zurück. Niemand spricht. Tolgonai folgt den Malern mit den Augen. Sie verschwinden in einer Tür des Nachbarhauses. Um das Haus ist ein Gerüst gebaut.

Ich werd abgelöst, sagt die Rothaarige neben ihr. Macht zwei Mark.

In die jungen Leute auf der Treppe kommt Bewegung.

Komm hoch, Pit, hört Tolgonai die blonde Frau neben sich sagen. Ich muss gehen.

Tolgonai sucht und findet etwas Kleingeld in der Tasche ihrer Jacke. Sie hält der Rothaarigen auf der offenen Hand das Geld hin.

Zahl beim nächsten Mal, sagt die freundlich und wendet sich Pit und Marie zu. Der Hund erhebt sich, streckt sich in der Sonne. Es riecht nach Hund. Tolgonai steht auf und geht die Treppe hinunter. Der Igel schläft jetzt. Die Mutter hat ihn sorgfältig zugedeckt. Seine winzigen Fäuste sehen aus den Tüchern hervor. Die Straße am Fuß der Treppe liegt nun im Schatten. Auf der Straße ist es kalt.

Das Zelt ist nicht groß. Schliefen Soldaten darin oder Landarbeiter, hätten vielleicht zwanzig von ihnen bequem Platz gehabt, wenn sie sich mit den Füßen zur Mitte gelegt hätten. Um den Pfahl, der die Mitte bildet und das Dach zu einer spitzen Wölbung nach oben treibt, ist ein Tisch gebaut worden. Auf dem Tisch steht ein Kocher, darauf ein eiserner Topf, aus dem ein Mann mit einer Kelle Suppe auf einen Teller füllt, wenn der Teller ihm hingehalten wird. Im Zelt, das einen Bretterboden hat, unter dem ein Schlauch liegt, der Wärme abgibt, stehen zwei andere Tische. Jeder Tisch ist vier Meter lang, aus Brettern und Balken gezimmert und von zwei niedrigeren Bänken an den Längsseiten flankiert. Vier, nein fünf Männer sehen hoch, als Tolgonai im Eingang erscheint.

Sie betritt das Zelt und hat das deutliche

Gefühl, in einen Traum einzutreten. Was hat dieses Gefühl ausgelöst? Sie weiß es nicht.

Es ist warm in diesem Zelt. Das ist angenehm, denn draußen ist die Sonne verschwunden, und ein kalter Wind, zu kalt für September, lässt die Menschen ihre Kragen um den Hals zusammenziehen. Es riecht nach Essen, nach warmer, kräftiger Suppe. Reicht ein Geruch, um einen Traum auszulösen?

An den Tischen rechts und links vom Eingang sitzen Männer, rechts ein Einzelner, links drei zusammen. Der Mann, der allein am Tisch sitzt, hat die Arme auf den Tisch und den Kopf auf die Arme gelegt. Er schläft. Das Stück Stoff auf seinem Rücken, das einmal ein vollständiger Mantel gewesen ist, hängt über die Bank bis fast auf die Bodenbretter. Die Ärmel sind aus dem Mantel herausgetrennt und über den Hosenbeinen mit Bindfäden um die Unterschenkel gewickelt worden. Der Mann trägt in den zu großen Schuhen keine Strümpfe. Wenn er im Schlaf die Beine bewegt, werden Papierstreifen sichtbar, die faulende Haut bedecken. Kann der Anblick eines schlafenden, verfaulenden Mannes einen Traum auslösen?

Die Männer am linken Tisch essen schweigend. Sie beugen sich tief über ihre Teller, weil sie sich schämen, hier ihre Suppe zu essen. Den Unterarm nehmen sie nicht vom Tisch, wenn sie die Löffel zum Mund führen. Sie sind ordentlicher gekleidet als der Schlafende, der, nicht nur in ihren Augen, die unterste Stufe der menschlichen Existenz erreicht hat. Deshalb, aber auch wegen des Geruchs, der von ihm ausgeht, sitzen sie nicht mit ihm an einem Tisch. Ist der Anblick von gedemütigten Männern ein Anlass zum Träumen?

An dem runden Tisch in der Mitte steht noch immer der Mann, der bereit ist, das Essen nachzufüllen; ein schmaler, hoch gewachsener Mensch, nachlässig gekleidet und mit einer Haartolle, die ihm ins Gesicht fällt. Wird er auf sie zugehen, die da in der Tür steht? Sie wünscht es sich so.

Der Mann legt die Kelle auf einen Teller neben dem Suppentopf. Das gibt einen hellen Klang. Er nimmt eine Papierserviette vom Stapel neben dem Kochtopf und geht auf Tolgonai zu. Sie geht einen Schritt ins Zelt hinein, ihm entgegen.

Du kannst etwas zu essen haben, sagt er, während er vor ihr steht, ihr Gesicht in die linke Hand nimmt und mit der rechten die Spuren des roten Keils auf Tolgonais Kinn entfernt.

Du fällst zu sehr auf, wenn du so herumläufst, sagt er. Hier und draußen. Sie reden viel, wenn sie satt sind. Obwohl sie dich nicht verraten würden. Nicht bewusst. Sie reden nur viel. Manchmal kommt einer her von denen, die Menschen suchen. Wir fragen nicht, wo eine herkommt. Wir sagen ihnen nichts. Das wissen sie, und deshalb versuchen sie, uns zu überlisten. Wir erkennen sie meistens. Aber es ist nicht so einfach, jemanden als Spitzel zu erkennen, der für einen Liter Bier Informationen sammelt. Hier gibt es kein Bier. Aber es kommen viele, die trinken. Komm jetzt und iss.

Der Mann wendet sich ab und geht an den runden Tisch zurück. Er füllt einen Teller mit Suppe, legt einen Löffel hinein und stellt den Teller an das andere Ende des Tisches, an dem der Schlafende noch immer liegt und schläft. Tolgonai setzt sich und isst. Sie isst mechanisch, denn ihre Gedanken sind bei Jinx, der in ihr Bett kam, Jinx, der sie gesucht hat, als er getötet wurde, Jinx, der nicht nach Liebe gerochen hat, wie der Mann dort am Tisch neben dem Suppentopf.

Am Eingang des Zelts ist Lärm entstanden. Zwei Männer und eine Frau, die miteinander um den Vortritt streiten, drängen herein. Ihr Palaver zerstört die Stille. Es stört auch, für einen kleinen Augenblick nur, Tolgonais Gedanken. Der Mann an ihrem Tisch ist aufgewacht und starrt sie aus geröteten Augen an. Vom Nebentisch sind die schlürfenden Geräusche der essenden Männer zu hören. Im Zelt ist es zu heiß. Es ist nicht still, war es auch nicht, als die drei, die sich nun um den ersten Teller Suppe streiten, noch nicht hereingekommen waren. Der Motor, der für den Heißluftschlauch gebraucht wird, ist laut. Der Mann, der die Suppe austeilt, ist müde. Sein Gesicht ist grau. Die Zeltwände sind schmutzig. Das Zelt hat keine Ähnlichkeit mit den prächtigen Jurten, die sie aus ihrer Heimat kennt.

In einer geschmückten Jurte bin ich verheiratet worden. Der Mann, der von da an mein Mann sein sollte, ist über mich hergefallen, zum Vergnügen seiner Freunde. Sie sind in der Jurte verbrannt. Sie leben nicht mehr. Auch Sergej ist tot und Irina. Sie werden niemals wieder Frauen an Männer verkaufen. Ich muss fliehen, wenn ich getötet habe. Es ist wahr. Ich musste fliehen, weil ich einen Mann getötet habe, der eine Frau hatte und ein Kind und Lust auf fremdes Fleisch. Aber ich will dieses fremde Fleisch nicht sein. Ich will nicht so ein Stück Fleisch sein, das die Schlächter in der Hand wiegen und an ihrem Geschlecht reiben, bevor sie es wegwerfen. Ein Stück Fleisch, das der Nächste aufnimmt. Oder liegen lässt. So, dass ich liegen bleibe in der eigenen Schande. Aber ich werde nicht gejagt, sondern diene und bediene. Man wird gejagt, wenn man tötet. Man muss einen Ort finden, wo es still ist. Es gibt Zelte, in denen es still ist, obwohl Menschen darin sitzen, essen und reden, freundliche Menschen an sauberen Tischen. Es ist nicht möglich, dass eine Frau flieht und flieht und flieht. Es muss ein Zelt geben, in dem es still ist und einen Mann, der freundlich ist.

Tolgonai verlässt das Zelt gegen Abend. Sie geht, weil sie bemerkt, dass die anderen gehen. Sie wird sich in der unmittelbaren Umgebung einen Schlafplatz suchen, dort die Nacht verbringen und am nächsten Tag wiederkommen.

Es ist nicht einfach, so ein Versteck zu finden. Zuerst versucht sie es in einem großen Buchladen in der Nähe. Dort ist es warm, und die Regale schützen sie vor den Blicken durch die Schaufenster. Sie wird entdeckt, als ein Trupp afrikanischer Putzfrauen auftaucht. Die Frauen stehen einen Augenblick zusammen und beraten, bevor sie Tolgonai bedeuten, sie möge den Laden verlassen. An ihren Gesichtern kann sie sehen, dass sie ihnen Leid tut. Sie versteht noch besser, als eine der Frauen auf den Mann im grauen Kittel zeigt, der die Rolltreppe heraufgefahren kommt. Sie geht, bevor die Frauen Schwierigkeiten bekommen.

Der nahe gelegene Bahnhof ist voll von Soldaten in Grenzschutz-Uniformen. Dort kann sie sich nicht aufhalten, ohne entdeckt zu werden.

Eine schräge Straße, breit, steinern, führt aus dem Untergeschoss des Bahnhofs nach oben. Tritonengruppen bewachen den Aufgang. Ihr kupfernes Grün ist nur da zu sehen, wo das Bahnhofslicht sie erreicht. Einzelne Menschen kommen Tolgonai entgegen: eine Frau, die einen schlafenden Jungen auf dem Arm trägt, und ein kleineres Mädchen an der Hand hält. Auch das Mädchen hat die Augen geschlossen, ein Mann, der beim Gehen in einer abgewetzten Aktentasche wühlt, eine junge Frau, deren zu hohe Absätze auf den Steinboden schlagen. Männer und Frauen in der Uniform der Soldaten sieht sie nicht mehr.

Oben angekommen, überquert sie eine Straße, geht vorbei an einem abgeblühten Rosengarten. Einzelne, übrig gebliebene Rosen hängen im Dunkeln wie Schmutzklumpen an den Sträuchern. Sie hört ihre Schritte auf dem Kiesweg und auch Schritte, die ihr zu folgen scheinen. Tolgonai verlässt die Anlage, überquert erneut eine Straße, angezogen vom Licht einiger beleuchteter Schaukästen an einer Häuserwand. Sie verschwindet in einem Torbogen, bleibt stehen, lauscht: Niemand folgt ihr. Im Dunkeln sieht sie sich um, versucht, sich zu orientieren. Der Platz hinter dem Tor liegt voll von Brettern, Zäunen, Gerümpel, das sie nicht genau erkennen kann. Hinter einer Tür in der Hauswand, die den Platz begrenzt, schimmert Helligkeit. Rechts davon, zu ebener Erde, scheint Licht aus einem Kellerfenster zu kommen. Vorsichtig und schnell überquert sie den dunklen Platz, geht auf die Tür zu, drückt die Klinke herunter.

Die Tür ist verschlossen. Sie läuft an der Hauswand entlang, hin zum Kellerfenster. Das Fenster lässt sich leicht öffnen. Es öffnet sich nicht zur Seite, sondern nach oben, mit einer Klappe. Hinter der Klappe beginnt, nun deutlich sichtbar, ein sehr schräger Schacht nach unten. Aus dem Schacht kommt Wärme. Tolgonai dreht sich um und steigt rückwärts in den Schacht ein. Sie will das Fenster schließen, rutscht auf dem Bauch nach unten, bevor sie die Klappe in die Hand nehmen kann. Mit einem Knall fällt die Klappe über ihr zu.

Mit Staub und Kohlenruß bedeckt, landet

sie in einem Kellergang. Eine einzelne Glühbirne beleuchtet den Gang. Auf der Tür am Ende des Ganges ist ein Spiegel angebracht, der bis zum Boden reicht. Im Spiegel sieht sie eine große, dunkelhaarige Frau. Sie sieht deren mit Schmutz bedeckte Kleider, ihr weißes Gesicht, sie lächelt sich an. Sie wird hier bleiben. Hier ist sie sicher. Sie geht auf den Spiegel zu, bleibt davor stehen.

Wenn wir zwei wären, denkt sie, wenn wir zwei wären, wäre es leichter. Ich könnte versuchen, die Frauen wiederzufinden. Aber nun muss ich mich säubern. Und schlafen. Und zurückgehen in das Zelt.

Die Spiegeltür ist nicht verschlossen. Auf der anderen Seite führt eine Treppe nach oben, zu der Tür, die sie von draußen gesehen hat. An der Treppe vorbei läuft ein Gang, der mit einem Teppich ausgelegt ist. An den Wänden sind Garderobenhaken angebracht. Einzelne Kleidungsstücke hängen dort: ein leuchtend rotes Samtkleid, lang, mit langen Ärmeln, ein Bademantel, grün-schwarz gestreift und zwei Tüllröcke, hellgelb und rosa, mit dazu passenden Schuhen. Tolgonai geht den Gang entlang, befühlt die Kostüme. Auf dem hellen Tüll hinterlassen ihre Finger Schmutzspuren. Sie findet eine Garderobe, in der Tische stehen und Spiegel an den Wänden angebracht sind. Auf den Tischen steht Schminkzeug. Neben der Garderobe gibt es mehrere Duschen. Sie zieht ihre schmutzigen Kleider aus und stellt sich unter einen Wasserstrahl. Sie bewegt sich selbstverständlich, ohne Furcht, so, als wäre sie zu Hause. Sie benutzt den Bademantel zum Abtrocknen, trocknet die Haare mit einem Föhn, dabei sitzt sie vor den Spiegeln. Sie wird die mit Kohlenstaub bedeckten Kleider nicht wieder anziehen. Als die Haare getrocknet sind, geht sie auf den Gang hinaus, um das rote Kleid zu holen. Es ist für sie gemacht. Zwischen den Schminksachen sucht und findet sie einen roten Lippenstift. Langsam und konzentriert malt sie sich den roten Keil auf das Kinn. Als sie fertig ist, tritt sie ein paar Schritte zurück, um sich zu betrachten. Sie sieht eine große, schlanke Frau, deren schwarze Haare eng wie eine Kappe um ihren Kopf liegen. Ein paar Strähnen fallen ihr in die Stirn. Die Augen der Frau sind schwarz und schmal, ihre Haut ist weiß. Auf dem Kinn trägt sie einen roten Keil in der Farbe ihres Kleides. Das Kleid liegt eng an ihrem Körper. Bei jeder Bewegung gibt es nach, weich und durch die sich verändernden Winkel zum Licht in helleren und dunkleren Rottönen leuchtend. Die Frau im Spiegel ist barfuß.

Tolgonai sieht an sich herunter. Schuhe –

Schuhe gibt es hier nicht. Sie wird ihre eigenen Schuhe wieder anziehen müssen. Aber zuerst wird sie schlafen. Sie zieht das Kleid aus und legt es sorgfältig über einen Stuhl. Der Bademantel ist noch feucht. Sie wickelt sich trotzdem darin ein, bevor sie sich in einer Ecke der Garderobe auf den Teppich legt. Sie steht noch einmal auf, um aus ihren abgelegten Kleidern ein Bündel zu machen, das sie sich unter den Kopf schiebt. Das Licht macht sie nicht aus. Sie fühlt sich beschützt, solange das Licht brennt.

Sie hat das rote Kleid angezogen und auch den Keil wieder aufgemalt, obwohl der Mann ihr gesagt hat, dass die rote Farbe sie verraten wird. Es wird sie aber niemand verraten, denn sie hat das Zelt wieder gefunden. Es war schwer, das Zelt zu finden. In der Nacht ist es abgebaut worden und an einem anderen Ort wieder aufgestellt. Der Zugang zum Zelt soll begrenzt werden. Es sind zu viele, die sich darin aufhalten wollten. Lange Schlangen haben sich davor gebildet.

Wir haben nur dies eine Zelt, hat der Mann gesagt.

Seine Haartolle ist ihm ins Gesicht gefallen, und immer wieder hat er sie mit einer schnellen Bewegung aus der Stirn gestrichen.

Heute Nacht werden wir das Zelt abbauen. Wenn du uns wiederfindest, darfst du hinein. Ich bitte dich, dir Mühe zu geben. Ich liebe dich. Ich will dich bei mir haben. Es ist mir gleich, was du getan hast. Nimm nur diesen Keil von deinem Kinn. Du bist sonst gezeichnet. Die Gezeichneten suchen sie, nur die Gezeichneten.

Wann sie das Zelt abgebaut haben, weiß sie nicht. Plötzlich stand sie allein auf dem leeren Platz. Da, wo das Zelt gewesen ist, sieht sie einen einzelnen Pfahl. Sie weiß nicht, weshalb sie auf den Pfahl zugeht, bis sie sich umwendet. Da ist hinter ihr eine Mauer aus Menschen, die näher kommt und näher und näher. Sie kann die Gesichter der Menschen nicht erkennen. Die Gesichter sind schwarz von Ruß, aber die Hände, die sie nach ihr ausstrecken, sind rot. Sie muss den Pfahl erreichen, bevor es zu spät ist. Und dann berührt sie ihn, dreht sich um, spürt sein Holz im Rücken. Da ist niemand, der sie verfolgt. Sie kann den Platz verlassen, der leer ist, bis auf einen einzelnen Mann. Der kommt auf sie zu und hält ihr einen dreiteiligen, schmalen Bilderrahmen entgegen.

Du bist schuld, sagt er. Sieh sie dir an. Eine Frau und zwei Kinder. Sie gehen weg von mir, deshalb muss ich sie töten. Du bist schuld.

Komm her, dass ich dich ficke. Du wirst mich nie mehr verlassen.

Es ist ganz einfach. Sie muss nur den Revolver benutzen, den er ihr hinhält. Der Bilderrahmen ist mit dem Mann zu Boden gefallen. Er ist nicht zerbrochen. Auch das Glas ist heil geblieben. Die Gesichter der Frau und der Kinder liegen vor ihren Füßen, und sie geht darüber hinweg. Sehr weit, sehr weit entfernt sind die weißen Wände des Zelts aufgetaucht. Bahngleise führen dorthin, aber wer die Gleise betritt, ist verloren. Sie behält die Gleise im Auge, während sie auf das Zelt zugeht. Über dem Zelt ist ein blauer Himmel.

Das ist der Himmel von Portugal, sagt der Mann, als er ihr aus dem Zelt entgegentritt. Er hält ein rotes Tuch in der Hand, nimmt ihren Kopf in die Hände und wischt mit dem Tuch über ihr Gesicht.

In das Zelt kommst du nur ohne den Keil, sagt er. Aber das Tuch ist nass und als sie in das Zelt tritt und in den Spiegel sieht, ist ihr Gesicht rot verschmiert.

Ich halte nicht viel von Ahnungen, so wenig, dass ich sogar eine Abneigung gegen das Wort »Ahnung« entwickelt habe. Es kommt mir vor wie eine feige Ausrede. Entweder weiß ich etwas, dann ist das Wort überflüssig; oder ich weiß nichts, dann lohnt es sich nicht, darüber zu reden. Das ist, zugegeben, ein sehr strenger Standpunkt, dessen Zustandekommen ich mir mit zwei Begründungen erkläre: Erstens bin ich die Nachkommin eines Dichters, der es mit den Wörtern sehr genau nahm. Und zweitens ist so eine Haltung praktisch. Sie hindert mich daran, die Zeit mit unfruchtbaren Überlegungen und dumpfen Gefühlen zu verplempern.

Ich wusste noch immer nicht, ob und unter welchen Bedingungen ich Tolgonai wiedersehen würde. Ich versuchte es noch einmal bei Fussmann. Fussmann hatte noch immer keine Sprechstunde. Ich hatte Zeit, mich mit dem zu beschäftigen, was mir mindestens genauso sinnvoll erschien, wie einen ungeliebten Ehemann wiederzufinden.

Lange Zeit hatte ich mich selbst davon abgehalten, mich gründlicher mit der Geschichte des Herakles zu beschäftigen. Ich wollte meine Studien fortsetzen. Ich erinnerte mich daran, dass ich in seiner Geschichte männliche Verhaltensmuster gefunden hatte, die sich bis heute erhalten haben. Ich war sicher, dass die Geschichte des Herakles erfunden worden war, eine von vielen, aber eine besonders abgefeimte –, zur Durchsetzung des Vaterrechts. Sie handelt von Mord und Besäufnis, Gewalt und List, Henkerei und Diebstahl, Raserei, Hurerei und Betrug, und schließlich siegt das patriarchalische Recht. Die Mütter, mit den Kindern zu einer unauflösbaren Einheit verbunden, waren der entfesselten Gewalt nicht gewachsen. Wie aber und mit welchen Tricks hat sich die Herrschaft der Männer bis heute halten können? Wie ist es möglich, dass sich der kleine Junge, nicht mehr verborgen und Schrecken erregend verkleidet als Herakles unter dem Löwenfell, sondern deutlich in all seinen Schwächen sichtbar, noch immer als Herr der Welt aufführt? Aufführen kann, weil die, über die er herrscht, zu dumm sind, den Kaiser ohne Kleider zu erkennen? Oder zu viel Angst haben? Angst wovor? Allein zu sein, wo sie doch allein sind? Oder sind die Beherrschten so vollkommen durchdrungen von den Ansprüchen des Herrschers, dass sie seine Methoden für richtig halten, ein Leben für richtig halten, das sie entmündigt?

In einem Werk mit dem Titel »Griechische Mythologie« war die Interpretation einer blutigen Herakles-Episode mit einem »Ratschlag« verbunden. – »Man soll Herakles anrufen, wenn einen erotische Albträume quälen« –. Darüber lohnte es sich nachzudenken. Ruft man den Henker, wenn man sich vor dem Tod fürchtet? Riefen wir seit Tausenden von Jahren nach dem Henker, wenn wir uns fürchteten? Und was geschieht mit einer Frau, was geschieht mit Tolgonai, die sich entschlossen hat, nie mehr nach dem Henker zu rufen? Nicht einmal ihre Schönheit hat ihr genützt. Sie hat ihr geschadet.

Ich kam nicht dazu, länger über diese Frage nachzudenken. Jemand schlug mit der Faust an meine Tür. Vom Fenster aus sah ich das gelbe Auto des Briefträgers auf der Straße. Warum glaubte er, sich auf diese Weise bemerkbar machen zu müssen? Ich ging, um ihm zu öffnen.

Das Gesicht des Briefträgers war gelb, weil das Blut daraus gewichen war. Ich wusste, dass er regelmäßig ein Sonnenstudio besuchte. Er ging dort hin, nachdem man seiner Dienststelle ein modernes Design verordnet hatte. Wahrscheinlich dachte er, dass er nun auch persönlich sein Aussehen modernisieren müsse. Das merkwürdige Identifikationsstreben von Angestellten mit ihrem Arbeitgeber, oder, wenn sie ihn nicht persönlich kennen oder kennen können, weil es ihn gar nicht gibt, zumindest mit dem Äußeren der Arbeitsstelle, hat mich schon immer erstaunt. Eine weit verbreitete Unsitte, die mich aber im Fall des Postboten bisher nicht sonderlich interessiert hatte. Er war zuverlässig, mehr wollte ich nicht von ihm. Jetzt, vor meiner Tür, schien nur noch die Oberfläche seiner Gesichtshaut von den Strahlen der Höhensonne gefärbt. Unter der Haut war sein Gesicht blass geworden. Es fiel ihm schwer zu sprechen, weswegen er, während er ein paar Laute ausstieß, die ich nicht verstand, eher stumm auf die Büsche vor meinem Hauseingang zeigte.

Ich musste nur drei oder vier Schritte tun, um vor der Leiche einer Polizistin mit dem Namen Köhler zu stehen. Die Frau hatte ein Loch im Kopf, aus dem Blut über ihre rechte Gesichtshälfte gelaufen war.

Gehen Sie hinein. In der Küche ist Wodka im Kühlschrank, sagte ich, während ich niederkniete, um die Tote genauer anzusehen. Es musste ein Kampf stattgefunden haben, den jemand mit einem Schlag auf den Kopf der Köhler beendet hatte. Ich stand auf und suchte den Weg zur Straße nach Spuren ab. Ich entdeckte nichts. Als ich hineinging, um die Polizei zu rufen, fand ich den Briefträger mit einem Wasserglas, das halbvoll mit Wodka war, auf dem Sessel am Fenster sitzend.

Eine sehr schöne Aussicht haben Sie hier, sagte er.

Mir schien, dass seine Stimme nicht mehr ganz nüchtern klang. Aber seine schöne, braune Gesichtsfarbe war zurückgekehrt. Ich freute mich, dass es ihm gut ging und rief Kranz an. Ich wusste, dass er nicht zuständig war, aber ich wollte ihn dabei haben, wenn die Mordkommission bei mir auftauchte.

Sie brauchten länger, als ich erwartet hatte. Ich nahm an, jemand hatte ihnen gesagt, sie sollten nicht ohne diesen Kaul mit ihren Ermittlungen beginnen. Und der war möglicherweise nicht so schnell aufzutreiben gewesen. Jedenfalls sah er noch immer mitgenommen aus, als sie endlich mit ihm zusammen auftauchten und roch, als habe er mit dem Postboten Brüderschaft getrunken. Kranz dagegen war so schnell bei mir, als habe er darauf gewartet, eingeladen zu werden.

Sie wissen, was das bedeutet?, fragte er, offensichtlich ernsthaft besorgt.

Keine Ahnung. Jedenfalls nichts, was mich beunruhigen müsste.

Bella, machen Sie sich nichts vor. Köhler und Kaul waren von Anfang an hinter Tolgonai her, und zwar nicht nur, weil sie unser schönes Land mit falschen Papieren betreten hat. Sie haben ihre Jagd nur für kurze Zeit unterbrochen, als sie annahmen, Tolgonai sei tot. Die Köhler hat gestern Abend bei einer Razzia im Yellow Cab eine Frau überprüft, die ihr verdächtig vorkam. Die Frau ist ihr entwischt. Sie ist der Sache nachgegangen und hat festgestellt, dass die Frau identisch sein könnte mit der, die in Odessa gesucht wird. Sie hat, nach Dienstschluss wohlgemerkt, deshalb saß sie allein im Wagen, auf eigene Faust versucht, die Frau zu finden. Es liegt eine Anfrage aus Odessa vor, die, hätte ich sie gekannt, sogar mich daran gehindert hätte, ihr Papiere zu besorgen. Nicht mal Ihnen zum Gefallen. Tolgonai hat in Ihrem Haus gewohnt, während Sie in Sibirien waren. Deshalb hat man sie zuerst bei Ihnen gesucht.

Das ist natürlich logisch, sagte ich.

Lassen Sie Ihren Sarkasmus. Er ist unangebracht.

Kranz schwieg einen Augenblick. Mir war klar, dass er Recht hatte.

Ist sie heute Nacht bei Ihnen gewesen?

Nein, sagte ich. Wenn sie bei mir gewesen wäre, wäre das da draußen nicht passiert.

Sie glauben immer noch, Sie könnten diese Verrückte zur Raison bringen? Man wird Ihr Haus nach Spuren untersuchen.

Ich sah mich um. Der Briefträger folgte unserer Unterhaltung mit großen Augen.

Einen Augenblick, sagte ich zu Kranz, ging in die Küche und brachte ein zweites Wasserglas voll Wodka, das ich dem Mann in die Hand drückte,

Hier, trinken Sie.

Ich hoffte, er würde so betrunken sein, dass man seinen Aussagen, falls er noch in der Lage wäre, welche zu machen, keinen Glauben schenken konnte.

Die Post ...

Morgen, sagte ich, nach so einem Schock können Sie heute sowieso nicht mehr arbeiten. Dann gibt es morgen eben die doppelte Post.

Meine Worte schienen ihn zu beruhigen. Ein sanftes Lächeln erhellte sein Gesicht, das den Charakter des Mannes deutlich werden ließ. Der Briefträger war ein freundlicher Mensch. Ich hielt es für möglich, dass er seinen Beruf gewählt hatte, weil er dabei sein wollte, wenn Menschen angenehme Nachrichten bekämen: Geburtstagsbriefe oder Telegramme, die eine fröhliche Melodie spielten, wenn man sie öffnete. Wahrscheinlich hatte er nicht bedacht, dass die unbedeutenden und Angst bereitenden Nachrichten, die er zu überbringen hatte, in der Überzahl waren. Mit der Zeit war ihm seine Freundlichkeit abhanden gekommen. Gleichgültigkeit war an ihre Stelle getreten, mit der er sich vor den Ängsten schützte, die seine Botschaften bei seinen Kunden auslösten.

Bella! Wenn Tolgonai bei Ihnen war, bevor das passiert ist, wird man es feststellen. War sie hier?

Nein, sagte ich.

Ich sah, dass Kranz mir nicht glaubte, aber er gab sich zufrieden.

In Ordnung, sagte er. Sie haben nichts gehört und nichts gesehen. Falls man Sie direkt nach Tolgonai fragt: Sie haben sie nicht getroffen, seit Sie aus Russland zurück sind. Auch am Bahnhof haben Sie sie nicht gesehen. Sie wissen nicht, wo sie sich aufhält.

Das stimmt sogar. Aber man müsste herausfinden, wo sie ist.

Das werden Sie nicht tun. Ich garantiere Ihnen, dass die Polizei, egal ob die Kripo oder Herr Kaul oder der Bundesgrenzschutz, in diesem Fall beschlossen haben, rücksichtslos vorzugehen. Sie bringen sich in Gefahr, wenn Sie sich einmischen, das ist alles, was geschehen wird.

Ich schwieg und dachte nach. Dann fiel mir etwas ein.

Kommt es Ihnen nicht seltsam vor, dass die Köhler zu Fuß hinter Tolgonai her gewesen ist?

Ach, das hab ich vergessen, sagte Kranz. Das Auto ist verschwunden. Sie war damit auf dem Weg nach Hause, hat sich ordentlich abgemeldet, bevor sie sich auf die Suche machte. Man geht davon aus, dass Tolgonai ihr die Autoschlüssel abgenommen hat.

Ich wusste nicht, ob Tolgonai mit einem Auto umgehen konnte. Wahrscheinlich war das unerheblich, deshalb sagte ich nichts. Wenn sie fahren wollte, dann würde sie fahren. Draußen hielten zwei Wagen gleichzeitig, ein dritter kam wenig später hinzu. Ein paar Leute blieben draußen bei der Leiche. Kaul und drei Kripobeamte kamen herein. Alle vier waren sehr misstrauisch und sehr distanziert, obwohl ich mich um einen freundlichen Ton bemühte. Es gefiel ihnen nicht, dass Kranz da war, aber sie trauten sich nicht, ihn wegzuschicken. Er stand im Dienstrang ziemlich weit über ihnen. Außerdem war er ein paar Mal mit dem Innensenator zusammen in der Zeitung abgebildet gewesen. Sie duldeten ihn zähneknirschend.

Sie fragten die Fragen, die wir vorausgesehen hatten und gingen irgendwann. Enttäuscht über das Ergebnis.

Als sie das Haus vielleicht eine halbe Minute verlassen hatten, kam Kaul allein zurück. Er betrat das Zimmer, schloss die Tür hinter sich und blieb mit dem Rücken zur Tür stehen.

Vielleicht glauben Sie, Sie können mir etwas vormachen, sagte er.

Er sah mich an. Kranz beachtete er nicht einmal.

Aber das können Sie nicht. Köhler und ich, wir waren ein gutes Team. Wir haben schon beim ersten Mal angenommen, dass Sie mit dieser Illegalen unter einer Decke stecken. Ihre Aktivitäten sind uns nicht verborgen geblieben. Irgendwann werden Sie erklären müssen, was Asylantenunterkünfte, die jeder anständige Mensch meidet, für Sie so attraktiv macht, dass Sie sich ständig dort aufhalten. Und glauben Sie nicht, dass Sie diese Frau schützen können. Das scheint ja bisher Ihre Spezialität gewesen zu sein. Jedenfalls, wenn man Ihre so genannte Karriere einmal etwas genauer unter die Lupe nimmt. Mich interessiert nicht, was diese Frau in Odessa getan hat, das ist nicht mein Problem. Die sollen da ihre Arbeit allein machen. Sie hat meine Kollegin umgebracht. Dafür wird sie büßen, das verspreche ich Ihnen.

Er drehte sich um und verschwand. Er schlug die Tür nicht hinter sich zu. Er schloss sie leise, was den Eindruck von Gefährlichkeit verstärken sollte, den herzustellen er bemüht gewesen war.

Uff, sagte Kranz, da haben Sie sich aber einen Freund herangezogen.

Es war vier Uhr am Nachmittag, als der betrunkene Briefträger mein Haus verließ. Ich hatte seine Dienststelle angerufen und ihn entschuldigt – wichtige Aussagen in einem Mordfall, blablabla. Kurz danach ging auch Kranz. An Arbeit war nicht mehr zu denken. Als ich merkte, dass es mir schwer fiel zu lesen, ging ich aus dem Haus, um meine Konzentrationsfähigkeit bei einem Dauerlauf am Elbstrand wiederzugewinnen. Ich hatte nicht vorgehabt, mich in Gedanken mit Tolgonai zu beschäftigen, aber an der Heftigkeit, mit der die Erinnerung an sie auftauchte, nachdem ich ein paar Minuten gelaufen war, spürte ich, dass ich nicht mehr ausweichen konnte. Mir wurde klar, dass ich in eine Geschichte hineingeraten war, die ich lieber hätte vermeiden sollen, und dass mir nun nichts anderes mehr übrig blieb, als bis zum Ende dabei zu sein. Wenn ich aber dabei sein musste, dann wollte ich selbst handeln und mir nicht von aufgeblasenen kleinen Kauls das Gesetz des Handelns diktieren lassen.

Aber wo sollte ich anfangen? Was wusste ich von Tolgonai? Was wollte ich tun, wenn ich sie fände?

Ich lief eine halbe Stunde in Richtung Westen, dann eine halbe Stunde zurück, kam ausgepumpt zu Hause an und hatte einen Entschluss gefasst. Während ich duschte, wurde mir klar, welch merkwürdige Wirkung klare Entschlüsse auf die menschliche Psyche haben. Auch das gehört zu der großen Täuschung, die es uns möglich macht, das ständige Balancieren über dem Abgrund auszuhalten, ohne abzustürzen. Sie scheinen uns ganz neue Perspektiven zu zeigen; lichte Weiten, in denen wir uns als souverän Handelnde wahrnehmen, nicht eingeschränkt von kleinlichen Ängsten. Ich habe deshalb Entschlüsse, wenn sie Wechsel auf die Zukunft sind, schon immer für gefährlich gehalten, jedenfalls dann, wenn ich mir ihre illusionierende Wirkung nicht bewusst gemacht hatte.

Noch im Bademantel versuchte ich Brunner zu erreichen. Ich hatte Lust, mit ihm zu Abend zu essen und mit ihm, der sich in der Stadt gut auskannte, zu erörtern, wo Tolgonai sich versteckt halten könnte. Wir trafen uns zwei Stunden später im »Mordechai«.

Ich hab' uns zwei Drinks bestellt, sagte er zur Begrüßung.

Er hielt ein Glas mit einer klaren Flüssigkeit in der Hand. Seinen Schnaps als Drink zu bezeichnen, wäre mir nicht ohne weiteres eingefallen. Allerdings klingt Drink in den Ohren mancher Leute besser als Schnaps. Nur hatte ich nicht gewusst, dass Brunner zu diesen Leuten gehörte.

Ich setzte mich ihm gegenüber, sah, dass er betrunken war und beschloss, großzügig zu sein. Ein schöner, blonder, junger Mann brachte mir ein großes Glas Orangensaft.

Ich habe den Wodka gleich hineingetan, wie der Herr mich gebeten hat, sagte er mit sanfter Stimme.

Er redet wie mit armen Irren, sagte Brunner.

Der junge Mann sah ihn erschrocken an und verschwand so schnell, wie er gekommen war. Ich trank und wartete. Brunner trank nicht. Hatte er genug, oder wollte er wenigstens so lange einigermaßen klar im Kopf bleiben, bis er mir den Grund für seinen um diese Tageszeit ungewöhnlichen Zustand mitgeteilt hatte? Ich sah seiner Erklärung jedenfalls gelassen entgegen. Brunner gehörte nicht zu den Männern, die wegen der Unbilden, die ihnen zustießen, getröstet werden wollten.

Eine kleine Nutte, sagte er, neunzehn. Hübsche kleine Wohnung, zufällig in unserem Revier.

Ich antwortete nicht, was hätte ich sagen sollen. Brunner dachte eine Weile nach.

Schlaue, kleine Nutte, mit 'ner versteckten Videokamera in ihrer hübschen, kleinen Wohnung.

Ich sagte noch immer nichts.

Ist noch nie aufgefallen. Kommt aufs Revier und bringt den Film mit.

Er versuchte, sich zu konzentrieren, wobei er die Stirn runzelte und mir fest in die Augen sah.

Sie ist überfallen worden, sagte er. Gewürgt, vergewaltigt, der Täter hat ihre Wohnung durchsucht, Geld und Ausweis hat er mitgehen lassen. Aber wir hatten den Film.

Hatten?

Prost, sagte Brunner fröhlich.

Er hob sein Glas und stellte es wieder ab. Ich ahnte, was geschehen war, aber ich fand, er sollte es selbst sagen. Danach würde es ihm besser gehen.

Wir haben uns den Film angesehen. Der Täter war gut zu erkennen. Er war nicht der einzige Freier, den wir bewundern durften. So eine Nummer, wenn sie nicht gerade mit Würgen und Fesseln verbunden ist, dauert ja nicht sehr lange. Und auch dann – so ein Film reicht für Tage. Das ist wie ein Tagebuch.

Die Kollegen hatten Spaß beim Ansehen, sagte ich.

Ja, antwortete er. Wie man Spaß hat, wenn man ein paar von den obersten Chefs beim Vögeln zusehen darf. Sie haben Wetten abgeschlossen.

Wetten?

Ja. Ob sie bezahlen oder nicht.

Sie haben nicht bezahlt, sagte ich.

Sie haben nicht bezahlt, sagte Brunner.

Wir schwiegen. Ich beschäftigte mich mit meinem Glas und sah dem blonden jungen Mann bei der Arbeit zu. Ich fand, dass er seine Sache gut machte und dass es ein Vergnügen war, ihm zuzusehen. Brunner trank noch immer nicht. Der Schnaps in seinem Glas musste inzwischen warm geworden sein.

Das ist noch nicht alles, bemerkte ich, eigentlich eher, um das Schweigen zu brechen, aber auch, weil ich annahm, dass ein Mann wie Brunner allein durch den Beweis, dass ein paar Vorgesetzte korrupt waren, nicht so aus der Fassung zu bringen wäre.

Nein, das ist noch nicht alles. Zwei Tage später haben wir den Mann, der das Mädchen überfallen hat, festgenommen. War nicht unser Verdienst, eher ein Zufall, aber immerhin. Natürlich hat er geleugnet. Aber wir hatten ja den Film, dachten wir. Wir dachten wirklich, wir könnten ihm die Bilder zeigen, und er würde gestehen müssen.

Lassen Sie mich raten, sagte ich. Der Film war weg, richtig?

Richtig. Er war einfach weg, verschwunden, hatte sich in Luft aufgelöst. Irgendjemand von den Kollegen hat ihn genommen und nach oben getragen, verstehen Sie?

Ja.

Ich überlegte eine Weile, bevor ich sagte: Aber Sie hatten das Mädchen. Eine Gegenüberstellung hätte ausgereicht ...

Schon während ich sprach, wurde mir klar, dass es einen Grund geben musste, weshalb ich für meine Rede die Möglichkeitsform gewählt hatte.

Das haben Sie nun sehr schön gesagt. Wir hatten das Mädchen. Prost!

Brunner trank, und ich sah ihm dabei zu und wartete. Der Rest der Geschichte würde kurz sein. Er setzte sein Glas behutsam ab. Während er sprach, sah er vor sich auf die Tischplatte.

Ich bin hingefahren, um sie zur Gegenüberstellung abzuholen. Die Wohnung war leer. Ein alter Mann, der unten im Haus wohnt, die Sorte, die nichts mehr zu tun hat und nun den Blockwart spielt, hat mir mitgeteilt, dass die Mieter froh seien. Die Schlampe sei endlich ausgezogen.

Nehmen Sie's nicht so schwer, sagte ich. Die werden sie nicht gleich umgebracht haben. Wahrscheinlich geht es ihr besser als vorher. Sie werden ihr Geld gegeben haben, damit sie sich verkrümelt.

Vielleicht hat man sie auch bedroht.

Möglich. Aber im Grunde ist es nicht das,

worüber Sie wütend sind. Das Mädchen interessiert Sie nicht, und dass es korrupte Vorgesetzte gibt, wissen Sie selbst am besten. Sie haben es am eigenen Leib erlebt. Was Sie ärgert, ist, dass es in Ihrer Mannschaft jemanden gibt, dem Sie nicht vertrauen können. Brunner, Sie sind ein Romantiker. Was glauben Sie, halten Ihre Kollegen von Ihnen? Sie wissen doch, dass Sie wegen Ihrer Unbestechlichkeit dahin versetzt worden sind, wo Sie jetzt sind. Leute wie Sie sind unbeliebt, und zwar überall.

Das stimmt nicht. Ich achte streng – er machte eine Pause, sah mich an und verzog das Gesicht zu einem Grinsen.

Sie haben Recht, fürchte ich, sagte er dann. Prost. Trinken wir auf den Datenschutzbeauftragten. Ich hab ihn angerufen, als ich noch dachte, dass wir den Film benutzen könnten, um den Täter zu überführen. Wissen Sie, was er gesagt hat?

Ich kann's mir denken.

In diesem Fall, sagte er, sei die Installation einer Kamera nicht unbedenklich gewesen. Das Persönlichkeitsrecht der Kunden hätte nicht gewährleistet sein können.

Ich hob mein Glas und trank Brunner zu. Ich hatte genug von dieser Geschichte, aber Brunner glücklicherweise ebenfalls. Wir unterhielten uns eine Weile über seine Tochter.

Brunner sagte, er habe sich redlich Mühe gegeben, seine Vorbehalte gegen Maries Freund, Pit, diesem Möchtegern-Anarchisten, aufzugeben. Er sei damit schon ziemlich weit gekommen, aber nun habe dieser Lausebengel Marie den Floh ins Ohr gesetzt, sie müssten in Mexiko, in Chiapas, irgendeinen berühmten Commandante besuchen. Das werde er, komme was wolle, nicht zulassen.

Sie werden nichts dagegen machen können, sagte ich und trank ihm noch einmal zu. Ich musste versuchen, mit ihm über Tolgonai zu reden, bevor er nicht mehr in der Lage wäre zu sprechen.

Sie haben mich angerufen, Bella, sagte er. Sicher nicht, um mir bei einem Besäufnis zuzusehen. Schließlich konnten Sie nicht wissen, was meine arme Seele quälte.

Brunner war ein guter Beobachter, nur eben zu ehrlich und zu sensibel für seinen Beruf. Die Trinker, die ich kannte, ließen sich in zwei Gruppen einteilen: eine große, bei denen ihr körperliches, geistiges und seelisches Reaktionsvermögen mit der Menge des genossenen Alkohols abnimmt und eine kleine, bei denen der Alkohol ihre Reaktionsfähigkeit in besonderer Weise hervorzaubert. Brunner gehörte offenbar zur zweiten Kategorie. Aber irgendwann würde auch er aufgeben müssen.

Deshalb war ich ihm dankbar, dass er das Gespräch in eine andere Richtung lenkte. Ich hatte ihn sogar in Verdacht, dass er das tat, weil er sich kannte.

Da ist eine junge Frau aus Odessa, sagte ich. Sie hat eine Weile in meinem Haus gewohnt. Es kann sein, dass sie auf der Flucht ist, irgendwo. Wenn sie aber hier in der Stadt ist und nicht entdeckt werden will, wohin würde sie gehen?

Weshalb geht sie nicht wieder zu Ihnen?, fragte er. Sie haben ihr schon einmal geholfen, oder?

Ja. Um es ganz deutlich zu sagen: Da drüben hätte man ihr den Kopf abgehackt oder sie erschossen oder sie in irgendeinem Straflager verschimmeln lassen, bis sie draufgegangen wäre. Sie ist sehr schön, wissen Sie, setzte ich hinzu, als ob das eine Erklärung sein könnte. Ich hätte sagen müssen: Aber ich habe sie verstanden, ich habe damals verstanden, weshalb sie getötet hat. Jedenfalls habe ich es mir eingebildet. Und nun verstehe ich es nicht mehr. Hier nicht. Aber ich schwieg.

Sie hatte ein paar Leute auf dem Gewissen, und Sie haben ihr zur Flucht verholfen? Sie sind die Romantikerin. Und nun haben Sie Angst vor Ihrer eigenen Courage. Weshalb ist sie untergetaucht? Schon wieder Leichen?

Daran, dass ich weiter schwieg, erkannte Brunner, dass er Recht hatte.

Wenn ich Ihnen riete, die Finger von der Frau zu lassen, würden Sie doch nicht auf mich hören. Also lassen Sie mich überlegen. Wie sieht sie aus? Ist sie auffallend, ich meine, im Sinne von leicht zu identifizieren, wenn sie auf der Straße gesehen wird?

Groß, dunkelhaarig, auffallend. Asiatische Gesichtszüge, Dschingis Khans Tochter eben.

Das ist schön, sagte Brunner, Dschingis Khans Tochter. Jetzt kann ich mir die Frau vorstellen. Die fällt natürlich überall auf. Wenn sie klug ist, geht sie nur nachts aus. Auf jeden Fall braucht sie etwas wie einen neutralen Ort, eine Art Schutzzone. Es gibt Kirchen, die so etwas anbieten, allerdings für Flüchtlinge, um sie vor der Abschiebung in den Tod zu schützen. Aber ob die so eine Frau – schließlich, nur weil jemand schön ist ...

Ich könnte versuchen, es Ihnen zu erklären, sagte ich.

Nein, das ist nicht nötig. Es gibt eine Möglichkeit, wie sie sich mit Essen versorgen kann, ohne gleich aufgegriffen zu werden.

Ich hörte Brunner zu, ohne ihm zu sagen, dass Tolgonai ganz sicher keine Schwierigkeiten haben würde, das zu stehlen, was sie brauchte. Darin hatte sie Erfahrung. Ich merkte, wie der Gedanke an die fortgesetzten illegalen Handlungen, die sie begehen würde, in mir Unmut auslöste, und schalt mich im Stillen eine Spießbürgerin.

Brunner sprach von einem Zelt in der Nähe des Altonaer Bahnhofs, in dem tagsüber Essen ausgegeben werde und das der Betreiber, ein studierter Theologe, der versuchte, eine sinnvollere Tätigkeit auszuüben, als jeden Sonntag von erhöhter Stelle aus Märchen zu erzählen, zu einer Art Schutzraum für die Gestrandeten erklärt habe. Das sei natürlich lächerlich, denn wenn es darauf ankomme, würden Polizei und BGS nirgendwo und auf niemanden Rücksicht nehmen. Aber es seien bisher nur kleine Fische gewesen, die sich für eine warme Mahlzeit eine Weile lang in dem Zelt verkrochen hätten. Deshalb würden sie sich da bisher in Sicherheit gewiegt haben.

Fragen Sie da mal nach. Ihnen wird der Mann glauben, dass Sie nichts Böses im Schilde führen.

Das war eine lange Rede für einen schon ziemlich betrunkenen Mann. Ich dachte, dass es sinnlos wäre, mich in dem Zelt nach Tolgonai umzuhören. Und ich dachte, dass ich nun zwei Möglichkeiten hätte, den Abend angenehm zu beenden. Ich könnte den blonden Jungen rufen, um etwas zu essen zu bestellen.

Oder ich könnte Brunner überzeugen, dass wir zu ihm nach Hause gehen sollten. Ich entschied mich für die zweite Variante.

Es ist etwas anderes, ob man mit einem Mann zum ersten oder zum zweiten Mal in seine Wohnung geht. Die Gefühle sind andere, und sie beeinflussen die Wahrnehmung. Vom Restaurant bis zu Brunners Wohnung waren es etwa zehn Minuten Fußweg. Ich spürte schon unterwegs ein winziges Unbehagen, auf das ich hätte hören sollen. Aber es schien mir albern, mich unten vor der Haustür zu verabschieden, schulmädchenhaft. Diesmal lag im Hauseingang keine schlafende Obdachlose. Brunner ging sehr gerade die Treppe hinauf, fand auch das Schlüsselloch ohne Probleme, sodass ich eigentlich seine Kondition hätte bewundern müssen. Ich tat es nicht, weil mir bewusst wurde, wie sehr einer ans Trinken gewöhnt sein musste, der nach einem drei viertel Liter Schnaps noch zielsicher das Schlüsselloch seiner Haustür findet.

> *Und er träumt: Er ist im Himmel*
> *Und er muss vor Gottes Thron*
> *Und trinkt Schnaps vor Angst und ist nun*
> *Bis zum Halse voll davon.*

Ich hatte nur zwei oder drei Wodka mit Orangensaft getrunken. Ich war zu nüchtern. Brunner schaltete das Licht ein. Das hatte er bei unserem ersten Treffen nicht gemacht. Er verschwand im Bad. Ich blieb im Wohnzimmer und besah die Einrichtung eines allein erziehenden Polizisten. Brunner kam zurück, blieb in der Wohnzimmertür stehen und besah mich.

War wohl ein Fehler, sagte er. Seine Stimme klang nüchtern, aber das hatte nichts zu bedeuten.

Sagen wir, es war nicht nötig, antwortete ich. Kann ich einen Kaffee haben, bevor ich gehe?

Er wandte sich um. Ich folgte ihm in die Küche. Während er an der Kaffeemaschine hantierte, sprachen wir nicht. Im Haus war es so still, wie es nachts in alten Mietshäusern still ist. Unten auf der Straße kam ein Müllauto näher. Der Kaffee war fertig, als das Müllauto die Behälter vor Brunners Haus erreicht hatte. Wir saßen uns am Küchentisch gegenüber und hörten auf das Scheppern der Mülltonnen. Die Situation war grässlich. Brunner war beherrscht wie immer, und ich fühlte mich, als hätte ich einen Verrat begangen. Das gefiel mir nicht.

Danke für den Kaffee, sagte ich und stand auf.

Danke für den Abend, antwortete Brunner. Er blieb sitzen und sah mich nicht an. Ich glaube, er dachte an irgendetwas, das mit meiner Anwesenheit in seiner Wohnung nichts zu tun hatte, deshalb entfernte ich mich so geräuschlos, wie es möglich war. Ich wollte ihn nicht stören.

Unten auf der Straße war ich erleichtert. Ich hatte Lust, den Weg nach Hause zu Fuß zu gehen, aber ich würde zu viel Zeit brauchen, um noch genügend Schlaf zu finden. Deshalb suchte ich mir ein Taxi und ließ den Taxifahrer zwei Kilometer vor meinem Haus anhalten. Wenigstens eine kleine halbe Stunde wollte ich die Nachtluft genießen.

Wenn der Taxifahrer mich bis nach Hause gefahren hätte, wäre ich ihnen direkt in die Arme gelaufen. So hatte ich einen Augenblick Zeit, mir zu überlegen, wie ich auf eine nächtliche Störung reagieren wollte, die mir unangemessen zu sein schien. Ich kam an zwei schwarzen Limousinen vorüber, in denen jeweils eine Person an einem Funkgerät saß. Wären die Autos leer gewesen, wären sie mir sicher nicht weiter aufgefallen. Ich ging langsamer, um mehr Zeit zu haben, mir fiel aber beim besten Willen nicht ein, womit ich den Besuch verdient haben könnte. Sie standen neben mir, als ich vor der Haustür meinen Schlüssel in der Jackentasche suchte. Ich tat so, als sähe ich sie nicht.

Guten Abend, sagte jemand hinter mir.

Diesmal reagierte ich, denn ich kannte die Stimme. Ich drehte mich um und sah in das Gesicht von Kaul. Es bereitete ihm offensichtlich Vergnügen, mich am Schlafengehen zu hindern.

Wir werden einen Augenblick eintreten müssen, sagte er.

Seine Stimme klang so zufrieden, dass ich in Wut geriet. Ich war müde, ich wollte schlafen. Ich hatte nicht die Absicht, die sonderbaren Ermittlungsmethoden eines durchgeknallten Geheimpolizisten zu unterstützen. Ich sagte es ihm.

Sie sollten vorsichtiger sein mit dem, was Sie sagen, war seine Antwort.

Ich kümmerte mich nicht um ihn, sondern schloss die Tür auf und ging ins Haus. Die beiden Männer an meiner Seite machten Anstalten, mir zu folgen. Ich drängte sie zurück. Es gab ein kleines Handgemenge, für das ich mich heute noch ohrfeigen könnte. Es kamen noch zwei Männer dazu. Zu viert halfen sie mir in eine der schwarzen Limousinen. Niemand stieg mit ein. Der Wagen ließ sich von innen nicht öffnen. Der Mann am Funkgerät beachtete mich nicht. Ohnmächtig und wütend sah ich zu, wie die Polizisten in mein Haus gingen.

Sie blieben nicht lange. Was sie suchten und was sie finden wollten, ahnte ich. Ich war sicher, dass sie nichts finden würden. Das machte meine Lage aber nicht besser. Frustrierte Polizisten sind unberechenbarer als erfolgreiche. Ich zählte vier Männer und Kaul, als sie das Haus verließen. Kaul setze sich zu mir in den Wagen. Die anderen stiegen in das Auto hinter uns ein.

Widerstand, Beamtenbeleidigung, Verdacht auf Beihilfe zum Mord, mindestens Beihilfe zur Vertuschung einer Straftat, sagte Kaul. Hier habe Sie Ihren Haustürschlüssel. Sie werden ihn heute Nacht nicht mehr brauchen.

Ich verzichtete darauf, ihm zu antworten. Sie waren fünf, wenn man die beiden an den Funkgeräten nicht mitzählte. Sie hätten auch geschworen, dass sie mich beim Morden, Stehlen oder Dealen beobachtet hätten, wenn es ihnen in ihr Konzept gepasst hätte. Sie konnten mich vierundzwanzig Stunden festhalten und wenn es ihnen in den Kram passte, sogar noch länger. Dieser Kaul hatte mich zu seiner Feindin erkoren. Ihm würde noch einiges einfallen.

Oder ist Ihnen die Ausnüchterungszelle lieber? Ich finde, es riecht hier ziemlich nach Alkohol. Was meinst du, sollen wir sie zum Onkel Doktor bringen?

Der Mann am Steuer antwortete nicht.

Das wird teuer, Kaul, sagte ich. Wenn Sie Ihre Kompetenzen überschreiten, sind Sie dran.

Ich sagte das so gelassen wie möglich. Den Rest der Nacht in der zentralen Ausnüchterungsstelle zu verbringen, war keine angenehme Vorstellung, dann schon lieber eine ruhige, kleine Zelle mit Pritsche und sauberer Wolldecke. Kaul blieb stumm. Wir fuhren auf direktem Weg ins Polizeipräsidium. Ich ging brav mit. Eigentlich wollte ich nur noch schlafen. Aber ich hatte die deutsche Gründlichkeit unterschätzt. Obwohl sie meine Personalakte sicher noch irgendwo aufbewahrten, wurden meine Daten aufgenommen, Fotos von allen Seiten gemacht und meine Fingerabdrücke auf ein Blatt Papier gedrückt. Eine Frau versuchte, mit mir ein Protokoll aufzunehmen. Sie bat mich, den Hergang der Geschichte zu schildern, für die man mich festgenommen hatte. Ich antwortete nicht. Ich unterschrieb auch kein Protokoll. Das Ganze dauerte ziemlich lange, weil ich nicht der einzige Zugang war. Am Ende war ich so müde, dass ich im Stehen einschlief. Dann endlich brachte mich jemand in eine Zelle, die aber kein Bett hatte, sondern nur eine fest eingebaute, harte Holzbank, zu kurz zum Hinlegen und zu gerade, um entspannt darauf zu sitzen. Natürlich gab es auch keine Decke. Also beschloss ich, wach zu bleiben, in der Zelle auf und ab zu gehen und mich fit zu halten, bis man mich entlassen würde.

Je länger ich darüber nachdachte, desto sicherer war ich, dass Kaul nichts weiter vorhatte, als mich zu schikanieren. Das würde er nicht lange durchhalten können. Auch jemand wie Kaul hat Vorgesetzte, vor denen er kuscht. Ich konnte im Augenblick nichts weiter tun, als mich so wenig wie möglich beeindruckt zu zeigen und darauf zu vertrauen, dass Kaul seine Kompetenzen nicht über das Maß hinaus ausweiten wollte, das ihm selbst schaden würde. Ich rechnete damit, in zwei bis drei Stunden entlassen zu werden. Ohne Entschuldigung natürlich. Aber schon der Zustand, in dem ich mich jetzt befand, deutete darauf hin, dass es mir in zwei bis drei Stunden nicht auf eine Entschuldigung, sondern nur noch darauf ankommen würde, so schnell wie möglich ins Bett zu kommen.

Der Morgen ist kalt und feucht. Die Nähe des Flusses macht sich bemerkbar. Er wird zum zweiten Mal die Heizung im Zelt anstellen müssen. Vielleicht kann man sie gegen Mittag wieder ausmachen. Das Zelt den ganzen Tag über zu heizen ist teuer. Er würde das Geld, das ihm zur Verfügung steht, lieber für andere Zwecke ausgeben; für den da drüben, zum Beispiel.

Der Mann, Robert, stellt die Taschen ab und öffnet nacheinander die verschiedenen Schlösser, Reißverschlüsse und Schnüre des Zelteingangs, bevor er sich noch einmal umwendet, um nach dem Haufen Mensch zu sehen, der auf einer Matte neben der niedrigen Waschbetonmauer liegt. Die Waschbetonmauer begrenzt ein Blumenbeet. Das Beet ist leer. Gärtner haben am Tag zuvor die Überreste der verblühten Sonnenblumen ausgerissen. Der Mann auf der Matte schläft noch, aber vielleicht wagt er es auch nur noch nicht, dem Tag in die Augen zu sehen. An ihm vorbei gehen Männer und Frauen zum Bahnhof, holen Hausfrauen Frühstücksbrötchen, werden Hunde zum Morgenspaziergang ausgeführt. Bis zur Unkenntlichkeit bemalte Kosmetikverkäuferinnen hasten an ihm vorüber. Sie hinterlassen eine Duftspur, auf der man ihnen mit geschlossenen Augen an ihren Arbeitsplatz folgen könnte. Der Mann auf der Matte neben der Betonmauer riecht nichts. Er hat Glück gehabt, dass er heute Nacht in Ruhe gelassen wurde. Niemand hat ihn geschlagen, mit leeren Bierdosen beworfen, getreten. Niemand hat ihn von seinem Schlafplatz verscheucht mit der Begründung, es sei nicht erlaubt, in der Fußgängerzone zu übernachten. Vielleicht möchte er nun sein Glück noch ein wenig ausdehnen, einfach liegen bleiben, auf einen ersten Sonnenstrahl warten.

Robert betrachtet ihn nachdenklich: Der Mann braucht eine feste Unterkunft für den Winter. Es reicht nicht, dass er sich bei mir sein Essen abholen kann. Es reicht nicht, dass er tagsüber hier sitzen kann. Wie kriegt man ihn dazu, wenigstens für eine kleine Weile sesshaft zu werden?

Robert hat selbst mitgeholfen, das Zelt aufzustellen. Es war seine Idee, und er war von Anfang an dabei. Seinen Vorgesetzten hatte die Idee gefallen. Die Kirche brauchte ein positives Image. Diese Sache würde dazu beitragen. Der Kirchenvorstand war bis zuletzt dagegen gewesen. Die Damen und Herren Edelchristen fürchteten eine Invasion von Obdachlosen, eine Verschandelung des Stadtbildes.

Robert geht ins Zelt und setzt die Heizung

in Gang. Das Heißluftgebläse ist laut. Er weiß, dass das Geräusch die ersten Gäste anziehen wird. Sollen sie kommen, er ist vorbereitet. Auch die Frau würde wiederkommen. Sie war nun schon zwei Tage hintereinander gekommen, merkwürdig gekleidet, auffällig angemalt, stumm. Diesmal wollte er mit ihr reden. Sie gehörte nicht hierher. Er müsste wissen, was mit ihr los ist, um ihr weiterhelfen zu können.

Er setzt die Taschen auf den Tisch, packt Brötchen aus, Margarine, Wurst, Marmelade, Milch. Aus einer Tüte mit frisch gemahlenem Kaffee füllt er den Filter der Kaffeemaschine und setzt die Maschine in Gang. Dann verteilt er Tassen und Teller auf den beiden Tischen. Am Eingang taucht eine grauhaarige Frau auf, die sich unsicher umsieht. Er unterbricht seine Arbeit, sieht sie an. Die Frau hat irgendwo übernachtet, wo es keine Duschen gibt. Sie wird zu heulen anfangen, wenn er ihr Kaffee einschenkt.

Kommen Sie ruhig rein, sagt er. Der Kaffee ist gleich fertig. Und Brötchen gibt es auch.

Er hat die Frau noch nie gesehen, aber das sagt nichts. Es gibt viele, die die Nacht draußen verbringen und die er noch nie gesehen hat. Wenn es kälter wird, lernt er ein paar mehr kennen, aber längst nicht alle.

Man müsste diese Zelte an verschiedenen Ecken der Stadt aufstellen, überlegt er.

Die Frau hat sich am äußersten Ende des linken Tisches niedergelassen. Sie hat eine Tüte und eine zusammengerollte Matte neben sich auf die Bank gelegt. Als der Kaffee fertig ist, geht er zu ihr. Während er die Tasse füllt, beginnt sie zu weinen.

Da vorn stehen Brötchen, sagt er ruhig. Nehmen Sie sich, bis Sie satt sind. Wenn Sie mit dem Frühstücken fertig sind, bleiben Sie ruhig hier. Nachher reden wir beide ein bisschen.

Er lässt die Frau sitzen und weinen. Irgendwann wird sie damit aufhören und essen. Es sind jetzt vier Menschen im Zelt. Der Mann, der vorhin draußen neben der Betonmauer lag, ist noch nicht darunter. Eigentlich mag er den Zigarettenrauch nicht, der nun schon in Schwaden das Zelt durchzieht. Aber ein wenig mildert er auch den Geruch, der von den Menschen ausgeht. Er wird noch einmal Kaffee ausschenken und dann nach draußen gehen, um nach dem Mann an der Mauer zu sehen.

Er lächelt der Frau zu, die mit dem Weinen aufgehört hat, und ist froh, dass sie wenigstens versucht, ihr Gesicht zu einem Lächeln zu verziehen. Es gibt ein paar unter seinen Kunden, die dazu nicht mehr in der Lage sind. Er weiß nicht, wie er mit denen umgehen soll. Eigentlich sind sie tot. Aber sie bewegen sich noch. Sie haben immer noch die Gesichter von Menschen. Manchmal glaubt er, dass in den abgestorbenen, versteinerten Gestalten eine heimliche Kraft sitzt, eine stille, aber um so mächtigere Kraft, die sich eines Tages in einer Explosion entladen wird. Er hat sich dabei erwischt, dass er es vermieden hat, dem einen oder anderen von ihnen, es sind immer Männer, die auf diese bestimmte Art versteinern, zu nahe zu kommen. Er muss instinktiv den Gewaltausbruch gefürchtet haben.

Die Heizung hat im Zelt eine angenehme Wärme verbreitet. Es wird nun stiller, auch wenn hin und wieder jemand von draußen hereinkommt. Er nutzt einen ruhigen Augenblick, um nach draußen zu gehen.

Die Fußgängerzone hat das gewöhnliche, vormittägliche Maß an Betriebsamkeit erreicht. Ein paar Stände sind geöffnet worden. Handgestrickte Wollsocken, bemalte Holzbrettchen, Silberschmuck und Brot vom Ökobäcker werden feilgeboten. An einer zweiten niedrigen Waschbetonmauer hat sich der türkische Altherrenclub versammelt. Der Mann liegt wie vorher auf der Matte. Sonne scheint ihm auf den Rücken. Robert versucht, sich an den Namen des Mannes zu erinnern, während er zu ihm hinübergeht. Als er noch drei oder vier Schritte von ihm entfernt ist, weiß er, dass der Mann tot ist.

Der Tod gibt ihnen eine besondere Haltung, denkt er, während er auf den Leichnam zugeht. Daran erkennt man ihn. Er nimmt sie in Besitz. Er ruft sie bei ihrem Namen. Das hätte ich auch tun sollen.

Er kniet neben dem Toten nieder und versucht, unauffällig zu prüfen, ob der Mann wirklich tot ist. Er möchte einen Auflauf vermeiden.

Er ist tot, ja?

Robert sieht hoch, steht dann auf.

Bella Block, sagt die Frau vor ihm. Ich war mal Polizistin. Ich kenne mich ein bisschen aus.

Sie spricht leise, wahrscheinlich missfiele ihr ein Menschenauflauf ebenso wie ihm.

Ich bin da drüben im Zelt, sagt er. Nehmen Sie mein Telefon und rufen Sie einen Krankenwagen. Wenn es Ihnen nicht allzu viel ausmacht, bleiben Sie doch dann einfach hier sitzen, bis die da sind. Sie könnten hinterher einen Kaffee im Zelt haben.

In Ordnung, antwortet Bella. Gehen Sie ruhig. Ich übernehme das hier.

Der Mann geht ins Zelt zurück. Bella ruft

einen Notarztwagen. Sie beschreibt die Lage des Toten und wartet, auf der niedrigen Mauer sitzend, dass das Auto kommt. Sie wartet beinahe eine halbe Stunde, in der sich, außer einem streunenden Hund und zwei hungrigen Tauben, niemand um den Mann auf der Matte kümmert. Sie lässt die Tauben in Ruhe, aber den Hund muss sie verscheuchen. Er hat plötzlich so einen merkwürdigen Ausdruck im Gesicht. Als er sich steifbeinig neben dem Toten aufstellt und seine Schnauze in den Himmel reckt, weiß sie, dass er losheulen wird, wenn sie ihn nicht daran hindert.

Ich hätte den verdammten Hund nicht wegjagen sollen, während ich auf der Mauer saß, den toten Mann rechts neben meinen Füßen, und auf die Ankunft des Notarztwagens wartete. Wenigstens einer, der um den Toten geheult hätte. Eine Weile beobachtete ich die Menschen in der Fußgängerzone. Es machte keinen Spaß. Aus irgendeinem Grund sahen sie alle so aus, als hätten sie dringend Urlaub nötig und danach jemanden, der ihnen ein regelmäßiges Monatseinkommen garantiert. Einige von ihnen würden vielleicht sogar dafür arbeiten.

Der Mann, der im Zelt verschwunden war, schien in Ordnung zu sein. Ich würde offen mit ihm reden. Das war einfacher, als mich ins Zelt zu setzen und zu warten. Ich beobachtete den Eingang. Die Menschen, die ich hinein- und hinausgehen sah, waren Bodensatz. Aber auch da gibt es Unterschiede. Während man aus dem Bodensatz, der beim Keltern des Weins zurückbleibt, Grappa herstellen kann, ließ sich mit denen nichts mehr anfangen. Ich hatte nicht viel Lust, ihnen länger als nötig Gesellschaft zu leisten.

Als der Notarztwagen langsam durch die Fußgängerzone herankam, verschwand ich unauffällig. Bei dem, was jetzt getan werden musste, war ich überflüssig. Ich betrat das Zelt und wäre am liebsten gleich wieder gegangen. Die Luft war zu warm, es stank und war laut. Irgendjemand hatte sein Radio vor sich auf den Tisch auf Diskolautstärke gestellt. Zusammen mit der Wärme und dem Gestank wirkte das, als hätte mir jemand einen Mehlsack auf den Kopf geworfen, als ich eintrat.

Ich blieb stehen und sah mich um. Drei oder vier jämmerliche Gestalten hockten auf schmalen Holzbänken vor Bechern mit Kaffee. Der vor dem Radio war ein junger Mann. Er hatte die Hosenbeine hochgezogen. Seine Knöchel waren geschwollen. Die Haut seiner

Unterschenkel war mit Geschwüren bedeckt. Neben ihm am Boden lagen schmutzige Mullbinden.

Der Mann, den ich neben dem Toten getroffen hatte, saß an einem Tisch rechts von mir und sprach mit einer älteren Frau. Er sah auf, sah die Mullbinden und stand auf. Als er an mir vorüberging, erinnerte er sich an mich.

Setzen Sie sich, sagte er. Ich bring Ihnen einen Kaffee.

Ich setzte mich und sah zu, wie er dem Jungen mit dem Radio erklärte, dass dies ein Frühstücksraum sei und keine Ambulanz. Ich sah ihn etwas auf einen Zettel schreiben. Der Junge nahm den Zettel, sammelte die Mullbinden vom Boden auf und verließ mit seinem Radio das Zelt.

Ich hab' ihn zum Arzt geschickt, sagte der Mann. Er kam mit zwei Bechern Kaffee und setzte sich neben mich.

Vielen Dank für vorhin. Ich bin hier allein im Zelt und habe leider nur zwei Arme.

Weshalb machen Sie das hier?

Es interessierte mich wirklich. Ich konnte mir nicht vorstellen, dass jemand freiwillig an einem Ort arbeitete, an dem ich Schwierigkeiten hatte zu atmen.

Das ist eine Arbeit wie jede andere.

Ich schüttelte den Kopf. Ich dachte an

meine Bücher, meinen Schreibtisch und war sicher, dass er Unrecht hatte. Er hatte auch dann noch Unrecht, wenn ich an Frau Makano und die Gemeinheiten dieses Kaul dachte, die mir das Leben schwer machten. Das hier war keine Arbeit wie jede andere.

Der Mann neben mir lachte. Ich will das gern einschränken, sagte er. Leute wie ich, die einen bestimmten Beruf gelernt haben, suchen sich, wenn sie fertig sind, in ihrer Branche einen Job, wie alle anderen auch. Ich hab Theologie studiert. Mit ein bisschen gutem Willen hätte ich jetzt eine Pfarrstelle. Da würde ich mich mit bigotten Kirchenältesten streiten und Grabreden halten für Leute, die ich nie im Leben gesehen hätte. Vielleicht würde ich auch in irgendeiner kirchlichen Einrichtung arbeiten und Wochenendkurse geben. Was halten Sie zum Beispiel von einem Kurs »Lebendiges und kraftvolles Trauern mit Liedern und Tänzen aus Griechenland«?

Wir lachten ein wenig, nur so zur Probe.

Ich hab nicht gesehen, dass Sie für den da draußen ein Gebet gesprochen haben, sagte ich. Wenn's mir aufgefallen wäre …

Ich habe kein Gebet gesprochen. Wem sollte das nützen? Dem Mann hat eine Wohnung gefehlt, als er noch lebte.

Darauf gab es nichts zu sagen, deshalb

schwiegen wir eine Weile. Dann fiel mir ein, dass ich gekommen war, um nach Tolgonai zu fragen.

Ich suche eine Frau, sagte ich, etwa dreißig, groß, schlank, dunkel, asiatische Gesichtszüge. Es kann sein, dass sie sich noch in Hamburg aufhält. Wenn ja, hält sie sich verborgen, aber sie hat vielleicht Hunger, wenn ihr das Geld ausgegangen ist.

Während ich sprach, veränderte sich das Gesicht des Mannes mir gegenüber. Ich wusste, noch bevor ich geendet hatte, wie er reagieren würde. Aber ich sah auch, dass er wusste, von wem ich sprach.

Hierher kommen Menschen, denen man übel mitgespielt hat. Anschließend hat man sie weggeworfen. Ich versuche nicht, sie das vergessen zu lassen, weil das nicht funktionieren würde. Ich versuche nur, ihnen begreiflich zu machen, dass es einen Ort gibt, an dem sie sich aufhalten können und willkommen sind. Wer hier nicht willkommen ist, sind Polizisten, Warenhausdetektive und Schufa-Leute. Niemand bekommt hier Auskunft, egal was die Gesuchten verbrochen haben mögen.

Er meinte es ernst. Aber er kannte Tolgonai. Ich musste es anders versuchen.

Ich will keine Auskunft über die Frau, sagte

ich. Ich will sie sprechen. Die Polizei ist hinter ihr her, weshalb auch immer. Es könnte sein, dass die hier bei Ihnen auftauchen. Die können Sie nicht so einfach abwimmeln.

Ich bin sicher, ich kann, sagte er. Weshalb wollen Sie sie sprechen?

Ich schwieg, weil ich keine Antwort wusste. Merkwürdigerweise schien mein Schweigen sein Vertrauen in mich zu stärken.

Ich werde mit ihr reden, sagte er, falls sie noch einmal wiederkommt. Sie soll selbst entscheiden, ob sie mit Ihnen sprechen will. Geben Sie mir Ihre Telefonnummer. Und dann gehen Sie, bitte. Ich werde Sie anrufen.

Auch, wenn sie nicht mehr auftaucht?
Auch dann.

Hier ist meine Karte, sagte ich. Sie heißt Tolgonai. Kann ja sein, dass Sie das noch nicht wussten.

Ich verließ das Zelt. Der Tote war inzwischen abtransportiert worden. Der Hund war wieder zurückgekommen und schnüffelte an der Stelle herum, an der der Obdachlose gelegen hatte. Ein Stückchen weiter hatte ein jüngerer Mann einen Koffer mit kleinen Fahrrädern aus Silberdraht aufgeklappt. Er war dabei, noch mehr Fahrräder zu biegen, aber er musste die Arbeit unterbrechen, weil seine Hände zu sehr zitterten. Ich machte mich auf den Weg nach Hause. Die Sonne war verschwunden. Der Himmel war grau. Es würde noch regnen.

Gegen zehn Uhr ist die junge Frau, von der Robert nun weiß, dass sie Tolgonai heißt, noch immer nicht gekommen. Er spürt, dass er beunruhigt ist. Seine Unruhe überrascht ihn. Er macht die Arbeit im Zelt seit ein paar Monaten. Von Anfang an hat er gewußt, dass er dabei Menschen treffen würde, die ihm sympathisch wären und andere, mit denen er nichts würde anfangen können. Er ist inzwischen trainiert darin, keine Unterschiede zu machen, sich allen gleich intensiv zuzuwenden. Positive oder negative Reaktionen auf seine Schützlinge spürt er kaum noch. Er ist gleichmütig geworden, aber nicht gleichgültig. Die Unruhe, die Tolgonais Ausbleiben in ihm auslöst, verstört ihn deshalb.

Er weiß, auch das hat er sich am Beginn seiner Arbeit klargemacht, dass er den Menschen, denen er zu helfen versucht, nicht das Recht geben darf, in sein privates Leben einzudringen. Er braucht eine Ecke für sich, eine ruhige Wohnung, in der er Musik hören und zu sich kommen kann, um den anderen aufmerksam entgegenkommen zu können. Wenn sie ihn vereinnahmten, Tag und Nacht, würde er bald keine Reserven mehr haben. Manchmal, wenn er nach Hause kommt, immer spät und immer noch in Gedanken mit dem beschäftigt, was er gerade erlebt hat, schämt er sich beinahe für sein Bedürfnis nach Ruhe und sauberer Luft und Musik. Er überwindet solche Stimmungen schnell, aber irgendwo tief in seinem Inneren sitzt ein verdeckter Groll auf seine eigene Herkunft. Eigentlich ist Robert ein über die Maßen beunruhigter Kleinbürger, beunruhigt durch das Elend, das er sieht, beunruhigt durch die fehlende Menschlichkeit in seinem Umfeld. Weder das eine noch das anderen kann er sich wirklich erklären. Seine Rolle als hilfloser Helfer ist ihm bewußt, und sie irritiert ihn zusätzlich. Vielleicht ist sie der Grund dafür, dass er manchmal, trotz allen antrainierten Gleichmuts, unüberlegt handelt.

Gegen halb fünf am Nachmittag haben die meisten seiner Kunden das Zelt verlassen. Sie haben gegessen und wissen, dass sie nachts hier nicht bleiben können. Es wird Zeit, sich nach einer Unterkunft umzusehen. Zwei Männer liegen noch, die Arme auf der Tischplatte verschränkt, den Kopf auf den Armen, und schlafen. Zwei andere sitzen am Ende des Tisches, so weit wie möglich von den Schlafenden entfernt, und würfeln. Die beiden würfeln, sooft sie sich treffen. Sie benutzen einen Becher aus hellblauem Kunststoff und orangefarbene, durchsichtige Würfel. Die Würfel erinnern Robert an die gläsernen Würfel und gläsernen Murmeln seiner Kindheit. Die Kinderzimmer der beiden Männer dort am Tisch haben vermutlich anders ausgesehen als sein eigenes.

Oder ähnlich? Gescheiterte kommen aus allen Schichten. Vielleicht würfeln die beiden so unentwegt, weil irgendetwas sie an ein freundliches Wohnzimmer erinnert, an eine lächelnde Frau, die ihnen Kakao neben ein Spielbrett stellte, sie irgendwann zum Abendessen holen und sie später ins Bett bringen wird.

Robert geht an den Würfelnden vorbei zum Ausgang des Zelts. Tolgonai kommt ihm entgegen. Er ist überrascht, weil er sie im ersten Augenblick nicht erkannt hat. Er hat mit einer Frau im roten Samtkleid gerechnet. Die ihm entgegenkommt, trägt einen schwarzen Lederanzug.

Du kommst spät. Ich habe auf dich gewartet, sagt er. Wo bist du gewesen? Ich möchte wissen, wo du schläfst. Ich würde dir helfen, wenn du es zulässt.

Noch während er spricht, begreift er, dass seine Rede nicht selbstlos ist. Es ist ihm gleich.

Tolgonai schweigt. Sie sieht auf die schlafenden Männer am Tisch. In der Nacht ist ihr Quartier entdeckt worden. Sie ist mit Mühe entkommen. Den Rest der Nacht und den Tag über hat sie sich am Elbstrand verborgen gehalten. Sie hat gehofft, die Frauen noch einmal zu treffen. Sie wäre mit ihnen gegangen. Sie war sicher, dass sie sie mitgenommen hätten. Die Frauen waren nicht zurückgekommen.

Ich bin müde, sagt sie. Ich möchte hier schlafen.

Sie wird gesucht, denkt Robert, während er den Schlüssel zu seiner Wohnung hervorholt. Ich weiß nicht, weshalb sie gesucht wird. Und wenn ich es wüßte?

Er lächelt, als er Tolgonai den Schlüssel hinhält.

Hier kannst du bleiben, sagt er. Es kann sein, dass das Zelt kontrolliert wird. Außerdem schließen wir hier um sechs. Es ist nicht weit. Eine Frau war hier und hat nach dir gefragt, Bella Block. Sie möchte dich sprechen. Ich werde ihr sagen, wo sie dich finden kann.

Er beschreibt Tolgonai den Weg. Während er spricht, fühlt er sich besser. Zu zweit wird es leichter sein, eine Lösung zu finden.

Tolgonai verläßt das Zelt. Robert sieht ihr nach.

Es ist etwas geschehen mit ihr, denkt er. In

der Nacht ist irgendetwas geschehen, das sie beunruhigt hat. Es ist, als ob sie gehetzt würde. Es war richtig, ihr den Schlüssel zu geben. Er sollte Bella informieren.

Ich geh mal eben zum Telefonieren nach draußen, sagt er zu den würfelnden Männern. Wenn jemand kommt, wisst ihr ja, wo der Kaffee steht. Und die Frau eben, die habt ihr nicht gesehen. Die ist nicht hier gewesen.

Welche Frau?, fragt einer der Würfelnden.

Es ist der, der mit dem Gesicht zum Eingang sitzt.

Wär schön, wenn hier mal 'ne richtige Frau reinkäme. Bisschen Licht in dieser Hütte könnte nicht schaden.

Red nicht so viel. Du bist dran, sagt der andere. Als ob die Weiber dir nicht schon genug Unglück gebracht hätten.

Robert nimmt sein Handy aus der Jackentasche und verlässt das Zelt.

Am Nachmittag kam ein Anruf von Kranz. Ich konnte an seiner Stimme hören, dass er froh war über die Mitteilung, die er mir machen wollte.

Die Kollegen haben einen Mann festgenommen, der im Begriff war, nach Südamerika zu fliegen. Caracas. Aber ich bin sicher, dass er dort nicht bleiben wollte. Es handelt sich vermutlich um denselben Mann, der Sie, zusammen mit einem anderen, in Ihrer Wohnung überfallen hat.

Und der mich ein paar Tage später von der Straße aufgelesen hat, dachte ich. Aber das sagte ich nicht. Wenn es wirklich derselbe war, hatte ich immer noch Zeit genug, darüber zu reden.

Es wäre schön, wenn Sie so bald wie möglich ins Präsidium kommen und ihn identifizieren könnten.

Braucht die Polizei jetzt schon Zeugen gegen ihre eigenen Leute?

Ich schicke Ihnen einen Wagen, antwortete Kranz. Das Ganze dauert nicht lange. Sie kennen ja die Prozedur.

Ich hatte den Hörer gerade aufgelegt, als das Telefon noch einmal klingelte. Im ersten Augenblick erkannte ich die Stimme nicht, bis der Mann am anderen Ende den Namen Tolgonai erwähnte.

Danke, sagte ich. Ich kann erst in zwei Stunden dort sein. Aber ich komme ganz bestimmt. Sie soll nicht weglaufen. Wir finden eine Lösung. Sie muß nur offen reden. Sagen Sie ihr das.

Ich habe aufgelegt und bin neben dem Telefon stehen geblieben. Natürlich läßt sich für alles eine Lösung finden, dachte ich. Nein, für alles vielleicht nicht. Aber noch weiß ich ja nicht einmal, was wirklich geschehen ist.

Der Wagen, den Kranz geschickt hatte, war schneller da, als mir lieb war. Unterwegs dachte ich darüber nach, was der Mann, den ich identifizieren sollte, in meiner Wohnung gesucht haben mochte. Ich kam nicht darauf. Später würde ich darauf kommen. Aber da war es bereits zu spät.

Als Robert vom Telefon zurückkommt, stehen zwei Streifenpolizisten im Zelt. Die beiden am Tisch schlafen immer noch, besser, sie tun jetzt so, als schliefen sie. Die Würfelspieler haben den Polizisten den Rücken zugewandt und würfeln stumm und verbissen.

Sie haben versucht, die beiden auszufragen, denkt Robert. Sie haben nichts gesagt, aber sie haben Angst, dass man sie mitnehmen könnte. Sie wissen nicht, ob sie dann immer noch nichts sagen würden.

Oh, nichts, sagt einer der Beamten auf Roberts Nachfrage. Wir sehen nur mal ein wenig nach dem Rechten.

Nur eine kleine Frage, sagt der andere.

Erst jetzt sieht Robert, dass es sich um eine Frau handelt, die ihre Haare unter die Mütze gestopft hat. In Größe und Aussehen unterscheidet sie sich nicht von ihrem Kollegen. Nur ihre Stimme kann sie noch nicht männlich klingen lassen.

Ja?

Die Kollegen von der Kripo haben eine Fahndungsmeldung. Wir sehen uns einfach ein bisschen um. Amtshilfe, sozusagen. Es geht um eine Frau, etwa dreißig, groß, dunkel, sieht gut aus, ist aber extrem gefährlich.

Die Würfel am Tisch werden mit so großem Schwung bewegt, dass sie zu Boden fallen.

Die wäre mir bestimmt aufgefallen, antwortet Robert, während er sich bückt, um einen Würfel aufzuheben, der ihm vor die Füße gefallen ist.

War ja auch nur 'ne Frage, sagt die Polizistin. Vielleicht taucht die Frau bei Ihnen auf. Dann rufen Sie diese Nummer an.

Das werde ich nicht tun. Das wissen Sie doch. Wenn ich jedes Mal die Polizei anrufen würde, wenn hier jemand reinkommt, der Hilfe braucht, könnte ich das Zelt zumachen.

Ach. War sie denn hier und brauchte Hilfe?

Natürlich nicht, sagt Robert.

Im Stillen verflucht er seine ungeschickte Ausdrucksweise. Er ist zu nervös. Nicht souverän genug. Besser, er hält von nun an den Mund.

Wenn Sie Verbrechern Unterschlupf gewähren, werden wir das Zelt tatsächlich zumachen müssen.

Ja, sagt Robert. Das weiß ich. Wir werden es einfach darauf ankommen lassen.

Schon wieder dumm, denkt er, sei doch einfach still, halt einfach den Mund.

Die Streifenbeamten zögern, aber sie wissen nicht, was sie noch sagen oder tun könnten. Es ist offensichtlich, dass man hier im Zelt niemanden verstecken kann. Es gibt keinen Schrank, keine uneinsehbare Ecke, die sie durchsuchen könnten.

Na, dann wollen wir mal, sagt der Polizist schließlich.

Seine Kollegin tritt an ihn heran und flüstert ihm etwas ins Ohr. Der Mann schüttelt den Kopf. Sie hebt die Schultern, als wollte sie sagen: Na, dann eben nicht. Die beiden gehen hinaus.

Robert beginnt, die Tassen und Teller einzuräumen. Die Würfelspieler haben aufgehört zu würfeln und sehen ihm dabei zu.

Einmal, sagt schließlich der ältere, da hatten wir noch das Haus, da sind sie an unsere Tür gekommen und wollten Bettwäsche verkaufen. Ich wollte sie gar nicht reinlassen, aber irgendwie waren sie schneller drin, als ich gucken konnte. Sie hatten gar keine Bettwäsche dabei, zwei Mann, aber sie redeten davon, dass ich bei ihnen bestellen könnte. Sie redeten ziemlich viel, aber sie haben mich dabei nicht einmal angesehen. Sie hatten nur Augen für das Haus. Irgendwann hab ich sie weggeschickt. Am Abend hab ich in den Nachrichten gehört, dass sie Tausende von Bullen losgeschickt hatten, um nach Bader/Meinhoff zu suchen. Man darf sie einfach nicht reinlassen. Die waren mir gleich komisch vorgekommen.

Wir haben doch nichts zu verbergen, antwortet Robert. Oder?

Ne, Chef, sagt der, dessen Haus einmal als Unterschlupf in Frage gekommen war. Aber wenn ich dir einen Rat geben darf ...

Darfst du nicht, sagt Robert. Packt zusammen. In fünf Minuten ist Feierabend.

Du solltest ruhig auf ihn hören.

Die Schlafenden sind aufgewacht oder haben wenigstens ihre Haltung vom Liegen ins Sitzen verändert. Kerzengerade sitzen beide auf der Bank, die Hände schon an den Plastiktüten, die vor ihnen stehen.

Ich sag dir, was die machen, wenn die hier raus sind. Die rufen ihren beschissenen Einsatzleiter an und betteln, dass sie dir folgen dürfen, wenn du nach Hause gehst. Willst du sie da haben, oder was?

Robert unterbricht seine Arbeit und geht zum Zeltausgang. Er sieht nach draußen. Ziemlich weit weg, aber immer noch deutlich sichtbar, stehen die beiden Polizisten. Sie wenden ihm den Rücken zu, aber an ihrer Haltung kann er erkennen, dass die Frau ein Telefon in der Hand hat. Nachdenklich kommt Robert zurück.

Na? Was hab' ich gesagt. Jetzt pass mal auf. Die wissen doch, dass du immer als Letzter aus dem Zelt kommst. Heute geht das eben mal anders. Du haust jetzt ab, und wir machen hier klar Schiff. Nun mach schon. Und lass die Dame nicht in deiner Wohnung. Bring sie da so schnell wie möglich raus, wenn dir was daran liegt, dass sie sie nicht zu fassen kriegen.

Robert trocknet rasch seine Hände ab. Er zieht seine Jacke an, wickelt sich einen Schal so um den Hals, dass er ein wenig das Kinn verdeckt und geht zum Ausgang.

Aber pünktlich, sagt er, morgen früh um acht. Und nicht, dass ihr euch hier heute Nacht niederlegt. Ihr wisst, das hat die Obrigkeit nicht so gern.

Zieh Leine, Mann. Und die Präser nicht vergessen.

Die Bemerkung ärgert ihn. Am liebsten würde er nun doch nicht gehen. Aber die Regung vergeht, so schnell sie gekommen ist. Er will ja helfen.

Als Robert den Kopf aus dem Zelt steckt, sieht er, dass sie Polizistin noch immer telefonierte. Er winkt nach rückwärts, ohne sich umzusehen, und geht schnell davon.

Bevor ich die Parade hinter der Glasscheibe vorgeführt bekam, um meinen Verdächtigen unter ihnen herauszufinden, wurde ich zu Kranz ins Büro geleitet. Er stand auf und kam mir entgegen, als ich in der Tür stand.

Schön, dass ich Sie sehe, Bella, sagte er. Ich habe noch eine erfreuliche Nachricht für Sie.

Ich konnte mir nicht vorstellen, was für eine gute Nachricht er meinte. Außerdem war ich beunruhigt, seit mich der Gutmensch aus dem Zelt angerufen hatte. Ich hielt es nicht für eine besonders kluge Idee von ihm, Tolgonai in seiner Wohnung zu verstecken, obwohl ich auch nicht genau wusste, was daran falsch sein sollte. Es war nur so ein Gefühl. Und außerdem wäre sie bei mir noch schlechter aufgehoben gewesen.

Sie wissen ja, was Sie hier erwartet. Unser

Mann hat inzwischen schon ziemlich viel geredet.

Das wundert mich. Ich hätte eher gedacht, aus dem würden Sie überhaupt nichts herausbekommen.

Hätten wir wahrscheinlich auch nicht, wenn nicht ein dummer Zufall uns seine Waffe in die Hände gespielt hätte. Da hatte er dann kaum noch eine Chance. Und nun die gute Nachricht: Ihre Tolgonai hat diesen Jinx gar nicht erschossen.

Sind Sie sicher?

Er hat gestanden. Unser ehemaliger Kollege hat gesagt, er habe diesen Jinx erschossen, weil der entdeckt habe, dass er in die Bande eingeschleust worden sei und auf ihn losgehen wollte. Dass Tolgonai Jinx umgebracht habe, und auf der Flucht verunglückt sei, habe er nur erzählt, weil er vorgehabt habe, sie zu beseitigen. Sie hat gesehen, wie er auf Jinx schoss. Er wollte sie verschwinden lassen, und niemand hätte nach ihr gesucht. Jedenfalls so lange nicht, bis jemand entdeckt hätte, dass es nicht Tolgonai war, die zwischen Trecker und Anhänger verbrannte. Vielleicht wäre er sogar damit durchgekommen. Eine Zeit lang klang seine Geschichte für uns sehr glaubwürdig.

Glauben Sie ihm die neue Version?

Seine Fingerabdrücke wurden auf der Waffe

sichergestellt. Das Geschoss ist noch nicht abschließend untersucht worden. Aber dass es aus einem Revolver desselben Modells gekommen ist, steht schon fest. Was wir nicht glauben, ist sein Motiv. Das Geld, das wir am Flughafen bei ihm gefunden haben, spricht gegen ihn. Aber Tolgonai kann man diese Sache sicher nicht mehr zur Last legen.

Ich setzte mich und überlegte, was dann eigentlich noch übrig bliebe. Der LKW-Fahrer. Aber daraus würde sogar ein nur halbwegs kluger Verteidiger eine Notwehrsituation konstruieren können. Diebstähle. Und die tote Polizistin. Die war schlimm, aber so hoffnungslos, wie die ganze Geschichte noch vor fünf Minuten ausgesehen hatte, war sie nicht mehr.

Lassen Sie uns gehen, sagte ich, während ich aufstand. Ich will die Sache hinter mich bringen. Ich habe Nachricht von Tolgonai. Ich bin mit ihr verabredet.

Noch heute weiß ich nicht, ob es vielleicht diese Bemerkung gewesen ist, die dann am Ende das Drama ausgelöst hat.

Mit Kranz zusammen ging ich zur Gegenüberstellung. Ich erkannte den Mann sofort. Er trug noch die edlen Klamotten, in denen ich ihn zuletzt in seiner Stammkneipe bewundert hatte. Wahrscheinlich war er schon in

Reisekleidung gewesen. Er hatte auch als Rocker verkleidet ziemlich echt ausgesehen. Der Mann wäre ein idealer Undercover-Agent gewesen, wenn er nicht anfällig für das süße Leben gewesen wäre. Ein bisschen aufgeblasen sah er immer noch aus, aber schon sehr viel zurückhaltender als bei unserer letzten Begegnung. Ich verstand nun auch, weshalb er sich mir gegenüber so aufgespielt hatte. Er war im Begriff gewesen abzureisen und sich seiner Sache so sicher, dass seine Eitelkeit einfach mit ihm durchgegangen war. Ich hätte früher darauf kommen können. Ihre Motive sind meistens sehr durchsichtig.

Hochmut kommt vor dem Fall, sagte ich.

Wie bitte? Kranz fragte irritiert, aber ich beruhigte ihn.

Wirklich nichts, was Sie betrifft, antwortete ich. Aber wenn ich hier nicht mehr gebraucht werde, würde ich gern gehen. Ich habe wirklich wenig Zeit.

Natürlich, gehen Sie nur, sagte Kranz. Ich bin Ihnen dankbar, dass Sie gleich gekommen sind. Ich würde Sie gern anrufen. Irgendwann in den nächsten Tagen.

Ich kam ungefähr gleichzeitig mit den Truppen des Bundesgrenzschutzes vor Roberts Wohnung an. Es waren etwa dreißig, verkleidet und bewaffnet, als hätten sie vor, ein Nest mit gefährlichen, schwer bewaffneten Gangstern auszuheben. Sie brauchten eine Weile, um die strategischen Stellungen einzunehmen, die sie sich für ihren Überfall ausgesucht hatten. Die Straße wurde abgesperrt. Ich hätte den Hauseingang beinahe nicht mehr erreicht.

Roberts Wohnung lag im zweiten Stock, aber das wusste ich nicht, weil ich seinen Nachnamen nicht kannte. Deshalb klingelte ich unten im Hausflur an einer Wohnungstür. Eine Frau, die sehr geistesabwesend war, voll mit irgendwas, das man lieber nicht nehmen sollte, brachte es nur mühsam fertig, mir Auskunft zu geben. Während sie sprach, beobachtete ich fasziniert ihre Lippen. Ich durfte zusehen, wie sie die einzelnen Muskeln mühsam, aber konsequent in Gang setzte, um die schwierigen Worte: im zweiten Stock, rechts, auszusprechen.

Ich lief die Treppe hinauf. Vor der Haustür und auf der Straße war alles ruhig. Oben klingelte ich Sturm. Erst als ich: Robert, ich bin Bella Block, rief, hörte ich hinter der Tür Geräusche.

Sie standen dann beide in der Tür. Ein sehr schönes Paar, auch nackt. Ich hatte Tolgonais Gesicht noch nie so gelöst gesehen. Sie schwebten, alle beide.

Ich ging hinein, schlug die Tür hinter uns zu und erklärte ihnen die Lage. Ich sah Tolgonai dabei an und wusste, was sie tun würde.

Es war vollkommen unmöglich zu fliehen. Sie musste sich stellen. Ich sagte ihr, dass sie nicht wegen Mordes angeklagt werden würde. Dabei war mir klar, dass ich log. Sie würden sie nicht vor Gericht stellen. Sie würden sie abschieben. Sie hatte nicht die geringste Chance.

Du lügst, sagte sie.

Ich begann meine Litanei von neuem. Draußen war es noch immer still. Tolgonai zog sich an. Auch Robert zog sich an. Was wollte er denn tun?

Tolgonai kam auf mich zu, ihren Rucksack in der Hand.

Du lügst, sagte sie noch einmal. Du lügst, weil du feige bist. Du bist froh, wenn sie mich festnehmen. Du hast nichts verstanden.

Ich fand sie ungerecht, aber ich war auch unsicher. Auf jeden Fall schien mir der Augenblick nicht geeignet für eine Debatte über unterschiedliche Ansätze von Frauenbefreiung. Sie würden sie nicht festnehmen. Sie würden sie erschießen, wenn sie versuchte zu entkommen.

Bleib hier, sagte Robert, als Tolgonai an mir vorbei zur Tür ging. Der Rucksack hing über ihrer Schulter.

Bleib in der Wohnung. Ich rede mit ihnen.

Sie blieb stehen und sah ihn an. Aus ihren Augen war die Zärtlichkeit verschwunden, die mich eben noch so beeindruckt hatte.

Bleib du in deiner Wohnung, sagte sie. Lass mich in Ruhe. Das da unten sind deine Leute. Bleib du in deiner Wohnung.

Wir hörten sie die Treppe hinunterlaufen. Robert blieb in der Tür stehen. Ich lief zum Fenster. Ich riss das Fenster auf, um »nicht schießen« zu schreien.

Es war nicht nötig. Sie rannte auf die Straße und direkt in ein Auto. Wie ich später erfuhr, hatte ein Achtzehnjähriger auf der Flucht vor der Polizei, die ihn wegen zu schnellen Fahrens stoppen wollte, die Absperrung durchbrochen und war in die Straße gerast. Tolgonai war sofort tot.

Ich ging zu ihr und blieb eine Weile neben ihr sitzen. Da war nichts mehr, was ich hätte tun können. Ich fühlte mich beschissen. Irgendwann sah ich auf. Ich sah in das grinsende Gesicht von Kaul. Ich stand auf.

Sie sind ein Schwein, sagte ich, ein Schwein, das seine Kompetenzen überschritten hat. Dieser Einsatz war absolut unnötig. Das werde ich gern überall bezeugen.

Tun Sie das, antwortete Kaul, aber wundern Sie sich nicht, wenn Sie dabei in Schwierigkeiten geraten. Die Zeiten haben sich geändert. Leute wie Sie haben keinen Rückhalt mehr in der Öffentlichkeit. Seien Sie vorsichtig, meine Liebe. Es könnte Ihnen Schlimmes zustoßen.

Er drohte mir ganz offen. Ich hatte keine Angst. Aber ich wußte, dass er Recht hatte. Ich ließ ihn stehen und ging meiner Wege.

Am Straßenrand lag Tolgonais Rucksack. Der Inhalt war herausgeschleudert worden. Ein Stück entfernt sah ich ein dickes, weißes Buch. Es war in zwei Teile zerbrochen, die nur noch lose zusammenhingen. Zwischen *Deutsch/Russisch* und *Russisch/Deutsch* war die Bindung gerissen. Ich nahm die Teile auf und trug sie mit mir fort.

Auf dem Bürgersteig kam ich an Robert vorbei. Die vollgedröhnte Nachbarin aus dem Parterre hielt seine Hand. Er heulte wie ein Kind.

Ich fuhr nach Hause und suchte Trost bei den Versen meines Großvaters. Irgendwann rief Kranz an und gleich darauf Brunner. Ich sagte ihnen, das ich allein bleiben wolle.

Kranz erzählte mir später ausführlich, dass sein als Rocker verkleideter V-Mann mich gemeinsam mit einem Kumpanen aufgesucht hatte, weil er Tolgonai bei mir vermutete. Sie war Zeugin gewesen, als er Jinx hingerichtet hatte. Sie hätte verschwinden sollen. Auch Köhler und Kaul hatten von Anfang an Tolgonai bei mir gesucht.

Hätte ich sie schützen können? Hätte Kranz ihr eine neue Identität verschaffen können, mit der sie unbehelligt davongekommen wäre? Hätte sie mit einer anderen Identität auch anders gedacht, anders empfunden, anders gehandelt? Oder hätte sie weiter jede Art von Erniedrigung blutig zurückgewiesen?

Wer hätte, so dachte ich, Tolgonai verstanden und verehrt, wenn doch der seit Tausenden von Jahren mordend durch die Welt ziehende Herakles der Held dieser Welt ist? Seine Taten wurden so hoch gepriesen, dass sie noch heute als Vorbild gelten, obwohl er sich erniedrigte und vor jedem Mächtigeren zu Kreuze kroch. Tolgonais Weg, von Bluttaten begleitet, weil sie Erniedrigung nicht zulassen wollte, hat geendet, wie es erbärmlicher nicht geht.

Welchen Teil ihrer Geschichte hatte ich zu verantworten? Was hätte ich anders, besser, machen können?

Es ist gut, Arbeit zu haben, die daran hindert, in nutzlosen Grübeleien zu versinken. Lösungen von Problemen stellen sich manchmal auch unvermutet ein; dann, wenn man lange genug darüber nachgedacht, jede Möglichkeit erwogen und trotzdem keine Antwort gefunden hat. So beruhigte ich mich.

Zwei Tage nach Tolgonais Tod machte ich mich auf den Weg, um den Besitzer des Asylcontainers aufzusuchen. Ich hielt es für möglich, von ihm eine Auskunft über den verschwundenen Herrn Makano zu bekommen.

Das Haus, in dem Fussmann sein Büro hatte, ist eines der typischen Hamburger Miethäuser: nach dem Krieg gebaut, in den siebziger Jahren renoviert, in den Neunzigern verkommen, heute von Familien mit Kindern und alten Leuten bewohnt, die sich keine hohen Mieten leisten können. Der Hausflur ist schmal und riecht nach Gummistiefeln und Bratkartoffeln. Vom Treppengeländer ist die Farbe abgeblättert. Einen Aufzug gibt es nicht.

Fussmanns Büro war unter dem Dach. Während ich die Treppe hochstieg, fühlte ich mich durch die Spione in den Flurtüren beobachtet. Auf dem obersten Treppenabsatz führte eine Tür zum Trockenboden. Sie hatte keinen Spion. An der anderen Tür waren Fussmanns Bürostunden angeschlagen. Ich schloss daraus, dass ihm auch dieses Haus gehörte.

Eine Klingel gab es nicht. Ich stellte mir eine Mieterin vor, die die Treppe heraufgekommen war, um den Hausbesitzer um Mietaufschub zu bitten; vielleicht weil zwei ihrer Kinder in diesem Monat eine Klassenreise machen sollten und ihr Geld entweder nur für die Miete oder nur für das Reisegeld reichte. Ich war sicher, dass sie sehr zaghaft an die Tür klopfen würde. Ich tat das Gegenteil.

Der Mann, der mir die Tür öffnete, war Makano. Er trug eine schwarze Hose und einen dunkelgrauen Rollkragenpullover. Er war so schlank, dass er es sich leisten konnte, den Pullover in die Hose zu stecken. An seiner rechten Hand glänzte ein schmaler, goldener Ring.

Wir starrten uns eine Weile an. Er, weil er überrascht war, keine Mieterin zu sehen. Ich, weil ich nicht mit ihm gerechnet hatte. Schließlich siegte seine gute Kinderstube, und er bat mich herein.

Das Gespräch mit Makano war kurz. Fussmann, der auf Mallorca lebte, hatte seinen letzten Bürochef, einen Mann aus Indien, hinausgeworfen.

Er war nicht kompetent, sagte Makano.

Dabei lächelte er ein wenig verächtlich und sah einen kurzen Augenblick lang träumerisch aus dem Fenster. Ich folgte seinem Blick über die Dächer von Häusern, die sicher eine ähnliche Qualität hatten wie das Dach des Hauses, unter dem wir uns befanden.

Er hatte vielleicht den Eindruck, dass ein intakter Wasserhahn für sechs Familien ein bisschen wenig sei?, fragte ich freundlich.

Makano ließ von den Dächern ab und lächelte mich an. Obwohl ich genau hinsah, konnte ich in seinem Mund keinen Goldzahn entdecken. Das wunderte mich.

Er kannte die Regeln nicht, sagte er. Es gibt drei: die erste heißt: Fussmann geht es gut, wenn er viel Geld hat. Die zweite heißt: Wenn es Fussmann gut geht, hast du gut gearbeitet. Die dritte heißt: Wer gut arbeitet, darf auch gut essen. Ich esse sehr gut.

Ich glaubte ihm. Er war sicher der beste Verwalter, den ein Mann wie Fussmann sich wünschen konnte. Dass er mir trotzdem nicht gefiel, war der Tatsache zuzuschreiben, dass ich ihn bisher als armes Opfer gesehen hatte. Ein unangenehmes Gefühl beschlich mich, wie manchmal, wenn ich mich blamiere. Diese ganze Makano-Geschichte war von Anfang an nicht nach meinem Geschmack gewesen. Ich kam mir ziemlich lächerlich vor. Es wurde Zeit, das Gespräch zu beenden.

Ihre Frau hat Sie gesucht, sagte ich. Sie will sich scheiden lassen. Rufen Sie sie an, bevor sie Sie für tot erklärt.

Melli!

Aus dem Nebenzimmer, das ich für leer gehalten hatte, kam eine junge Frau, schwarz wie Makano, hübsch anzusehen wie Makano. Sie hielt einen Block und einen Bleistift in der Hand.

Schreib der Dame unsere Adresse auf, sagte er. Und vergiß nicht, die Bürostunden dazuzuschreiben. Sie kann kommen, wenn sie etwas will. Es ist nicht nötig, dass Sie sie grüßen.

Ich weiß nicht genau, weshalb, aber als ich wieder unten auf der Straße stand, ging es mir so gut, wie lange nicht mehr.

Ich fuhr nach Hause, um Kranz und Brunner anzurufen. Wir verabredeten uns für den Abend bei mir. Später rief ich auch noch Robert an. Er kam als Letzter, weil er einen Randalierer im Zelt gehabt hatte, der ihm sympathisch gewesen war. Er hatte eine Weile gebraucht, den Mann auf die richtige Spur zu setzen. So drückte er sich tatsächlich aus.

Wir sprachen über Tolgonai und versuchten, alles, was wir wussten, zusammenzutragen. Am Ende konnten wir uns ihren Weg vorstellen. Einiges blieb offen. Es gab auch Augenblicke der Trauer. Aber es überwog das beruhigende Gefühl, dass wir wussten, was wir voneinander zu halten hatten.

Die Zitate sind folgenden Werken entnommen:
S. 241 f. Herakles – Zitat: Robert von Ranke-Graves: Griechische Mythologie, Reinbek, 1986
S. 104, 168, 261 Die Gedichte von Bertolt Brecht in einem Band, Frankfurt/Main, 1981
S. 132 B. K. Tragelehn: NÖSPL, Basel/Frankfurt/Main, 1996
S. 143 Alexander Blok: Lyrik & Prosa, Berlin, 1982
S. 158 Rainer Maria Rilke/Jiři Vsetečka: Prag/Praha, Prag, 1993
S. 172 f. Georg Lukacz: Wozu braucht die Bourgeoisie die Verzweiflung? in: »Sinn und Form«, Potsdam, 1951